CW01627468

STORIA E STORIE

# LA CADUTA DI BERLINO

*Anthony Tucker-Jones*

STORIA E STORIE

## GLI ULTIMI GIORNI DI UN REGIME INFERNALE

GIUNTI

Titolo originale: *The Fall of Berlin*
*The Final Days of Hitler's Evil Regime*

This edition published in 2024 by Arcturus Publishing Limited
26/27 Bickels Yard, 151–153 Bermondsey Street,
London SE1 3HA


Traduzione di Giada Riondino
*Consulenza per l'edizione italiana:* Studio Newt, Firenze

*Referenze iconografiche:*
fotografie courtesy of Alamy Stock Photo/IPA; cartine di David Woodroffe

www.giunti.it


Via Bolognese 165 – 50139 Firenze – Italia
Via G.B. Pirelli 30 – 20124 Milano – Italia
Prima edizione: marzo 2025

*Giunti Editore si impegna per uno sviluppo sostenibile con l'utilizzo di carta certificata FSC® proveniente da fonti gestite in maniera responsabile.*

FSC www.fsc.org
MISTO
Carta | A sostegno della gestione forestale responsabile
FSC® C115118

Stampato presso Elcograf S.p.A. – Stabilimento di Cles

# INDICE

# INTRODUZIONE · CAPITALE DEL MONDO

Adolf Hitler non era tedesco, anche se è in Germania che ha preso il potere ed è morto. Era nato in Austria nel 1889, non lontano dal confine con la Germania, il che rende Vienna, e non Berlino, la sua capitale natale. È infatti a Vienna che Hitler visse da giovane ed è lì che sorsero il suo violento antisemitismo e il suo nazionalismo estremo.

Subito dopo l'inizio della Prima guerra mondiale, Hitler si trasferì a Monaco di Baviera. Durante il conflitto, servì nel reggimento di fanteria bavarese sul fronte occidentale, dove sopravvisse a una ferita e a un'intossicazione da gas iprite. In seguito tornò a Monaco per imbarcarsi nella carriera politica fino a guidare il Partito Nazionalsocialista Tedesco dei Lavoratori (Nationalsozialistische Deutsche Arbeiterpartei) nel 1921 per poi, 12 anni più tardi, diventare cancelliere tedesco. Da quel momento, Berlino fu la sede del suo potere.

Dopo la Prima guerra mondiale, la città fu scenario di costanti disordini politici e sociali. Nel 1919 Berlino e Monaco di Baviera videro insurrezioni comuniste mal coordinate e represse dagli ex soldati dei Freikorps ["corpi franchi" composti da milizie volontarie irregolari ed ex combattenti smobilitati dall'esercito imperiale, caratterizzati da un forte nazionalismo, una generica ideologia anticomunista e spesso da tendenze autoritarie; una massima parte confluì nelle SA prima e nelle SS poi, N.d.R.]. L'anno successivo, a Berlino, uno sciopero generale promosso dalla sinistra sventò un tentativo di colpo di Stato da parte dei Freikorps. Il debole governo tedesco cercava di sostenere l'economia in frantumi stampando febbrilmente denaro. Di fronte all'inflazione dilagante, molti tedeschi caddero in povertà, ma da quel caos iniziò a emergere una nuova generazione di imprenditori, i quali divennero estremamente ricchi costruendo imperi basati sul credito.

La Berlino degli anni Venti, così come molte altre capitali europee, era un edonistico centro di piaceri. Per un certo periodo, fu un luogo dove accadeva di tutto. Di notte, bohémien, turisti e persone facoltose calcavano le strade in cerca di divertimenti. La prostituzione proliferava e la nudità era un luogo comune nei club cittadini, sui palcoscenici dei teatri e sugli schermi tremolanti dei cinematografi. L'omosessualità e il travestitismo, sia maschile che femminile, erano apertamente tollerati. Un visitatore descrisse le luci al neon di Friedrichstrasse come «la vetrina pornografica della vergogna tedesca».[1] Luoghi come l'hotel Adlon, il nightclub Eldorado, il bar Monokel, il teatro Scala e la sala da ballo Technical divennero luoghi da non perdere. In quest'ultima, conosciuta anche come Residenz-Casino, ogni tavolo aveva un telefono per incoraggiare i flirt. I berlinesi accolsero le orchestre da ballo in stile americano e la musica jazz con grande entusiasmo, e le persone ostentavano la loro bellezza e ricchezza con un vistoso abbandono. Ma tutto questo sarebbe presto cambiato.

La decadenza berlinese ebbe un brusco arresto quando Hitler salì al potere nel 1933 e la città cadde in un incubo puritano. I berlinesi rimasero impressionati alla vista dei massicci ranghi delle brutali Sturmabteilung (SA), i reparti d'assalto di Hitler, che con le loro camicie brune marciavano trionfalmente in parata alla luce delle torce attraverso l'iconica Porta di Brandeburgo. «Berlino è senza dubbio una città vibrante di energia; ha tutti i difetti della gioventù» disse Hitler, «ma imparerà».[2] Quel che lui voleva non era «una città di feste e baldoria, ma una città bella e dignitosa in cui vivere».[3] Ma questo ebbe inevitabilmente un prezzo. Le prostitute furono forzate nei bordelli tassati dallo Stato e frequentati dai nazisti di rango più elevato, il jazz fu bandito e gli omosessuali furono imprigionati o giustiziati. Le lesbiche furono internate nelle "case di maternità"

[1] Brendon, *The Dark Valley*, p. 90.
[2] Bormann, *Hitler's Table-Talk*, p. 680.
[3] *Ibid.*

statali o nei bordelli. Nel famigerato Salon Kitty di Berlino, le prostitute erano obbligate a dare informazioni sui loro clienti. Quell'anno, i roghi dei libri che i nazisti ritenevano indesiderati, dati alle fiamme di fronte all'Università di Berlino, mostravano una volta di più la natura del regime che era salito al potere. Hitler non voleva niente che ai suoi occhi potesse intaccare la forza della nazione.

Gli intellettuali tedeschi più di spicco furono presto allontanati dalla città. Il romanziere Lion Feuchtwanger vide sequestrata la casa e venne costretto all'esilio in Francia dopo aver pubblicamente criticato il libro di Hitler, *Mein Kampf*. Il famoso fisico ebreo Albert Einstein fu obbligato a rinunciare alla direzione della Società Kaiser Wilhelm di Berlino per trasferirsi in America. Il teatro dell'Opera di Berlino perse il suo direttore ebreo Otto Klemperer, che andò in America e le cui proprietà furono confiscate. Così come accadde al caricaturista George Grosz, che fu cacciato dal suo studio berlinese dopo aver fatto una volta di troppo della satira sui nazisti. Hitler si preoccupava ben poco dell'impatto di questa fuga di cervelli dalla città.

Nonostante il regime autoritario di Hitler, l'orgoglio nazionale tedesco andò alle stelle quando Berlino ospitò i Giochi Olimpici estivi nel 1936. Hitler usò i Giochi come un'opportunità di mostrare quanto fosse moderna e progressista la città dopo solo tre anni di governo nazista. In questo ebbe successo, e solo poche persone osservarono come la capitale tedesca e il resto del Paese fossero cadute nelle mani di estremisti razzisti. Hitler ordinò a Joseph Goebbels, il ministro per la propaganda, di minimizzare il furioso antisemitismo nazista per evitare di contrariare il Comitato olimpico internazionale. E Goebbels, come richiesto, lanciò una brillante campagna di pubbliche relazioni progettata per ingannare il mondo. Ogni voce dissenziente fu rapidamente ridotta al silenzio.

Gli allestimenti nazisti in previsione dei Giochi includevano un enorme complesso sportivo appositamente costruito, completo di stadio e villaggio olimpico. Lo stadio poteva accogliere fino a 100mila spettatori. Hitler sperava che i suoi atleti avrebbero dimostrato la superiorità razziale della Germania ariana, ma l'atleta afroamericano Jesse Owens gli dimostrò il contrario. Ciononostante, per la gioia di Hitler, gli atleti tedeschi vinsero il maggior numero di medaglie. Dopo i Giochi, il villaggio olimpico fu riconvertito a usi militari. Nel 1945, tutte le strutture sarebbero diventate lo scenario di aspri combattimenti.

Hitler si mise subito al lavoro per rimodellare Berlino. Il 30 gennaio 1937, al quarto anniversario della sua nomina a cancelliere, firmò il "Decreto per un ispettore generale dell'edilizia della capitale imperiale".[4] Albert Speer, architetto e poi ministro nazista, fu messo alla guida del grandioso rinnovamento che avrebbe glorificato la città. Non si badò a spese. Hitler e Speer si accordarono su due grandi strade: l'Asse Est-Ovest e quello Nord-Sud. All'intersezione sarebbe stata costruita una grande sala congressi con una capacità di 180mila persone. Né Hitler né Speer potevano immaginare che queste nuove strade avrebbero potenzialmente fornito i punti di penetrazione nella città da parte di un invasore.

Con l'Anschluss ("annessione") dell'Austria alla Germania nel 1938, il Paese divenne parte del Reich tedesco. «Non tollererò nessuna rivalità fra Vienna e Berlino» ammonì Hitler. «Berlino è la capitale del Reich e rimarrà la capitale del Reich».[5] Inoltre, disse, «farò in modo che Berlino acquisisca tutte le caratteristiche di una grande capitale».[6] Progettò che diventasse il centro di un Grande Reich germanico che in virtù di questo sarebbe stato rinominato con il termine *Welthauptstadt Germania* ["Capitale mondiale della Germania", N.d.R.]. Hitler ordinò a Speer di costruire una nuova Cancelleria in Voßstraße per riflettere la *grandeur* del suo impero in espansione. «Chiunque entri nella Cancelleria imperiale» si vantava Hitler «deve avere la sensazione di arrivare dal padrone del mondo».[7] Quando fu eretta la trave centrale della copertura della nuova Cancelleria, ordinò: «Berlino deve cambiare faccia per adattarsi alla sua nuova grande missione».[8]

[4] Simms, *Hitler*, p. 277.
[5] Bormann, *Hitler's Table-Talk*, p. 710.
[6] *Ibid.*
[7] Simms, *Hitler*, p. 301.
[8] Speer, *Inside the Third Reich*, p. 203.

Quello stesso anno, molti berlinesi rimasero costernati e disgustati dagli eventi che ebbero luogo nella Notte dei cristalli fra il 9 e il 10 novembre 1938. Hitler, dopo che un ebreo polacco aveva sparato a un membro dello staff dell'ambasciata tedesca a Parigi, sguinzagliò i suoi facinorosi nazisti contro attività, case di ebrei e sinagoghe, che furono devastate, saccheggiate e in qualche caso rase al suolo e date alle fiamme. Alcuni berlinesi colsero l'occasione per razziare i negozi distrutti dei loro vicini. Quest'orgia di violenza si diffuse per tutta la Germania. Ovunque, le strade furono disseminate di vetri rotti, da cui Notte dei cristalli (*Kristallnacht*). Questi eccidi non lasciavano presagire nulla di buono per il futuro degli ebrei di Berlino o di Germania. Quasi dalla sera alla mattina, gli ebrei berlinesi vennero eliminati dalla vita economica, politica e sociale della città, il tutto in nome dell'obiettivo di Hitler di ottenere la purezza ariana.

«Guardiamo Parigi, la città più bella del mondo. O anche Vienna» aveva detto Hitler a Speer. «Sono città dal grande stile. Berlino non è altro che un'accozzaglia disordinata di edifici. Dobbiamo superare Parigi e Vienna».[9] Inviò degli architetti a Parigi per cercare ispirazione e guardò a Budapest, ritenendola anch'essa una delle città più belle al mondo. I lavori a Berlino iniziarono alla fine degli anni Trenta e Speer completò l'Asse Est-Ovest in tempo per il cinquantesimo compleanno di Hitler nel 1939. Le truppe tedesche celebrarono la ricorrenza con una parata cerimoniale di mezzanotte in uniforme fuori dall'edificio della vecchia Cancelleria illuminata con le torce, nel tipico stile dei rituali scenografici nazisti.

L'anno successivo, Speer portò a termine la nuova Cancelleria. Hitler, temendo possibili rivolte future, ordinò che le porte fossero realizzate in spesso acciaio e le finestre dotate di imposte blindate a prova di proiettile. Voleva che ci fosse vicina una caserma con i suoi reggimenti di Guardie. «Il centro del Reich deve essere difendibile come una fortezza»[10] spiegò Hitler a Speer, prefigurandosi anche di usare i carri armati nelle strade appositamente allargate. In

[9] Ivi, p. 122.
[10] Ivi, p. 230.

riferimento all'esercito, osservò: «Se arrivano qui con i mezzi corazzati [...] nessuno sarà in grado di opporre la minima resistenza».[11] Anche se nei suoi commenti profetici si riferiva ai disordini civili, sembrava quasi prevedere l'arrivo dell'Armata rossa nell'aprile 1945.

Nell'arco dei pochi anni a seguire, i piani di espansione di Hitler videro il Terzo Reich divenire sempre più esteso. «Il nome di *Germania* per la capitale del Reich nella sua nuova forma di rappresentanza sarebbe più che appropriato» disse Hitler nell'estate 1942, «perché darebbe a ogni membro della comunità tedesca, per quanto lontano possa essere dalla capitale, un senso di unità e di stretta adesione».[12] Le sue illusioni non si fermavano lì: «Berlino un giorno sarà la capitale mondiale».[13] Inebriato dall'ondata delle sue conquiste, non contemplava minimamente la possibilità che un giorno il vento potesse cambiare. «Berlino, come capitale mondiale, può far pensare solo all'antico Egitto, e si può paragonare solo a Babilonia o Roma».[14] Voleva rendere Berlino il centro dell'universo, con tutti i fasti della Roma imperiale.

«Il Reich deve avere una degna capitale» insisteva Hitler. «So che potremmo farla diventare una città magnifica».[15] L'Asse Est-Ovest e la nuova Cancelleria erano solo l'inizio della visione di Hitler di *Germania*. Ci sarebbero stati nuovi cinema, edifici governativi, un teatro dell'Opera, piazze, negozi e teatri, oltre a strutture termali con piscine coperte paragonabili a quelle dell'antica Roma. «Già nel 1939 molti vecchi edifici in prossimità del Reichstag erano stati rasi al suolo per fare spazio alla grande sala congressi» ricorderà Speer, «e agli altri edifici che avrebbero circondato la futura Adolf Hitler Platz».[16] Speer cercò di abbattere il Reichstag danneggiato dall'incendio, ma Hitler si rifiutò, perché lo voleva mantenere per gli eventi sociali. «A Hitler piaceva la struttura»[17] commenterà con un certo disappunto.

[11] *Ibid.*
[12] Bormann, *Hitler's Table-Talk*, p. 523.
[13] Ivi, p. 83.
[14] Ivi, p. 361.
[15] Ivi, p. 668.
[16] Speer, *Inside the Third Reich*, p. 224.
[17] Ivi, p. 221.

Anche se Speer commissionò molti grandiosi modelli di Germania, la Seconda guerra mondiale fece sì che la riqualificazione di Berlino si fermasse di lì a poco. La notte del 25 agosto 1940, la Royal Air Force bombardò la città per rappresaglia contro un raid su Londra. Fu la prima volta che su Berlino caddero delle bombe. Tuttavia i danni furono molto limitati e i feriti pochissimi. La Royal Air Force ritornò il 28 agosto, questa volta in forze maggiori, uccidendo cittadini tedeschi nelle strade della capitale dei Reich.[18] Queste si sarebbero rivelate le scariche iniziali di molti attacchi a venire. L'agosto seguente, l'aeronautica sovietica di Stalin scatenò una serie di raid su Berlino e la Royal Air Force dette inizio a una escalation dei suoi assalti.

Questi raid si rivelarono molto imbarazzanti per il Reichsmarshall Hermann Göring, comandante della Luftwaffe, che aveva giurato che nessun aereo nemico avrebbe mai raggiunto la capitale. La prima smentita era avvenuta il 1° ottobre 1939, quando i bombardieri britannici effettuarono un sorvolo di prova sulla città. «Pensi che la Germania si arrenderebbe se Berlino fosse distrutta?» aveva chiesto Göring al capo di stato maggiore della Luftwaffe, generale Hans Jeschonnek, nell'estate del 1940. «Naturalmente no», aveva risposto Jeschonnek. «È qui che ti sbagli»[19] gli rispose Göring con cognizione di causa. Grazie alla crescente intensità della campagna dei bombardamenti alleati, la costruzione di *Germania* andò in fumo all'inizio del 1943. Dopo la guerra, le persone che interrogarono Speer gli chiesero se rimpiangesse di non aver potuto realizzare i suoi grandiosi progetti. «Dio, no; erano qualcosa di orribile!»[20] esclamerà per tutta risposta. Nonostante tutto l'impegno della Luftwaffe, i bombardamenti britannici e americani ridussero il centro di Berlino a una terra devastata all'arrivo dell'Armata rossa.

La realtà della guerra di Hitler colpì davvero i berlinesi alla fine di novembre 1943, quando i bombardamenti alleati uccisero quasi

[18] Hitler rispose inviando 300 bombardieri con una copertura di caccia per attaccare Londra il 7 settembre 1940.

[19] Irving, *The Rise and Fall of the Luftwaffe*, p. 102.

[20] Sereny, *Albert Speer*, p. 550.

3800 persone, ne lasciarono 500mila senza casa e distrussero oltre 68mila edifici. A marzo 1944, il Bomber Command della RAF agli ordini dell'Air Marshal sir Arthur Harris aveva distrutto 21,6 km quadrati della città con attacchi notturni, mentre gli americani avevano colpito altri 4 km quadrati durante i raid diurni. Comunque fu impossibile radere al suolo tutti i 72,5 km quadrati di Berlino. «Basandosi sugli standard dei nostri attacchi su Amburgo» ammetterà Harris con una certa riluttanza, «la Battaglia [aerea] di Berlino non sembrò essere un così grande successo».[21] Tuttavia, servì a distrarre la Luftwaffe dai fronti orientale e occidentale, in quanto la difesa dei cieli del Reich divenne prioritaria.

Hitler era sicuro di vincere la guerra e non si era preparato per proteggere Berlino se non rinforzando le difese aeree. Determinante fu il fatto di non aver creato nuove difese sui fiumi Reno o Oder fino a quando non fu troppo tardi. Nel 1944 l'Armata rossa inflisse un colpo decisivo alle forze armate tedesche, effettuando l'avanzata verso i fiumi Vistola e Oder, le alture di Seelow e infine Berlino.[22] Una volta che i sovietici arrivarono sui due fiumi nel 1945, i giorni del Terzo Reich erano contati. Le difese sull'Oder erano così deboli che le milizie cittadine di Berlino, le Volkssturm, furono fatte uscire dalla città per aiutare a rinforzarle, e i ragazzini della Hitlerjugend, la Gioventù hitleriana, in lacrime, si ritrovarono costretti a rifugiarsi in trincee di fortuna di fronte all'avanzata dei carri sovietici.

Una volta che i sovietici ebbero stabilito la loro testa di ponte a Küstrin e da Berlino si poteva sentire il rombo dei cannoni, la paura della sconfitta iniziò a diffondersi in città. Anche se alcuni berlinesi erano sfuggiti ai bombardamenti e stavano da parenti altrove, migliaia di civili erano ancora intrappolati a Berlino. Tutti i frenetici sforzi di Hitler per evitare all'ultimo minuto l'accerchiamento di Berlino con le sue armate smembrate fallirono miseramente. A sud

[21] Harris, *Bomber Offensive*, p. 187.

[22] Vedi Tucker-Jones, *Stalin's Revenge*, per ulteriori notizie sulla portata di questa massiccia e decisiva vittoria.

della città, alcune truppe tedesche si rifugiarono in un'area chiamata sacca di Halbe. Tutti quelli che furono catturati nelle foreste circostanti furono massacrati in un'orgia di violenza.

Il leader sovietico Stalin era deciso a fare di Berlino il suo trofeo, e suo soltanto. Voleva occupare la città non solo per punire la Germania per il saccheggio dell'Unione Sovietica, ma anche per assicurarsi che non arrivasse mai più minacciare il suo Paese. A tale scopo, Stalin non volle l'assistenza dei britannici o degli americani per la presa di Berlino. Da parte sua, l'Armata rossa doveva prendersi tutta la gloria di aver assaltato e distrutto il covo nazista. Stalin era soddisfatto del fatto che né il Primo ministro inglese Winston Churchill né il Presidente americano Franklin Roosevelt avessero siglato un accordo di pace separato con la Germania nonostante gli incontri segreti che si erano tenuti in Svizzera. Allo stesso modo fu felice del fatto che gli Alleati fossero impegnati sui fianchi, lasciando così l'Armata rossa a condurre la battaglia in autonomia. Per accelerare la vittoria finale, Stalin incoraggiò deliberatamente la competizione fra i marescialli Georgy Zhukov e Ivan Konev per chi sarebbe stato il primo a entrare in città.

Invece di fare di Berlino una delle più grandi città mai esistite, la brama di Hitler per le conquiste la ridusse in rovine, rendendola la scena di una delle battaglie più sanguinose della storia. Il suo rifiuto ad arrendersi, anche quando ormai la sconfitta era alle porte, significò che l'Armata rossa dovette aprirsi la strada dentro la città un centimetro alla volta per conquistare il Reichstag e la Cancelleria del Reich. Questo causò a entrambe le parti un orribile tributo di sangue, con i berlinesi – che già avevano sofferto a lungo – intrappolati in un fuoco incrociato. Gli uomini di Zhukov e di Konev si fecero strada usando la forza bruta. Dopo gli indicibili orrori inflitti sulle città dell'Unione Sovietica, l'Armata rossa reclamava il suo tributo di vittime. Hitler, con i brandelli di truppe rimaste, decise che fosse meglio togliersi la vita fra le macerie della sua capitale il 30 aprile 1945. A quel punto, il dominio nazista si limitava a pochi soli quartieri della città, rendendo inutile continuare a resistere.

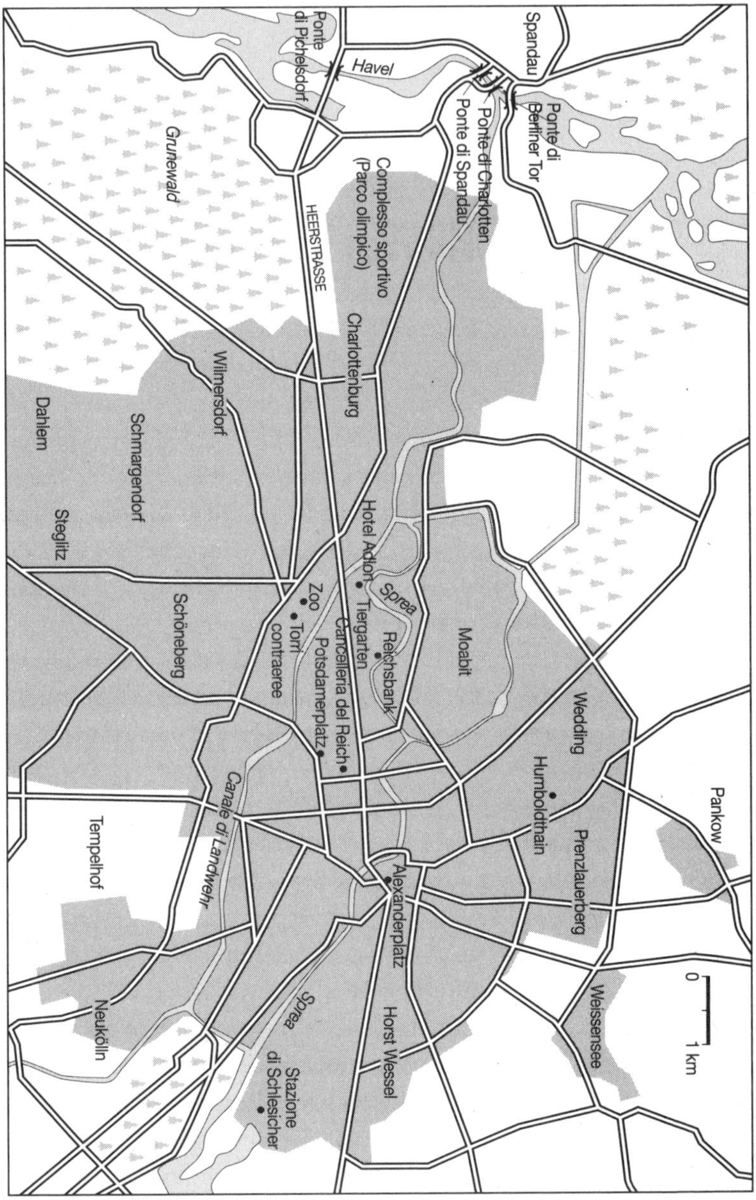


*Mappa di Berlino nel 1945.*

# PROLOGO · ULTIMO VOLO DA BERLINO

Il pilota afferra la cloche del suo Focke-Wulf Fw 190 da addestramento per alzarsi dal campo di volo di Rechlin-Lärz il 26 aprile 1945. Guardando fuori dal tettuccio della cabina di pilotaggio, osserva la scorta di caccia Fw 190 che gli sono attorno. Non sono lì per scortare lui, ma i suoi passeggeri VIP: il generale della Luftwaffe Robert Ritter von Greim, e la sua pilota collaudatrice e amante, Hanna Reitsch. L'aereo è un biposto, così la Reitsch si è dovuta rannicchiare in uno spazio angusto sul retro della fusoliera. Il generale von Greim era stato convocato per questioni urgenti a Berlino da Adolf Hitler. La coppia aveva volato da Neubiberg, nei pressi di Monaco, il 24 aprile, ma poi era rimasta bloccata a Rechlin per un giorno. La loro destinazione era Gatow, a sudest di Berlino, l'unica pista d'atterraggio nella capitale ancora in mano tedesca. «Il cielo intorno e sopra Berlino brulicava di caccia russi» ricorderà il pilota personale di Hitler, Hans Baur. «Molti piloti della Luftwaffe si rifiutavano di volare a Berlino da Rechlin».[1]

Il generale von Greim non era il primo a compiere questo pericoloso tragitto. Albert Speer, il ministro degli armamenti e della produzione bellica nazista, aveva lasciato Berlino il 20 aprile, ma ci era ritornato cinque giorni dopo sulla stessa rotta. Aveva volato da Rechlin a Gatow nel velivolo da addestramento scortato da uno squadrone di caccia bombardieri pronti ad attaccare l'Armata

1 O'Donnell, *The Berlin Bunker*, p. 127.

rossa a sud di Potsdam. Dal cielo, a Speer non sembrava che stesse succedendo granché a parte qualche lampo di artiglieria. «Ma al confine orientale di Berlino» osserverà, «lontano nella nebbia si intravedevano grandi nuvole di fumo».[2] A Gatow, lui e il suo entourage erano saliti a bordo di due aerei da ricognizione leggeri Fieseler Fi 156 Storch, per poi atterrare davanti alla Porta di Brandeburgo. Lo staff di Hitler voleva che il Führer volasse a Berchtesgaden, ma Speer gli consigliò di rimanere a Berlino. Poco dopo, Speer volò fuori da Berlino da solo.

Nei pressi di Gatow, il pilota del generale von Greim e di Hanna Reitsch avvistò dei caccia nemici e fece precipitare l'aereo in una rapida picchiata. «Ero certa che ci avessero colpiti» ricorderà una spaventata Reitsch, «e aspettavo solo di schiantarci al suolo o di esplodere».[3] Invece il pilota riprese quota per poi atterrare a Gatow sani e salvi. I due salirono su uno Storch che li stava aspettando e Von Greim prese i comandi con la Reitsch rannicchiata dietro di lui. Il piano era quello di volare nel centro di Berlino con un Hubschrauber, elicottero tedesco in grado di atterrare nei giardini della Cancelleria del Reich o nelle strade adiacenti, ma questo era andato distrutto.

Volando basso sopra Berlino, von Greim poteva vedere colonne di fumo alzarsi dalla capitale devastata. Era al comando della 6ª Flotta aerea della Luftwaffe in difesa del fronte orientale, quindi non era toccato a lui contrastare la campagna di bombardamenti strategici degli Alleati che aveva causato tutti quei danni. Non lo entusiasmava l'idea di atterrare in una pista improvvisata nel Tiergarden, vicino alla Porta di Brandeburgo, in particolare dal momento che l'Armata rossa aveva invaso gran parte della città.

La Reitsch lo rassicurò del fatto che lo Storch, noto come aereo molto versatile grazie alle sue capacità di decollo e atterraggio su una breve distanza, li avrebbe portati a destinazione. Stavano entrando in un vero inferno dantesco. Per chilometri e chilometri,

2 Speer, *Inside the Third Reich*, p. 637.

3 Kempka, *I was Hitler's Chauffeur*, p. 132.

interi quartieri della città erano stati bruciati e fatti saltare in aria. Tetti, pavimenti e finestre erano scomparsi, riducendo gli edifici a miseri gusci. Molte delle pareti che erano rimaste in piedi sembravano dover crollare al suolo al minimo soffio di vento. I berlinesi terrorizzati si nascondevano nelle cantine e nei sotterranei in attesa dei capricci dei loro vendicativi conquistatori.

Il velivolo sorvolò il fiume Havel e la foresta di Grunewald, sfiorando le cime degli alberi. Appena a sud dello stadio olimpico, fu attaccato con violenza dal fuoco della contraerea sovietica e von Greim fu colpito al piede destro dal frammento di un proiettile. Sanguinando copiosamente, continuava a svenire, così la Reitsch, allungandosi da dietro le sue spalle, prese i comandi. Guardando al lato, poteva vedere il carburante che fuoriusciva dai serbatoi forati in prossimità dell'ala. Ciononostante, riuscì abilmente a far atterrare l'aereo su una strada dilaniata dalle bombe, non lontano dalla Porta di Brandeburgo. Non c'era una cerimonia di benvenuto ad accoglierli e dovettero attendere fra le granate che cadevano tutto intorno fino all'arrivo di un camion. Da lì furono condotti lungo la Unter den Linden e Wilhelmstrasse fino ad arrivare al rifugio antiaereo della Cancelleria del Reich. Lì, il dottor Ludwig Stumpfegger medicò la ferita di von Greim.

Successivamente, von Greim fu introdotto all'interno del complesso sotterraneo del Führerbunker per confrontarsi con Hitler. «Aveva la schiena incurvata e gli tremavano le braccia» racconterà la Reitsch, «e aveva un'espressione gelida e distante. Ci salutò con una voce quasi piatta».[4] Hitler, rivolgendosi alla Reitsch, esclamò: «Donna coraggiosa! Esistono ancora lealtà e coraggio in questo mondo».[5] Quando Hitler chiese a von Greim se sapesse il motivo per cui era stato convocato a Berlino, questi rispose di no. «Perché Hermann Göring ha tradito sia me che la sua madrepatria», disse Hitler amaramente. «Dietro le mie spalle ha stabilito dei contatti

[4] Ivi, p. 135.
[5] *Ibid.*

con il nemico».[6] A peggiorare le cose, Göring si era proclamato il successore di Hitler, dicendo che se questi non fosse uscito allo scoperto entro le 22:00 avrebbe assunto il controllo della Germania nazista. «Un ultimatum! Un volgare ultimatum!» aveva continuato Hitler. «È la fine…».[7]

Per tutta risposta, l'usurpatore Göring era stato rimosso dal ruolo di comandate in capo della Luftwaffe e von Greim lo avrebbe sostituito. Inoltre, von Greim sarebbe stato promosso a feldmaresciallo. «Comandate in capo di una Luftwaffe che non esisteva più!»[8] osserverà la Reitsch. Il maggiore Bernd Freytag von Loringhoven, che era nel Führerbunker, era sbigottito dal pericolo che aveva affrontato von Greim. «Trovai assolutamente folle da parte del nuovo capo delle forze aeree correre un rischio simile» dirà, «solo per il piacere di ricevere l'aureola di fedeltà da parte di Hitler».[9] Hitler avrebbe potuto trasmettere i suoi ordini via radio; invece, von Greim era stato obbligato a rischiare la propria vita, era stato ferito e sarebbe rimasto intrappolato nel Führerbunker per tre giorni. Nonostante la criticità della situazione, von Greim disse che vedere Hitler era stato come essere esposto alla "fonte della giovinezza".[10]

Più tardi, la Reitsch incontrò Hitler. «La testa ciondolava, il volto di un pallore mortale»[11] ricorderà. «L'esercito del generale Wenck sta arrivando da sud» la rassicurò. «Deve e riuscirà a far arretrare le armate russe abbastanza da salvare la nostra gente».[12] Contingenti della 12ª Armata del generale Wenck a sudest di Berlino stavano davvero facendosi strada verso ovest, non per sollevare la capitale ma per salvare la 9ª Armata del generale Busse, che rischiava di essere annientata.

La Luftwaffe cercava invano di rifornire la guarnigione di Berlino assediata. Gli Junkers Ju 52 da trasporto in volo da Gatow ricorsero

[6] Trevor-Roper, *The Last Days of Hitler*, p. 186.
[7] Ivi, p. 187.
[8] Kempka, *I was Hitler's Chauffeur*, p. 135.
[9] Von Loringhoven, *In the Bunker with Hitler*, p. 164.
[10] Fest, *Inside Hitler's Bunker*, p. 96.
[11] Bullock, *Hitler. A Study in Tyranny*, p. 788.
[12] Ivi, p. 789.

all'atterraggio su tratti dell'Asse Est-Ovest della città, che si estendeva per 48 km. Questo fu possibile grazie alla rimozione dei lampioni stradali, ma solo un numero limitato di proiettili anticarro raggiunse la destinazione. La Luftwaffe sperava anche di far giungere dei rinforzi, ma l'Asse Est-Ovest rimase bloccata quando uno Ju 52 si schiantò su un'abitazione. Alla sera del 27 aprile, i difensori delle aree centrali erano stati confinati in un'area di circa 16x5,6 chilometri.

Il famoso pilota di Stuka della Luftwaffe, il tenente colonnello Hans-Ulrich Rudel, rispondendo all'appello di Hitler, tentò di atterrare sull'Asse Est-Ovest il 28 aprile. Volava su un bombardiere Heinkel He 111 e nell'avvicinarsi alla città il suo velivolo finì sotto il fuoco nemico. «Era molto difficile riconoscere la capitale» disse Rudel, «per via delle enormi colonne di fumo e di un sottile strato di nebbia».[13] Trovò anche diversi incendi che oscuravano ulteriormente la visibilità. «Poi ricevemmo un messaggio che diceva che era impossibile atterrare perché l'Asse Est-Ovest era sotto un forte fuoco nemico e i russi avevano già preso Potsdamer Platz».[14]

Göring non fu l'unico a tradire Hitler. Il ministro della propaganda Joseph Goebbels il 28 aprile raccolse una Reuters che annunciava che il Reichsführer-SS Heinrich Himmler, braccio destro di Hitler, si era offerto di consegnare le armate tedesche sul fronte occidentale. Hitler prese molto male la notizia. «Si infuriò come se fosse impazzito» disse la Reitsch. «Divenne di un rosso acceso e la sua faccia era praticamente irriconoscibile [...]».[15] Per lo meno Göring aveva informato Hitler delle sue intenzioni, mentre Hitler sentiva che Himmler lo aveva pugnalato alle spalle. «Anche gli altri uomini e donne gridavano per la rabbia, la paura e la disperazione» aggiunse la Reitsch, «tutto mischiato in un unico spasmo emotivo».[16] Inoltre, l'Armata rossa, che stava decisamente schiacciando la guarnigione di Berlino, aveva raggiunto Potsdamer Platz, a un isolato di distanza

[13] Le Tissier, *Race for the Reichstag*, p. 137.
[14] *Ibid.*
[15] Shirer, *The Rise and Fall of the Third Reich*, p. 1122.
[16] *Ibid.*

dalla Cancelleria. Era previsto che il loro attacco finale sarebbe iniziato nel giro di 30 ore. La Reitsch ricorda Hitler che camminava su e giù come una tigre in gabbia, «agitando una cartina stradale che si stava disfacendo per il sudore delle sue mani e pianificando la campagna di Wenck con chiunque fosse lì ad ascoltarlo».[17]

Nelle prime ore del 29 aprile, Hitler sposò la sua amante, Eva Braun. «Povero, povero Adolf» disse questa alla Reitsch, «abbandonato da tutti, tradito da tutti. Meglio che muoiano altre diecimila persone piuttosto che la Germania debba perderlo».[18] Sia von Greim che la Reitsch volevano rimanere a Berlino con il Führer, ma Hitler aveva altri piani. Dopo un intervento chirurgico al piede ferito, von Greim avrebbe raggiunto l'ammiraglio Dönitz, che Hitler aveva designato come suo successore ufficiale. Dönitz stava cercando di instaurare un nuovo governo nazista a Plön. Prima di separarsi, Hitler dette a ognuno di loro delle capsule di cianuro. Ribadì anche che Himmler dovesse essere arrestato e disse a von Greim che «un traditore non dovrà mai essere il mio successore come Führer, e dovete assicurarvi che questo non avvenga».[19] Le parole di Hitler quando si separarono furono: «Dio vi protegga».[20] Il suo staff era costernato. «Ero completamente abbattuto» ha ricordato Rochus Misch, maresciallo delle SS e guardia del corpo del Führer. «Avevo segretamente sperato che Hitler sarebbe partito con von Greim. Ora l'ultima speranza affondava, o per meglio dire, volava via».[21]

La Reitsch e von Greim furono portati in volo fuori da Berlino appena dopo la mezzanotte del 29 aprile su un Arado Ar 96 da addestramento avanzato, ai comandi dallo stesso pilota che li aveva condotti a Gatow. Decollando dal Tiergarten, finirono nuovamente sotto il fuoco sovietico fino a quando riuscirono a sfrecciare sopra le nuvole. Gli uomini della 3ª Armata d'assalto sovietica che si

[17] Bullock, *Hitler. A Study in Tyranny*, p. 790.
[18] Shirer, *The Rise and Fall of the Third Reich*, p. 1122.
[19] Trevor-Roper, *The Last Days of Hitler*, p. 205.
[20] Toland, *Adolf Hitler*, p. 882.
[21] Misch, *Hitler's Last Witness*, p. 164.

trovavano nel Tiergarten rimasero a guardare sgomenti, temendo che Hitler fosse appena sfuggito al loro assedio. «Presto scorgemmo delle strisce luminose, l'Havel e la sua catena di laghi argentati, attraverso gli squarci neri fra le nuvole»[22] racconterà la Reitsch. Quello sarebbe stato l'ultimissimo volo fuori da Berlino. A Rechlin, von Greim ordinò alla Luftwaffe di usare ogni aeromobile disponibile per attaccare i caccia sovietici su Potsdamer Platz nel futile tentativo di salvare i difensori della Cancelleria. I due raggiunsero poi il quartier generale di Dönitz nello Schleswig-Holstein e dopo qualche giorno volarono a Klagenfurt, in Austria. Dopo l'arresto da parte delle truppe americane, l'ultimo capo della Luftwaffe si tolse la vita nel carcere di Salisburgo il 24 maggio del 1945, forse utilizzando il cianuro che gli aveva dato Hitler.[23] Il generale von Greim aveva fatto un favore al mondo non portando in salvo l'uomo responsabile per le morti di milioni di persone sull'ultimo volo da Berlino.

[22] O'Donnell, *The Berlin Bunker*, p. 129.
[23] Mitcham, *Hitler's Field Marshals and their Battles*, p. 361.

# PARTE 1
# TEMPESTA IN ARRIVO

# CAPITOLO 1 · FERMATA A KÜSTRIN

Alla fine del 1944 la Germania nazista aveva subito una serie di catastrofiche sconfitte. Gli Alleati occidentali erano sbarcati in Normandia e raggiunto la città tedesca di Aachen (Aquisgrana). Sul fronte orientale, l'Armata rossa aveva attraversato Varsavia e la Vistola. Durante l'inverno, Hitler aveva lanciato la sua offensiva a sorpresa nelle Ardenne, sul fronte occidentale, nella speranza di prendere Anversa. Riteneva che tale azione avrebbe forzato gli americani e i britannici a fermarsi, dandogli modo di dirigersi a est con le sue armate rinvigorite e infliggere un simile colpo anche all'Armata rossa. Invece il suo assalto nelle Ardenne si arrestò nel giro di poche settimane per la tenacia degli americani, la mancanza di carburante e la potenza aerea degli Alleati. All'inizio dell'anno era ovvio che Stalin stesse preparando un'enorme offensiva – tale da condurre inevitabilmente le sue truppe fino alle porte di Berlino.

L'Armata rossa lanciò un'offensiva dalla sua testa di ponte di Baranov, in Polonia, sulla sponda occidentale della Vistola il 12 gennaio 1945, con lo scopo di arrivare al fiume Oder – l'ultima grande barriera naturale sul fronte orientale che proteggeva Berlino. Küstrin, stretta fra i fiumi Oder e Warta a est della capitale, si trovava sull'itinerario più diretto. A nord di Baranov, l'Armata rossa colpì anche le teste di ponte di Pulavy e Magnuszev. Da nord di Varsavia, si diresse a nordest per raggiungere Elbing e le coste del Baltico. L'*intelligence* tedesca aveva appurato che i sovietici contavano un'enorme superiorità di 15 a 1 su terra e di 20 a 1 in aria. Era perciò evidente che nulla avrebbe potuto resistere a un tale rullo compressore di potenza di fuoco. Ma a quel punto la visione di Hitler della realtà della situazione era a dir poco approssimativa.

Stalin, una volta che l'Armata rossa ebbe attraversato la Vistola, ritenne assolutamente necessario schiacciare per primo le *énclave* tedesche sul Baltico nella Prussia orientale e in Pomerania, che si estendevano da Stettino, sull'Oder, a ovest, fino a Königsberg a est. Fra questi due punti si trovavano i porti di Kolberg, Gdynia, Danzica e Pillau (oggi Baltijsk). Stalin pensava che le forze tedesche in questa regione potessero rappresentare una seria minaccia al fianco destro dell'Armata rossa mentre muoveva sulla capitale nazista. Il 14 gennaio apparve evidente che Stalin intendeva anche invadere l'area industriale dell'Alta Slesia, in Polonia, dato che l'Armata rossa aveva nuovamente mosso in direzione nordovest. La perdita di questa regione sarebbe stata rovinosa per l'impegno bellico di Hitler. Per quanto concerneva Stalin, niente doveva essere lasciato al caso in vista della presa di Berlino.

All'estrema destra sovietica, il 3° Fronte bielorusso del generale Ivan Chernyakhovsky penetrò nella Prussia orientale con l'obiettivo di schiacciare le forze tedesche nella zona di Königsberg (oggi Kaliningrad). A sud di Chernyakhovsky, nella Polonia del Nord, il 2° Fronte bielorusso del maresciallo Konstantin Rokossovsky si diresse a Danzica. Il 1° Fronte bielorusso del maresciallo Georgij Zhukov in Polonia centrale si spinse nel cuore della Germania, mentre il 1° Fronte ucraino del maresciallo Ivan Konev si espanse nel Sud della Polonia, spingendo sulla Slesia. A sud del fronte di Konev, altri quattro fronti sovietici stavano lentamente spingendo i tedeschi fuori dai Balcani e dall'Europa orientale. Sul fronte occidentale, le offensive di Hitler nelle Ardenne e in Alsazia avevano esaurito le forze, sprecando risorse tedesche che – già agli sgoccioli – sarebbero state molto meglio impiegate nella difesa del Reno e dell'Oder.

Nel disperato tentativo di fermare l'offensiva dei sovietici sulla linea Vistola-Oder, Hitler creò il Gruppo di armate Vistola, inizialmente composto dalla 2ª e dalla 9ª Armata e dalla debole 11ª Armata SS Panzer. La 2ª Armata rimarrà intrappolata a Danzica. Il Reichsführer Heinrich Himmler fu posto al comando di questo nuovo Gruppo di armate, un incarico per il quale era miseramente sottoqualificato. Ma dopo l'attentato alla vita di Hitler del 20 giugno 1944, il Führer si era sempre più messo nelle mani delle SS, non fidandosi delle forze armate regolari.

Hitler sperava che se la ritirata sovietica da Baranov avesse raggiunto l'Oder, l'Armata rossa avrebbe potuto essere trattenuta a Breslavia e Oppeln. Alla fine del mese, i sovietici attraversarono l'Oder nei pressi di Lüben e crearono una testa di ponte. Sul fianco sinistro tedesco, il Gruppo di armate Curlandia sulla costa baltica, con 22 divisioni e oltre 630 panzer, rimase intrappolato nella penisola Curlandese, mentre il Gruppo di armate Nord, con 24 divisioni, fu schiacciato nella penisola di Sambia e a Königsberg. Un prigioniero tedesco terrorizzato confessò a chi lo aveva catturato: «Non c'è grande entusiasmo tra le truppe che hanno ricevuto l'ordine di difendere Königsberg fino alla fine». Quando fu messo sotto torchio per ricevere altre informazioni sulle condizioni della guarnigione, disse: «Tutte le scuole, i teatri e le stazioni ferroviarie sono piene di feriti».[1] A metà gennaio, Hitler dette con riluttanza al generale Heinz Guderian, capo di stato maggiore dell'esercito, il permesso di ritirata per sette divisioni dalla Curlandia via mare, ma non altro. Fra queste c'era l'11ª SS-Panzergrenadier-Division Nordland del generale delle SS Joachim Ziegler.

L'Armata rossa raggiunse l'Oder nei pressi di Küstrin il 1° febbraio 1945, anche se la città rimase in mano tedesca. Era sotto il controllo del generale delle SS Heinz Reinefarth e difesa da quattro battaglioni di truppe SS. La guarnigione aveva anche una quantità limitata di artiglieria e cannoni contraerei. Reinefarth era un personaggio decisamente sgradevole che aveva contribuito a stroncare con brutalità la rivolta di Varsavia l'estate precedente. Guderian dirà di lui: «Era un buon poliziotto, ma non era un generale».[2] A parere di Hitler, era l'uomo adatto a quell'incarico. Küstrin era un'antica fortezza prussiana con parte della città vecchia posizionata su uno

1 Werth, *Russia at War*, p. 857.
2 Guderian, *Panzer Leader*, p. 425.

stretto lembo di terra fra l'Oder e il Warta, il che la poneva in una posizione difensiva ideale. Invece l'area sulla sponda orientale del Warta era molto più esposta.

Poco dopo l'arrivo a Küstrin, l'Armata rossa installò delle teste di ponte sull'Oder a nord e a sud della città, nelle aree di Kienitz e dello sperone di Reitwein, tenute rispettivamente da unità della 5ª Armata d'assalto e dell'8ª Unità delle Guardie. I tedeschi furono colti di sorpresa dalla velocità dell'attraversamento dei sovietici. «Nel momento in cui il distaccamento irruppe nella città di Kienitz» riferirà Zhukov, «i soldati tedeschi camminavano beatamente per le strade e gli ufficiali erano seduti al ristorante».[3] Anche i treni con Berlino funzionavano regolarmente, finché il capostazione fu informato del fatto che tutti i servizi sarebbero stati interrotti fino alla fine della guerra. A sud di Küstrin, la sovietica 44ª Brigata corazzata delle Guardie attraversò il fiume. Quando nella capitale giunse la notizia che le armate sovietiche avevano oltrepassato il fiume, scoppiò subito il panico. Joseph Goebbels, ministro della propaganda nazista, avrebbe preferito passare sotto silenzio la notizia, ma non ci volle molto perché tutte le città e i villaggi tedeschi sull'Oder venissero a conoscenza di quel che era successo. A sud, i tedeschi mantennero una piccola testa di ponte sulla sponda orientale a Francoforte sull'Oder.

Sorprendentemente, Stalin non mosse su Berlino per altri due mesi e mezzo perché era convinto della necessità di proteggere i fianchi. Il generale Vasilij Chuikov, comandante dell'8ª Unità delle Guardie, lo riteneva un grave errore. «Penso che sarebbe stato più corretto lanciare cinque armate dal 1° Fronte bielorusso contro Berlino» spiegherà, «invece di mandarle a nord».[4] Pensava che anche Zhukov avrebbe dovuto ricevere rinforzi di tre o quattro armate del 1° Fronte ucraino. Tutto questo avrebbe potuto segnare il destino di Berlino già all'inizio di febbraio. Invece, Zhukov fu obbligato da Stalin a consolidare la sua posizione.

[3] Zhukov, *Reminiscences and Reflections*, Vol. 2, p. 322.
[4] Bialer, *Stalin and his Generals*, p. 502.

*All'inizio del 1945, Stalin si mosse per proteggere i fianchi dell'esercito in vista dell'attacco su Berlino.*

Riprendendosi dallo shock, i tedeschi reagirono con violenza contro la testa di ponte a Kienitz, difesa da elementi della 266ª Divisione fucilieri sovietica supportata dai carri. Al mattino del 2 febbraio, fu pesantemente bombardata e cannoneggiata. Poi la Luftwaffe sciamò in aria. «L'uragano di fuoco infuriò per circa un'ora» ricorderà Zhukov. «Poi le truppe nemiche, supportate dai blindati, attaccarono il nostro distaccamento più avanzato da tre direzioni».[5] I panzer si fecero strada fra le postazioni dei sovietici e raggiunsero quasi il fiume. La batteria anticarro al comando del capitano Kravtsov, con un solo cannone rimasto, aveva solo 13 colpi per respingere otto panzer. Gli artiglieri l'avevano nascosto in un fienile

[5] Zhukov, *Reminiscences and Reflections*, 2, p. 322.

e sorpresero i carri nemici colpendoli di lato. Il primo panzer fu centrato nel serbatoio del carburante e si incendiò. Il secondo restò immobilizzato quando gli fu messo fuori uso un cingolo. Dopo aver distrutto cinque panzer, i superstiti si ritirarono.

In seguito all'attacco tedesco, il 26° Corpo fucilieri delle Guardie sovietico si mosse per espandere la testa di ponte di Kienitz, mandando avanti la 94ª Divisione delle Guardie, che comprendeva il 199° Reggimento di artiglieria delle Guardie e la 301° Divisione fucilieri. Fronteggiarono numerosi contrattacchi tedeschi e della Luftwaffe, che operava da piste in cemento ognitempo nell'area di Berlino. «Il 2 e 3 febbraio la Luftwaffe bombardò di continuo le formazioni da combattimento della 5ª Armata d'assalto di Nikolaj Berzarin nella sua testa di ponte sull'Oder» riferirà Zhukov. «In quei due giorni, la flotta tedesca svolse oltre 5000 missioni offensive, infliggendo gravi perdite alla 5ª Armata».[6] Invece le forze aeree sovietiche non furono in grado decollare dai loro campi di aviazione avanzati perché il terreno si stava scongelando. Gli ordini di Zhukov a Berzarin erano di «scavare più a fondo» e di «organizzare un massiccio fuoco antiaereo».[7]

Anche i tedeschi faticavano a contenere la testa di ponte meridionale di Chuikov che presto si estese fino allo sperone di Reitwein. Vari gruppi di combattimento indeboliti furono accorpati, fra cui elementi del 6° Reggimento Fortezza di Francoforte, la Gioventù hitleriana e unità delle milizie cittadine della Volkssturm. Walter Beier, che era in congedo dalla missione in Prussia orientale, si ritrovò a comandare un distaccamento come veterano di guerra. Beier assisté con orrore mentre 350 membri della Gioventù hitleriana venivano falciati da un implacabile fuoco sovietico. Alcuni membri della Volkssturm, preoccupati per il destino delle proprie famiglie, combatterono tenacemente. «Fra i "Fritz" che facemmo prigionieri» ricorderà un ufficiale sovietico, «c'era un tedesco di cinquantanove anni che non aveva più un dente in bocca, ma il

[6] Ivi, pp. 333-334.
[7] *Ibid.* p. 334.

bastardo lottava come una specie di automa senza cervello».[8] Il 2 febbraio tutti i contrattacchi di queste forze furono facilmente sconfitti, così i tedeschi dovettero accontentarsi di colpire con il mortaio le postazioni sovietiche. Il 4 febbraio, un singolo battaglione di carri armati della neonata Panzergrenadier-Division Kurmark lanciò un contrattacco nonostante gli avvertimenti sulla criticità del terreno nella fase di disgelo, e infatti l'operazione fallì perché i carri continuavano a scivolare all'indietro sulle pendici meridionali dello sperone di Reitwein.

Quel giorno, Chuikov era insieme a Zhukov quando Stalin telefonò per sapere che cosa stesse succedendo. «Stiamo pianificando l'operazione contro Berlino»[9] disse Zhukov. Ci fu una pausa nella chiamata. «State sprecando il vostro tempo» disse Stalin. «Dopo esservi in primo luogo consolidati sull'Oder, dovete rivolgere il maggior numero di forze possibile a nord». Si era aperto un indesiderato spazio vuoto di 97 km fra Zhukov e Rokossovsky che era difeso solo debolmente. Inoltre, c'erano dei problemi nel far avanzare le munizioni e il carburante oltre la Vistola. Zhukov alla fine concordò con Stalin e capì che Chuikov aveva una visione troppo semplicistica e male informata della situazione. «Capimmo» ricorderà un Chuikov amaramente contrariato, «che l'offensiva contro Berlino sarebbe stata posticipata per un tempo indefinito».[10]

Stalin prese Elbing facendo 9000 prigionieri il 10 febbraio, anche se alcune guarnigioni riuscirono a raggiungere Danzica prima che la strada costiera fosse interrotta. Tre giorni dopo, Hitler perse il controllo di Budapest. A metà del mese, Breslavia venne completamente accerchiata. Le forze tedesche in Ungheria, nel frattempo, erano sotto un pesante attacco nell'area del lago Balaton. Hitler intendeva contrattaccare lì usando la 6ª SS-Panzer-Armee che era stata ritirata dalle Ardenne. Il generale Guderian stabilì con Hitler che sarebbe stato molto meglio attaccare i sovietici tra Küstrin e Francoforte. In

[8] Merridale, *Ivan's War*, p. 282.
[9] Bialer, *Stalin and his Generals*, p. 504.
[10] Ivi, p. 505.

questo modo, Guderian sperava di proteggere Berlino e di guadagnare tempo per consentire i negoziati di armistizio con gli americani e gli inglesi. Per facilitare tale controffensiva, Guderian voleva che tutte le divisioni presenti nei Balcani, in Italia, in Norvegia e in Curlandia fossero richiamate in Germania: «Non vedo altro modo per accumulare riserve» disse a Hitler, «e senza riserve non possiamo sperare di difendere la capitale».[11] Per tutta risposta, Hitler si infuriò per un simile disfattismo e rifiutò categoricamente.

Il diktat di Hitler era che nessun territorio doveva essere ceduto, indipendentemente dal costo strategico. Proprio in conseguenza di questa sua posizione, sebbene avrebbe potuto radunare circa 260 divisioni, solo 75 erano disponibili per affrontare l'affondo di Stalin alla Slesia e Berlino. Circa 30 rimasero isolate negli Stati baltici, e altre 28 combattevano per mantenere i resti dell'occupazione tedesca dell'Ungheria; 76 divisioni erano sul fronte occidentale e 24 in Italia a fronteggiare gli Alleati. Altre 17 erano in Scandinavia con inutili incarichi di occupazione e 10 in Jugoslavia per cercare di contenere l'avanzata dei partigiani e dell'Armata rossa.

Hitler si rivolse alle spietate Waffen-SS di Heinrich Himmler per salvare Küstrin. A metà febbraio, Himmler avrebbe dovuto dirigere una controffensiva lanciata da Stargard con l'11ª SS-Panzer-Armee, con l'obiettivo di liberare prima Arnswalde e poi Küstrin. Il generale delle SS Felix Steiner, comandante del 3° SS-Panzerkorps, ricevette l'ordine di prendere il comando di quello che era per lo più un esercito di carta. Per quanto fosse un comandante di successo, fu promosso ben al di sopra delle sue capacità, proprio come Sepp Dietrich, generale delle SS, quando Hitler lo mise al comando della 6ª SS-Panzer-Armee nelle Ardenne.

Guderian, ben consapevole dei limiti di Himmler come leader militare, riuscì a far nominare il suo vice, il generale Walther Wenck, al quartier generale del Reichsführer per supervisionare l'operazione. Wenck si rifiutò di pranzare con Himmler ritenendolo una perdita di tempo e invece si diresse al fronte per valutare la situazione.

[11] Guderian, *Panzer Leader*, p. 412.

Un Himmler offeso e fortemente raffreddato decise in quel preciso momento di prendere un congedo per malattia all'ospedale SS di Hohenlychen, a nord di Berlino. Dal letto, dove era assistito dai suoi medici di fiducia, emanò quello che pensava fosse un brillante ordine del giorno. «Avanti nel fango! Avanti nella neve!» esortava Himmler. «Avanti di giorno! Avanti di notte! Avanti per la liberazione del suolo tedesco!».[12] In realtà, questo fu il suo unico contributo ai tentativi di proteggere Berlino. L'attacco di Wenck e Steiner coinvolse elementi di sei divisioni SS molto sotto organico, di cui quattro erano corazzate con meno di 300 panzer e cacciacarri. Furono impegnate anche quattro deboli divisioni dell'esercito e una divisione era in arrivo dalla Norvegia, ma non riuscì a giungere in tempo.

Nonostante la quasi totale assenza di supporto di artiglieria e copertura aerea, alcune delle forze d'assalto riuscirono a raggiungere Arnswalde. Dopo appena due giorni dall'inizio dell'attacco, dopo che Wenck si era rotto la spalla in un incidente d'auto la sera del 17 febbraio, l'assalto si arrestò in men che non si dica di fronte alla strenua opposizione sovietica. Due giorni più tardi, Arnswalde era persa. Steiner era stato comandante dell'esercito solo per pochi giorni, anche se, a dirla tutta, il suo comando non era mai stato veramente tale. Perse subito una delle sue migliori unità quando la 4ª SS-Polizei-Panzergrenadier-Division fu inviata a tentare di salvare Danzica. Hitler si era fissato sulle presunte capacità di Steiner proprio come aveva fatto con Dietrich. Tuttavia l'operazione non fu un'assoluta perdita di tempo perché servì a convincere Stalin che prima era necessario liberare la Prussia orientale e la Pomerania. Inoltre la città di Poznan, difesa da 60mila truppe tedesche, resistette contro la retroguardia dell'8ª Armata di Chuikov fino al 23 febbraio. Ciò significò che Stalin posticipò il suo attacco a Berlino di sei settimane, regalando ai tedeschi del tempo prezioso per prepararsi alla sua difesa.

Dietro le quinte venivano suggerite misure sempre più disperate per cercare di proteggere la capitale. Il generale Reinhard Gehlen, che era al comando dell'*intelligence* del fronte orientale, propose a

[12] Reitlinger, *The SS*, p. 406.

Guderian di dar fuoco il 3 marzo a 644 chilometri quadrati di bosco. Pensava che l'area fra Görlitz e Guben fosse il luogo ideale. «Per raggiungere il nostro obiettivo di annientare l'equipaggiamento e il personale nemico» scrisse, «gli incendi devono essere appiccati in tal modo che il nemico non abbia una via di fuga».[13] Lo staff di Gehlen calcolò che sarebbero state sufficienti 360 sortite della Luftwaffe con bombe incendiarie. Guderian non era convinto dell'idea e non rispose. Allora Gehlen fece notare alla Luftwaffe che solo quattro ponti ferroviari sulla Vistola erano rimasti intatti; se questi fossero stati interrotti, le operazioni dell'Armata rossa sui fiumi Neisse e Oder sarebbero state ostacolate. Quando il generale Karl Koller, il capo di stato maggiore della Luftwaffe, sottopose la questione a Hitler, questi non si dimostrò ricettivo. Preferì l'idea di un attacco alle forniture elettriche sovietiche occidentali. Gehlen allora si rivolse alle SS per vedere se i loro comandanti potessero distruggere i ponti. Gli fu detto che si poteva contemplare un'operazione contro un singolo ponte, ma poi non ci fu un seguito.

Il 4 marzo, l'Armata rossa arrivò fino al Baltico fra Kolberg e Köslin, tagliando fuori le forze tedesche. Cinque giorni dopo, a sudest di Kolberg, raggiunse l'Oder accerchiando Stettino, minacciando così l'importante impianto di carburante sintetico della vicina Pölitz. I sovietici iniziarono il loro attacco a Küstrin il 10 marzo e si spinsero verso il Warta. Incontrarono una decisa resistenza intorno alla stazione ferroviaria e al ponte stradale che portava all'area fra i due fiumi. L'artiglieria colpì senza sosta i bastioni del vecchio forte cittadino. Il 12 marzo, sul versante meridionale dell'Oder, ci furono pesanti combattimenti a Breslavia. I sovietici raggiunsero anche Oppeln, nell'Alta Slesia. Quest'ultima, così come le città di Stettino, Kolberg, Danzica e Königsberg, continuava a resistere con ostinazione.

Il quartier generale di Guderian a Zossen, a sudest di Berlino, fu bombardato il 15 marzo e il generale Hans Krebs, suo secondo in comando, rimase ferito. Il suo precedente vice, il generale

[13] Gehlen, *The Gehlen Memoirs*, p. 120.

Wenck, era ancora fuori combattimento. Guderian, deciso a liberarsi dall'inconcludente Himmler, il 20 marzo trovò il modo di nominare il generale Gotthard Heinrici, che guidava della 1ª Panzer-Armee nei Carpazi, al comando del Gruppo di armate Vistola. Nel frattempo, il fronte occidentale continuava a sgretolarsi. «Ricevetti la notizia che le truppe britanniche avevano attraversato il Reno [...]» scriverà il ministro per gli armamenti del Reich Albert Speer. «La Germania era invasa».[14] Speer, alle prese con il ridicolo decreto di Hitler per cui tutte le fabbriche e infrastrutture della Germania dovevano essere distrutte per sottrarle all'avanzata del nemico, era giustamente preoccupato dell'impatto di una simile decisione su una Germania post-bellica.

[14] Speer, *Inside the Third Reich*, p. 594.

# CAPITOLO 2 · LA COLPA NON È DI BUSSE

Hitler, in risposta alla crescente minaccia a Küstrin, ordinò che cinque divisioni della 9ª Armata del generale Theodor Busse attaccassero verso nord dalla testa di ponte di Francoforte, sulla sponda est dell'Oder, per liberare la città. Sperava, distruggendo le teste di ponte prese dal nemico sulla sponda ovest presso Küstrin, di poter colpire dalle retrovie il 1° Fronte bielorusso di Zhukov. In teoria il piano era anche valido; in pratica era impossibile. Guderian era contrario a questa impresa perché Busse aveva truppe insufficienti, ma come sempre fu scavalcato da Hitler. «Pensavo che un simile attacco fosse inutile» spiegherà Guderian, «e proposi che il nostro primo passo dovesse essere l'eliminazione della testa di ponte presso Küstrin per ristabilire un contatto con la guarnigione assediata».[1] Invece, un frustrato Guderian dovette assecondare i desideri del Führer.

Quando il generale Heinrici, nuovo comandante del Gruppo di armate Vistola, venne a conoscenza del piano una volta giunto a Zossen, rimase sbigottito. A Francoforte c'era un solo ponte che sarebbe stato vulnerabile durante i preparativi tedeschi, e la testa di ponte sulla riva orientale non era abbastanza grande per contenere cinque divisioni. Inoltre, l'artiglieria sovietica sulle alture circostanti sarebbe stata in grado di bombardare con precisione le forze d'attacco che si trovavano lì riunite. Le informazioni dell'*intelligence* sull'entità delle forze sovietiche in quell'area indicavano

[1] Guderian, *Panzer Leader*, p. 425.

che l'operazione non sarebbe mai arrivata a Küstrin. Guardando la mappa, Heinrici disse a Guderian: «È impossibile». Guderian scrollò le spalle; Hitler aveva già deciso. «Le nostre truppe rimarranno bloccate con le spalle all'Oder», ammonì Heinrici, «sarà un disastro». Guderian stava per recarsi a Berlino per aggiornare Hitler e gli suggerì di accompagnarlo: «Se devo sferrare questo folle attacco dopodomani» mugugnò Heinrici, «è meglio che vada al mio quartier generale il prima possibile».[2]

I preparativi per l'operazione non fecero che peggiorare la situazione. La 25ª Divisione fanteria fu fatta uscire dal corridoio che conduceva a Küstrin e sostituita da elementi della 20ª Panzer-Division. L'idea era che la 25ª Fanteria, una delle migliori formazioni di Busse, prendesse parte all'offensiva. Ma in realtà non faceva una grande differenza, perché questa divisione era stata distrutta l'estate precedente durante il crollo del Gruppo di armate Centro e in seguito ricostituita. Nello stesso momento, anche la 20ª Panzer-Division era stata malamente straziata. Tuttavia, prima che tale dispiegamento si fosse concluso, la 5ª Armata d'assalto di Berzarin e l'8ª Armata delle Guardie di Chuikov attaccarono il 22 marzo, isolando completamente Küstrin. In tal modo, parte della 20ª Panzer-Division e le guarnigioni SS rimasero intrappolate. La situazione mostrò che Guderian aveva avuto ragione nella valutazione delle priorità tedesche.

Come era prevedibile, i tentativi di entrare a Küstrin da Francoforte fallirono. Busse sferrò due attacchi il 23 marzo, entrambi fermati. Quando Heinrici riferì dell'accaduto, Guderian rispose: «Dev'esserci un altro attacco».[3] In risposta, Heinrici suggerì che i panzer a Küstrin fossero autorizzati a tentare uno sfondamento. Guderian insistette: «Deve essere sferrato l'attacco».[4] Tre giorni dopo, Guderian annoterà: «Il nostro tentativo di ristabilire un contatto con i difensori di Küstrin è fallito».[5] Alcuni panzer di Busse, cogliendo di

[3] *Ibid.*
[4] Ivi, p. 171.
[5] *Ibid.*
[6] Guderian, *Panzer Leader*, p. 427.

sorpresa l'8ª Armata delle Guardie, raggiunsero la città il 27 marzo, ma furono bersagliati dalle granate sovietiche in men che non si dica. «L'attacco» disse Heinrici, «è un massacro. La 9ª Armata ha subito perdite incredibili assolutamente invano».[6]

Reinefarth, Gruppenführer delle SS, aveva l'ordine di difendere Küstrin fino all'ultimo uomo, ma invece decise di ritirarsi fintanto che rimaneva una minima possibilità di fuga. Hitler reagì ordinando il suo arresto. Tre giorni dopo, l'ultimo degli antichi bastioni di Küstrin fu conquistato dal nemico. Nonostante le azioni di Reinefarth, l'Armata rossa prese circa 3000 prigionieri e fece all'incirca altrettante vittime. Reinefarth era condannato a morte e sapeva che l'unico modo per salvarsi era arrendersi ai britannici o agli americani, così, alla testa dei suoi uomini, si diresse a ovest. Stalin ora aveva una lunga testa di ponte, anziché due, sulla sponda ovest dell'Oder che minacciava Berlino.

Hitler ritenne Busse responsabile e ancora una volta Guderian si ritrovò coinvolto in un'accesa controversia. A parere di Hitler, l'operazione era fallita a causa dell'inadeguatezza dei bombardamenti dell'artiglieria. «Gli feci presente che Busse non aveva più munizioni a disposizione» ricorderà Guderian, «e che quindi non aveva la possibilità di colpire più di quanto non avesse fatto».[7] Hitler si rivolse a Guderian, dicendogli che era colpa sua, ma Guderian disse che tutte le munizioni che aveva erano state consegnate a Busse. Allora Hitler incolpò le truppe, nonostante il fatto che avessero subito perdite spaventose.

Guderian tornò a Zossen e scrisse un resoconto sul perché pensasse che il piano di Hitler non avesse funzionato. Il 28 marzo, lui e Busse furono convocati al Führerbunker. Hitler continuò a incolpare Busse, il che fece molto arrabbiare Guderian. «Spiegazioni! Scuse! È tutto quello che mi sapete dare!» gridava Hitler. «Bene, allora ditemi chi è che ci ha deluso a Küstrin – le truppe o Busse?[8] «L'ho spiegato

[7] Ryan, *The Last Battle*, p. 171.
[8] Guderian, *Panzer Leader*, p. 427.
[9] Ryan, *The Last Battle*, p. 173.

dettagliatamente ieri» disse Guderian, «sia a parole che per iscritto – il generale Busse non è da incolpare per il fallimento dell'attacco a Küstrin».[9] Poi chiese a Hitler di smettere di criticare Busse.

Inoltre Guderian voleva che le 200mila truppe tedesche inutilmente intrappolate nella sacca della Curlandia a centinaia di chilometri dietro le linee nemiche fossero evacuate via mare. Erano rimaste lì perché l'ammiraglio Karl Dönitz, con oltre 100 nuovi sommergibili U-Boot in costruzione, voleva l'accesso al golfo di Danzica per l'addestramento. La realtà del fatto che la guerra via mare ora appariva strategicamente irrilevante sembrava essere sfuggita a Hitler e Dönitz. C'erano poi altri 400mila uomini rimasti in stand-by in Norvegia, teoricamente a guardia dei rifornimenti di minerale di ferro e a sostegno della inutile campagna degli U-Boot.

Un simile atteggiamento era troppo per Hitler. Per tutta risposta sospese Guderian adducendo motivazioni mediche per sostituirlo con il generale Krebs. Guardandolo severamente, gli disse: «Generale, per il bene della sua salute deve prendersi sei settimane di convalescenza seduta stante».[10] Quando Heinrici telefonò a Zossen per dire che erano stati persi 8000 uomini nel tentativo di arrivare a Küstrin, si ritrovò a parlare con Krebs. Costernato, Heinrici si rivolse al suo staff e disse: «Non è come Guderian. Non ha neanche salutato».[11] Per Guderian, la guerra era finita. Era l'ultimo dei generali più anziani in grado di contrastare il Führer, e da quel momento Hitler fu circondato solo da yes-men. Il peggiore di tutti fu il feldmaresciallo Wilhelm Keitel, conosciuto come "il generale signorsì" e che fu accusato di avere «il cervello come l'usciere di un cinema».[12] Dunque non aiutò il fatto che avesse ottenuto un incarico così elevato come capo delle forze armate.

La situazione risultò evidente due giorni dopo, quando il generale Heinrici incontrò Hitler per la prima volta in assoluto. Chiese

[10] Guderian, *Panzer Leader*, p. 428.

[11] Loringhoven, *In the Bunker with Hitler*, p. 141.

[12] Ryan, *The Last Battle*, p. 172.

[13] Chant, *Hitler's Generals and their Battles*, p. 214.

che due delle sue divisioni a Francoforte sull'Oder fossero spostate per operare altrove. Hitler s'infuriò all'istante. Il capitano Gerhard Boldt, che era presente, fu testimone dell'espressione stupefatta di Heinrici. «Come folgorato, guardò con aria interrogativa da un presente all'altro», ricorderà Boldt. Ma nessuno dei militari, scelti da Hitler e costantemente al suo cospetto, era disposto a prendere la parte di Heinrici».[13]

Nel frattempo, Zhukov arrivò a Mosca il 29 marzo per discutere dell'imminente assalto dell'Armata rossa a Berlino. Quando incontrò Stalin, il leader sovietico disse, con uno degli eufemismi più famosi di tutti i tempi: «Penso che sarà una gran bella battaglia ».[14] Subito dopo li raggiunse anche Konev e i tre concordarono sul fatto che Küstrin fosse cruciale per conquistare la capitale. «Fu deciso di lanciare l'attacco principale dalla testa di ponte di Küstrin con quattro armate di fanteria e due di carri»[15] dirà Zhukov. Sarebbe iniziato il 16 aprile. Allo stesso tempo, Konev avrebbe attaccato allo scopo di tenere il Gruppo di armate Centro di Hitler lontano da Berlino, proteggendo così il fianco sinistro di Zhukov. A Konev fu però anche detto che, nell'ipotesi in cui il 1° Fronte bielorusso di Zhukov si fosse bloccato nell'accedere a Berlino da est, il suo 1° Fronte ucraino doveva essere pronto ad attaccare la città da sud.

Zhukov non era felice del fatto che il 2° Fronte bielorusso del maresciallo Rokossovsky a nord non sarebbe stato in grado di unirsi all'offensiva fino al 20 aprile. Significava che avrebbe dovuto inizialmente avanzare con il fianco destro non protetto, rimanendo potenzialmente esposto al contrattacco della 3ª Panzer-Armee. Pensava che sarebbe stato molto meglio aspettare fino a quando tutti e tre i Fronti fossero pienamente operativi, ma Stalin non avrebbe tollerato ulteriori ritardi. «Fu deciso di impegnare le armate dei carri nella battaglia dopo la presa delle alture di Seelow»,[16] osserverà Zhukov

[14] Seaton, *The Fall of Fortress Europe 1943-1945*, p. 192.
[15] Zhukov, *Reminiscences and Reflections*, 2, p. 346.
[16] Ivi, p. 349.
[17] Ivi, p. 353.

dopo una serie di esercizi di pianificazione. Il grande interrogativo era quanto a lungo i tedeschi avrebbero resistito sulle alture.

Stalin non voleva aspettare perché era convinto che gli Alleati fossero in procinto di provare a prendere Berlino prima di lui. Durante l'incontro con Zhukov e Konev, il generale Semyon Mikhailovich Shtemenko, capo delle operazioni dell'Armata rossa, lesse un rapporto dell'*intelligence*. Konev lo ricorderà dire: «Sotto il comando del maresciallo Montgomery si sta formando il raggruppamento principale. La direzione dell'attacco è pianificata a nord della Ruhr, sulla via più breve che separa il grosso delle forze britanniche da Berlino».[17] Il rapporto si concludeva confermando che gli Alleati credevano fermamente di potere arrivare lì per primi. Stalin disse ai suoi generali: «Penso che Roosevelt non violerà gli accordi di Yalta, ma quanto a Churchill, non si fermerebbe davanti a niente».[18]

*Per attaccare Berlino, Zhukov dovette prima assicurarsi Küstrin e le alture di Seelow.*

[18] Bialer, *Stalin and his Generals*, p. 516.
[19] Zhukov, *Reminiscences and Reflections*, 2, p. 347.

Stalin guardò intensamente Zhukov e Konev per qualche istante. «Allora, chi andrà a prendersi Berlino» chiese loro, «noi o gli Alleati?». Fu Konev a rispondere con convinzione: «Siamo noi che prenderemo Berlino e dobbiamo prenderla prima degli Alleati».[19] Se fosse stata una corsa, l'Armata rossa l'avrebbe vinta. Inoltre, Stalin spostò intenzionalmente la linea di demarcazione fra Konev e Zhukov più a nord per incoraggiarli a competere apertamente per il premio finale. Shtemenko dirà che Stalin in seguito lo avrebbe ammesso, nel proclamare: «Chiunque raggiunga Berlino per primo – che se la prenda».[20] Ma Küstrin avrebbe dato a Zhukov un vantaggio. «Gli eventi si svilupparono in modo tale» osserverà Shtemenko, «che entrambi i [loro] Gruppi di Armate presero Berlino».[21]

A quel punto Gdynia, Danzica, Kolberg e Oppeln erano state tutte prese dall'Armata rossa. Solo le malconce Breslavia e Königsberg erano rimaste in piedi, anche se quest'ultima alla fine fu costretta ad arrendersi il 9 aprile. Hitler condannò a morte in contumacia il comandante della guarnigione di Königsberg. Vienna fu sopraffatta quattro giorni dopo, lasciando Hitler incredulo del fatto che il generale delle SS Sepp Dietrich e i suoi uomini non avessero scelto di morire tra le macerie della capitale austriaca. Ritenne che questo fosse il tradimento finale delle SS di Himmler.

Nel frattempo, il ministro per gli armamenti del Reich, Albert Speer, cercò invano di salvare l'Orchestra Filarmonica di Berlino dall'arruolamento nella Volkssturm. L'orchestra dipendeva dal Ministero della propaganda di Joseph Goebbels e, poiché era ritenuta utile per il morale, i musicisti erano stati esentati dal servizio militare. Ora che l'Armata rossa si avvicinava, il direttore dell'Orchestra, Gerhart von Westermann, cercò l'aiuto di Speer per evitare che i suoi membri fossero mobilitati per la difesa della città. Speer scoprì però che il ministro per la propaganda non provava la minima empatia per il destino dei musicisti. «La mia iniziativa e i miei soldi

[20] Roberts, *Stalin's General*, p. 223.
[21] Bialer, *Stalin and his Generals*, p. 500.
[22] *Ibid.*

l'hanno resa ciò che è diventata [...]» sbottò Goebbels al telefono. «Chi verrà dopo non avrà alcun diritto su di essa. Può affondare insieme a noi».[22]

Come risposta, Speer inviò il suo ufficiale di collegamento, il tenente colonnello Manfred von Poser, a distruggere i documenti di chiamata dei musicisti. Poi, in ulteriore spregio a Goebbels, progettò di evacuare segretamente tutti i 105 elementi dell'orchestra. Informò Westermann che il segnale per la fuga dell'orchestra sarebbe stato il finale del *Crepuscolo degli dei* (*Die Götterdämmerung*) di Wagner. Quella musica non era certo di grande conforto, ma per Speer era opportunamente simbolica del disastro che stava travolgendo il Terzo Reich. La riteneva «un gesto piuttosto patetico e anche malinconico che indicava la fine del Reich».[23]

La notte del 12 aprile, la Filarmonica di Berlino condusse il suo ultimo concerto nella Sala Beethoven. Alla fine, l'umore del pubblico fu ulteriormente afflitto quando la Gioventù hitleriana consegnò a tutti delle capsule di cianuro mentre uscivano dell'edificio. Nessuno notò che sotto i soprabiti i musicisti non indossavano i soliti smoking e che non avevano suonato con i loro migliori strumenti, i quali erano stati già spediti a ovest in direzione dell'avanzata degli americani. Alla fine, però, l'orchestra ebbe così paura delle ritorsioni contro le proprie famiglie che decise di restare. Solo un violinista, Gerhard Taschner, accettò l'offerta di Speer di fuggire assieme alla famiglia. «Fu l'ultima musica che avrei sentito per un lungo tempo a venire»[24] ricorderà Speer con grande rammarico. Molti dei musicisti, ancora in soprabito, si presentarono diligentemente alla Volkssturm. Il loro reclutamento fu una condanna a morte.

[23] Speer, *Inside the Third Reich*, p. 618.
[24] Ivi, p. 619.
[25] *Ibid.*

# CAPITOLO 3 · TEMPESTA DI FUOCO SU SEELOW

Chiaramente, una delle maggiori preoccupazioni di Stalin era che gli Alleati potessero arrivare a Berlino prima di lui. Dopo tutti gli spargimenti di sangue sopportati dall'Armata rossa sul fronte orientale, non voleva che gli Alleati si prendessero tutta la gloria. Inoltre, una vasta presenza militare Alleata nella città avrebbe complicato i suoi piani. Alla conferenza di Teheran tenuta nel 1943 si era convenuto che – dopo sua la sconfitta – una Germania divisa avrebbe evitato nuove guerre in Europa centrale. Fu così stabilito alla conferenza di Yalta del febbraio 1945 che la Germania e Berlino sarebbero state divise in quattro zone occupate sotto il controllo di Stati Uniti, Regno Unito, Francia e Unione Sovietica. Berlino rappresentava un serio problema, per il fatto che sarebbe stata nel cuore della zona occupata dai Sovietici. Stalin non voleva che gli Alleati si ritagliassero un ampio corridoio di territorio verso la città perché ciò avrebbe compromesso il suo dominio sulla Germania orientale. Se avesse potuto limitare l'accesso a Berlino, le *énclave* degli Alleati sarebbero dipese in via permanente dalla buona volontà dell'Unione Sovietica. A tale scopo, l'Armata rossa doveva arrivare a Berlino per prima.

Le rapide conquiste degli Alleati sul fronte occidentale stavano alimentando le ansie di Stalin. A marzo inoltrato, avevano imperversato sul Reno e in men che non si dica gli americani avevano intrappolato il Gruppo di armate B del feldmaresciallo Walter Model nella Ruhr. Poi la 9ª Armata USA del generale William Simpson aveva raggiunto l'Elba vicino a Magdeburgo l'11 aprile. Il giorno seguente le sue unità più avanzate avevano attraversato il fiume ed erano a circa 80 km dalla capitale nazista. Anche se gli americani erano all'interno della zona di occupazione sovietica, non era stata concordata alcuna linea di arresto militare. Il generale Simpson voleva spingere la 2ª Divisione corazzata "Hell on Wheels" e l'83ª Divisione di fanteria "Thunderbolt" oltre il fiume e sulla strada per Berlino durante la notte. «Il mio errore è stato quello di non averlo fatto più rapidamente» dirà Simpson, «subito dopo aver attraversato l'Elba».[1]

I tedeschi risposero all'attraversamento degli americani resistendo a Magdeburgo e facendo saltare il ponte a Schönebeck, a sudest della città. I tentativi dei genieri americani di costruire un ponte di barche sull'Elba furono bloccati dall'intenso fuoco di granate tedesco. Poi i tedeschi radunarono tre divisioni *ad hoc*, che spinsero Simpson ad abbandonare le sue due deboli teste di ponte. La punta di lancia della 2ª Divisione corazzata, incapace di portare i suoi carri oltre il fiume, subì il contrattacco della Divisione Scharnhorst, messa insieme in fretta e furia ed equipaggiata con panzer e cannoni semoventi. In mancanza di un supporto aereo e corazzato, la malconcia fanteria della 2ª Divisione corazzata si ritirò di là dal fiume. A causa della sua strenua resistenza, Magdeburgo fu bombardata e presa d'assalto il 17 aprile prima che gli americani facessero irruzione. Il giorno seguente, la guarnigione fece saltare l'ultimo ponte rimasto e poi si arrese.[2] Nel frattempo, Hitler creò la nuova 12ª Armata tedesca al comando del generale Wenck per difendere l'Elba.

«Sul momento probabilmente avremmo potuto spingerci su Berlino» spiegherà il generale Omar Bradley, comandante del 12° Gruppo di armate statunitense, «se fossimo stati disposti ad accettare le perdite che ci sarebbe costata la capitale».[3] La sua stima fu che

[1] Weigley, *Eisenhower's Lieutenants*, p. 699.

[2] Per un resoconto complete della caduta di Magdeburgo, vedi Caddick-Adams, *1945 Victory in the West*, pp. 362-365.

[3] Wilmot, *The Struggle for Europe*, p. 694.

gli Alleati occidentali avrebbero perso circa 100mila uomini se si fossero fatti strada dall'Elba fino a Berlino.

«Un prezzo troppo duro da pagare anche per un obiettivo prestigioso» disse Bradley al generale Dwight Eisenhower, comandante supremo degli Alleati, «specialmente dal momento che poi dovremo ritirarci e lasciare che gli altri prendano il controllo».[4] Simpson, tuttavia, pensava che gli Alleati avessero perso una grande opportunità: «Sono convinto che la 9ª Armata avrebbe potuto prendere Berlino con perdite limitate ben prima che i russi fossero in grado di raggiungere la città».[5] Invece l'Armata rossa era lì lì per arrivare.

Di cruciale importanza per la difesa di Berlino erano le alture di Seelow, sul versante occidentale del fiume Oder. «Questa linea difensiva naturale che domina sul territorio circostante» osserverà il maresciallo Zhukov «ha delle pendenze molto ripide ed era un serio ostacolo per arrivare a Berlino sotto tutti i punti di vista».[6] La propaganda nazista le aveva definite "la roccaforte di Berlino".[7] Le alture di Seelow si trovavano a cavallo della Reichsstrasse I che correva verso ovest fino alla capitale attraverso le città di Seelow, Diedersdorf e Müncheberg. Era la via d'attacco più diretta per il 1° Fronte bielorusso di Zhukov. Le alture, che avevano una forma di ferro di cavallo, si elevavano dai 30 ai 60 metri e dominavano la valle dell'Oder. Da lì, i cannoni tedeschi potevano bombardare la valle, nonché i ponti e le teste di ponte dell'Armata rossa. «Si ergevano come un muro davanti alle nostre truppe» aggiungerà Zhukov, «bloccando l'altopiano dove avrebbe avuto luogo la battaglia alle porte di Berlino».[8]

Il generale Heinrici, al comando del Gruppo di armate Vistola, si rese conto del fatto che Zhukov voleva conquistare le alture il più

[4] Weigley, *Eisenhower's Lieutenants*, p. 699.
[5] *Ibid.*
[6] Zhukov, *Reminiscences and Reflections*, 2, pp. 365-366.
[7] Ivi, p. 366
[8] *Ibid.*

rapidamente possibile. Sapeva anche che Zhukov avrebbe attaccato le sue posizioni avanzate con un massiccio bombardamento di artiglieria. Heinrici, prevedendo guai, nella notte del 15 aprile ordinò a gran parte delle sue forze di rientrare nella seconda linea di difesa. Con grande disappunto di Heinrici, alcuni dei suoi generali non gradirono l'idea di ritirarsi. Tuttavia, Heinrici voleva preservare il più possibile le proprie forze per affrontare l'assalto di Zhukov, quindi era contento che l'Armata rossa sprecasse munizioni sulle posizioni abbandonate.

Hitler aveva proclamato quello che sarebbe stato il suo ultimo ordine del giorno: «In queste ore, tutto il popolo tedesco ha gli occhi puntati su di voi, miei combattenti dell'Est, e si aspetta che, grazie alla vostra determinazione e al vostro ardore [...] l'assalto bolscevico sarà soffocato in un bagno di sangue».[9]

Ma Heinrici in realtà stava solamente giocando con il tempo, perché il suo Gruppo di armate era così debole che non era in grado di condurre contrattacchi su larga scala. Inoltre, la sua artiglieria aveva munizioni solo per due giorni e mezzo. A nord, la 3ª Panzer-Armee del generale Hasso von Manteuffel era impegnata a contrastare la minaccia del 2° Fronte bielorusso del maresciallo Rokossovsky. Questo lasciava la sola 9ª Armata del generale Busse ad affrontare Zhukov e Konev. Per supportare Busse, Heinrici reimpiegò le divisioni panzer di Manteuffel.

Guardando le zone circostanti fuori da Berlino, se anche Zhukov avesse piegato a nord per attraversare il fiume Havel, cosa che era verosimile, Oranienburg sarebbe stata in pericolo. Piegare invece a sud oltre la Sprea avrebbe messo Zossen sulla linea di fuoco. Più a sud, una volta superato il fiume Neisse, il 1° Fronte ucraino di Konev avrebbe dovuto attraversare la Sprea, mettendo Spremberg, Cottbus, Baruth e Zossen sulla linea di avanzata verso la capitale tedesca. In cuor suo, Konev voleva arrivare a Berlino prima di Zhukov e sperava che quest'ultimo sarebbe stato trattenuto sulle alture di Seelow.

[9] Trevor-Roper, *Hitler's War Directives*, p. 301.

*Konev, maresciallo dell'Unione Sovietica, riuscì nell'impresa di raggiungere Berlino prima del "rivale" Zhukov.*

Zhukov aveva già delle teste di ponte oltre l'Oder a Kienitz e Küstrin che potevano fungere da rampa di lancio per la sua offensiva contro Berlino. A fine marzo, si era inoltrato fino a 16 km di profondità e 48 km di fronte. Da lì, l'8° Gruppo di armate del generale Chuikov poteva lanciare il suo attacco sulle alture di Seelow. Il capitano Sergei Golbov, corrispondente di guerra con l'Armata rossa, si trovava con lo schieramento sulla riva orientale dell'Oder, a nord di Küstrin, osservando con stupore le masse di carri armati, truppe, barche e pontoni. «Dappertutto la riva del fiume era piena di uomini e di attrezzature» scriverà Golbov, «eppure regnava un silenzio assoluto».[10]

Zhukov e Chuikov installarono il loro posto di comando in una casamatta vicino allo sperone di Reitwein che si affacciava sulla testa di ponte di Küstrin, pronta per l'assalto. Questo iniziò alle 4 del 16 aprile 1945, quando oltre 20mila cannoni e lanciarazzi sovietici aprirono il fuoco. L'ingegnere sovietico Petr Sebelev osserverà che «il cielo era illuminato a giorno da un lato all'altro dell'orizzonte».[11] Zhukov scrutava con il binocolo il territorio davanti a lui che esplodeva in una distruzione vulcanica. Il suono dei cannoni e delle rispettive esplosioni era assordante e il terreno tremava nel raggio di chilometri, mentre le onde d'urto si espandevano distruggendo tutto quello che incontravano sul loro cammino. L'intenzione era di azzerare le difese tedesche con questo fuoco massiccio. «Sembrava quasi che non ci fosse rimasta anima viva sul lato nemico» commenterà Zhukov.[12] Tuttavia, molti veterani del fronte orientale sapevano che non era così.

Dopo 30 minuti, l'Armata rossa cessò i cannoneggiamenti e nell'aria migliaia di aerei sovietici iniziarono a sferrare i loro attacchi. Poi l'Armata rossa accese 140 proiettori da ricerca allo scopo di abbagliare i tedeschi e illuminare la via. Il colonnello generale Mikhail Katukov, comandante della 1ª Armata corazzata delle Guardie, pronta a sfruttare lo sfondamento di Chuikov, esclamò: «Dove

[10] Ryan, *The Last Battle*, p. 269.

[11] Merridale, *Ivan's War*, p. 283.

[12] Zhukov, *Reminiscences and Reflections*, 2, p. 364.

diavolo abbiamo preso tutti questi proiettori da ricerca?».[13] Il tenente colonnello Pavel Troyanoski, corrispondente di guerra, ricorderà che la scena era come «un migliaio di soli messi insieme».[14] Purtroppo, anche gli stessi attaccanti rimasero presto accecati dalle luci che si riflettevano sui nuvoloni di polvere e fumo sollevati dai bombardamenti.

*Cannoni sovietici bombardano le alture di Seelow.*

A fronteggiare tutta la forza dell'assalto di Zhukov fu il 56° Panzerkorps del generale Helmuth Weidling. Questo era costituito dalla 20ª Panzergrenadier-Division e della 9ª Divisione paracadutisti, con la Divisione Panzer Müncheberg come riserva. Nessuna di queste unità era al massimo delle proprie forze. A destra di Weidling si trovava l'11° SS-Panzerkorps con tre divisioni, nessuna delle quali era però corazzata. La sua riserva era la Divisione ad hoc Kurmark Panzergrenadier. Quest'ultima era stata formata a Cottbus solo a gennaio, e non aveva mai raggiunto il suo massimo potenziale. Entrerà in

[13] Ryan, *The Last Battle*, p. 271.
[14] *Ibid.*

combattimento frammentariamente a Küstrin per la primissima volta il mese successivo. A sinistra di Weidling c'era il 101° Corpo con tre divisioni di fanteria supportate dalla 25ª Divisione Panzergrenadier.

La 9ª Divisione paracadutisti, formatasi a febbraio 1945, aveva ricevuto le ultime unità solo otto giorni prima dell'attacco di Zhukov. E anche lì, due dei suoi battaglioni più esperti erano stati mandati in aiuto a Breslavia per difendere la città. La maggior parte degli uomini erano ex personale di terra della Luftwaffe, ovvero non paracadutisti qualificati, che non volevano combattere come fanteria. Il generale Heinrici riponeva in loro ben poca fiducia. «La 9ª Divisione paracadutisti mi preoccupa» aveva detto a Hitler prima che iniziasse battaglia, «i suoi comandanti e sottufficiali sono quasi tutti ex amministrativi, non addestrati e non abituati a gestire unità da combattimento».[15]

La divisione era ancora in fase di riorganizzazione quando le bombe sovietiche iniziarono a piovere sulle sue posizioni nelle alture di Seelow. Gerd Wagner, in servizio con il 27° Reggimento paracadutisti, fu scagliato in un cratere e perse i sensi. Quando si svegliò, scoprì di essere ferito e che «tutti i miei dieci compagni erano morti».[16] Ripulendosi dalla polvere, riuscì a raggiungere la seconda linea difensiva del suo reggimento. In risposta al bombardamento, il colonnello Menke, comandante del reggimento di Wagner, ritirò il suo quartier generale da Schloss Gusow in un bunker nascosto tra gli alberi dietro il villaggio. Il capitano Finkler fu però lasciato indietro per mantenere i contatti con le posizioni avanzate.

Zhukov lanciò sei armate a nord di Küstrin nella sua offensiva oltre l'Oder Bruch e attraverso l'Alte Oder. A sud, tre armate colpirono lo sperone di Reitwein attraverso Dolgedin e Seelow. «Oggi nessuno sta pensando alla morte» dirà Peter Sebelev, «ma tutti stanno pensando a quanto velocemente possano marciare su Berlino».[17] Gli uomini di Chuikov riuscirono a spingersi in avanti dal versante occidentale, ma la loro brama di vendetta era tale che anche quelli sul versante orientale

[15] Ivi, p. 210.

[16] Beevor, *Berlin: The Downfall 1945*, p. 218.

[17] Merridale, *Ivan's War*, p. 283.

non aspettarono che i ponti di barche fossero finiti di assemblare. Così alcuni remarono sulle barche d'assalto mentre altri semplicemente saltarono in acqua usando tronchi e taniche vuote di carburante per rimanere a galla. Il capitano Golbov si ritrovò a guardare «un'enorme esercito di formiche che galleggiava sull'acqua reggendosi a foglie e ramoscelli».[18] La grande traversata dell'Oder da parte di Zhukov da quel momento è stata descritta come "un gran caos".[19]

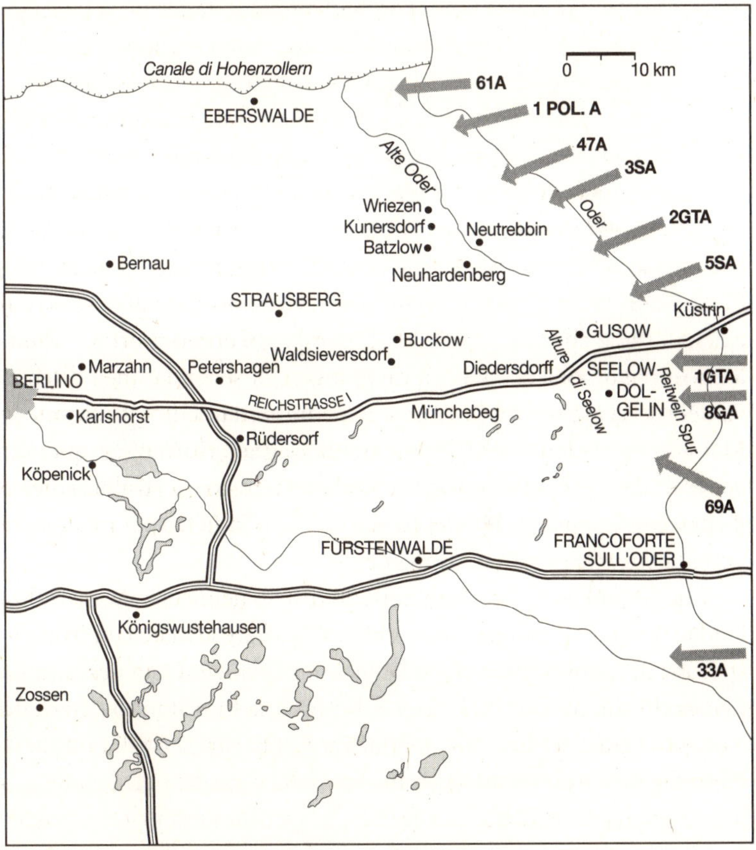


*L'assalto di Zhukov sulle alture di Seelow, 16-19 aprile 1945.*

[18] Ryan, *The Last Battle*, p. 273.

[19] Hastings, *Armageddon*, p. 535.

Il tenente Vasily Filimonenko e la sua squadra di segnalazione di cinque uomini attraversarono il fiume su una zattera messa insieme al momento con pali di recinzione e porte. Stavano per rovesciarsi quando alcuni ingegneri su una barca prestarono loro soccorso. Mentre si dirigevano verso la riva opposta, osservarono con orrore le granate tedesche che atterravano in mezzo ad alcuni genieri che cercavano di montare un ponte di barche. Filimonenko e i suoi uomini, uno dei quali era ferito, rimasero bloccati nell'acqua per 30 minuti prima di arrivare a riva. Fortunatamente, la loro radio non era andata danneggiata e cominciarono a individuare i bagliori delle artiglierie tedesche che facevano fuoco.

Il corrispondente di guerra Vassili Subbotin, in servizio con la 150ª Divisione fucilieri, parte del 79° Corpo fucilieri, 3ª Armata d'assalto, ricorda che dalla loro parte del fiume c'erano degli allagamenti. Dovette aspettare due ore per poter usare un ponte di barche oscillante. «Poi abbiamo attraversato l'Oder con il nostro veicolo», dirà Subbotin, «con il pontone che affondava nell'acqua».[20] Una volta in salvo sull'altra sponda, osservò con una certa sorpresa: «Il terreno era dissestato, ma non c'erano né il filo spinato né i muri difensivi in cemento di cui ci avevano parlato, né i fossati anticarro».[21] I primi morti tedeschi che vide non erano nelle trincee, ma giacevano all'aperto.

Alle 6:55, il 1° Fronte ucraino di Konev lanciò il suo attacco sul Neisse condotto da cinque armate, con la 3ª e la 4ª Armata corazzata delle Guardie pronte a sfruttare lo sfondamento. L'attacco di Konev aveva in aggiunta un senso di maggiore urgenza, in quanto si sapeva che gli Alleati occidentali ora erano nel raggio di 64 chilometri da Berlino. Questo alimentò la crescente preoccupazione all'interno dell'Alto comando sovietico che Hitler potesse tentare di consegnare separatamente Berlino agli americani e agli inglesi. Konev non aveva teste di ponte sul Neisse, e perciò doveva guadagnare terreno rapidamente se voleva battere Zhukov e gli Alleati occidentali sull'arrivo alla capitale tedesca.

[20] Subbotin, *We Stormed the Reichstag*, p. 10.
[21] Ivi, p. 11.

I fucilieri di Konev, protetti da una cortina fumogena e di fuoco dell'artiglieria, attraversarono il fiume per creare piccole teste di ponte da cui gli ingegneri potessero operare. Nel giro di 15 minuti da quando le prime truppe ebbero raggiunto la riva opposta, furono trasportati i controcarri, seguiti dai carri armati. Ai cannoni fu ordinato di sparare a distanza ravvicinata contro i panzer in arrivo. Di lì a 50 minuti furono completati i primi ponti di barche e nelle quattro ore successive furono costruiti anche ponti più robusti capaci di sostenere carichi di 30 o 60 tonnellate. Fu presto evidente che la 4ª Panzer-Armee, che faceva parte del Gruppo di armate Centro del feldmaresciallo Ferdinand Schörner, non sarebbe stata in grado di fermare Konev.

Nel frattempo, Zhukov si era cullato in un falso senso di sicurezza. «Il nemico non aveva sparato un singolo colpo durante i 30 minuti di massiccio fuoco di artiglieria» scriverà in seguito. «Questo mostrava che il nemico era stato completamente soffocato e il sistema di difesa distrutto».[22] Quindi si infuriò con Chuikov quando fu informato del fatto che l'8ª Armata delle Guardie era stata bloccata dal fuoco dell'artiglieria tedesca proveniente dalle alture di Seelow. «Più andavamo avanti, più la resistenza diventava dura»[23] osserverà il tenente Filimonenko.

I proiettori da ricerca sovietici, invece di intralciare i tedeschi, erano solo serviti a illuminare l'avanzata dell'Armata rossa. Inoltre i mitraglieri tedeschi bersagliavano i proiettori, uccidendo gran parte delle serventi che li manovravano. «Non potrò mai perdonare Zhukov per quella follia» dirà con rabbia il maggiore Yury Ryakhovsky. «Tutti gli avevano detto che cosa sarebbe successo e lo avevano pregato di non usare i proiettori».[24] Quel giorno, l'88ª Divisione fucilieri delle Guardie, sotto il comando del generale di brigata Pankov, penetrò con successo una rete di trincee tedesche, costringendo i difensori a ritirarsi. L'unità apparteneva al 28° Corpo

[22] Zhukov, *Reminiscences and Reflections*, 2, p. 364.
[23] Hastings, *Armageddon*, p. 537.
[24] Ivi, p. 535.

fucilieri delle Guardie, che rientrava nell'8ª Armata delle Guardie di Chuikov. I fucilieri sovietici aggirarono il fianco dei tedeschi, forzando i sopravvissuti a ritirarsi in un villaggio vicino, di cui i sovietici presero possesso dopo aspri combattimenti corpo a corpo. I blindati sovietici a supporto della fanteria fecero fatica a liberare il terreno paludoso dell'Oder Bruch e finirono sotto il fuoco nemico. La soluzione di Zhukov fu quella di ordinare agli aerei sovietici di colpire le postazioni tedesche, mentre l'artiglieria continuava a bombardare le alture.

Furono probabilmente le condizioni climatiche a salvare la vita del ministro per gli armamenti Albert Speer il 16 aprile, quando decise di dedicarsi al "turismo di guerra". La mattina presto, insieme al tenente colonnello Manfred von Poser, suo ufficiale di collegamento con lo stato maggiore, si recò sulle alture che sovrastano l'Oderbruch, nei pressi di Wriezen, per assistere allo storico inizio dell'assalto dell'Armata rossa a Berlino. La fitta nebbia sull'Alte Oder non permetteva di vedere nulla. «Poche ore dopo», ricorderà un frustrato Speer, «un guardaboschi ci comunicò che tutte le truppe si stavano ritirando e che i russi sarebbero arrivati presto. Così anche noi ci ritirammo».[25] Si diressero a nordovest verso Schorfheide e Speer raggiunse senza problemi il quartier generale del generale Heinrici a Dammsmühl.

Ben più a sud, Konev attraversava la Sprea per raggiungere Cottbus, pronto per piegare a nord. Non ci volle molto per arrivare a 34 km da Lüben, la città designata come confine tra il 1° Fronte ucraino e il 1° Fronte bielorusso.

Quando parlò con Stalin, Konev ottenne il permesso di spingersi a Zossen, il quartier generale dello stato maggiore tedesco, a meno di 32 km a sud di Berlino.

[25] Speer, *Inside the Third Reich*, p. 625.

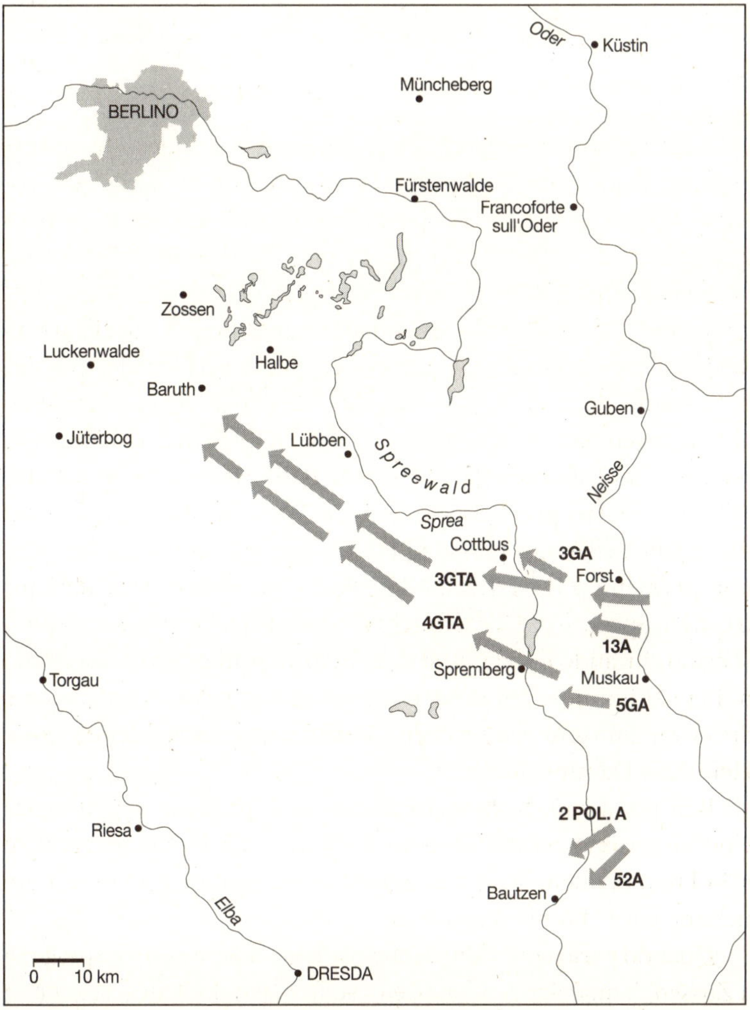


*L'assalto di Konev sul fiume Neisse, 16-20 aprile 1945.*

# CAPITOLO 4 · MUOVIAMOCI!

Per le 13:00 Zhukov aveva realizzato che il suo piano di battaglia non stava avendo l'effetto desiderato. «Dopo una discussione con i comandanti dell'esercito, la sera del 16 aprile» ricorderà, «decidemmo di incrementare la spinta delle armate in campo con un potente attacco di tutte le armate di aerei e di carri».[1] Ordinò così alla 1ª Armata corazzata delle Guardie di Katukov e alla 2ª Armata corazzata delle Guardie del generale Bogdanov di attaccare per sbloccare la situazione. Katukov, che si trovava presso il posto di comando di Zhukov, rimase a bocca aperta. I suoi carri avrebbero dovuto sfruttare lo sfondamento di Chuikov, non crearlo. Quando Zhukov lo vide esitare, gli gridò: «Forza! Muoviamoci!».[2]

Katukov sapeva esattamente che cosa aspettarsi, perché era andato in avanscoperta per consultarsi con Chuikov prima che l'attacco avesse inizio. Durante il tragitto, trovò tutte le strade bloccate dall'8ª Unità delle Guardie. «Prendere quelle dannate alture mentre procediamo è semplicemente impossibile» disse un esasperato Chuikov quando i due si incontrarono. «Guardate che cosa hanno costruito i tedeschi».[3] Katukov ricorderà: «Chuikov srotolò sul tavolo alcune grandi fotografie aeree delle alture di Seelow, sulle quali si poteva vedere chiaramente la fitta rete di trincee per i fucili, le comunicazioni

[1] Zhukov, *Marshal Zhukov's Greatest Battles*, p. 285.
[2] Ryan, *The Last Battle*, p. 283.
[3] Le Tissier, *Soviet Conquest*, p. 8.

e anticarro».[4] Le foto mostravano anche profondi canaloni che correvano in direzione est-ovest e ripidi pendii. Katukov precisò che i suoi carri non avrebbero potuto fare nulla fino a quando la fanteria non avesse raggiunto la cresta. «Non mi entusiasmava l'idea di esporre i nostri mezzi alle zone di fuoco non ancora eliminate» lamenterà Katukov, «anche se vedevo che il maresciallo non avrebbe potuto decidere diversamente, date le circostanze».[5]

Zhukov chiamò Stalin alle 15:00 per informarlo del cambio di piani. «Così avete sottovalutato il nemico [...] E io che pensavo che foste già in procinto di arrivare a Berlino» gli disse Stalin con disapprovazione, «invece siete ancora sulle alture di Seelow».[6] Aveva deciso di mettere i suoi comandanti l'uno contro l'altro. «La difesa nemica sul fronte di Konev si è rivelata debole» disse apertamente Stalin a Zhukov. «Ha attraversato con facilità il Neisse e sta avanzando senza incontrare quasi alcuna resistenza».[7] Questo sortì l'effetto desiderato perché Zhukov era più deciso che mai ad arrivare a Berlino per primo. Così promise che ci sarebbe entrato entro la fine della giornata. Stalin tuttavia non cambiò gli ordini dati a Konev.

La sfida che gli uomini di Zhukov dovettero affrontare fu quella di risalire i ripidi pendii delle alture di Seelow, che costituivano la seconda cintura della difesa tedesca. Queste costituivano un problema non solo per i carri sovietici, ma anche per la fanteria. Le alture, come Chuikov e Katukov sapevano, erano costellate di bunker, trincee e buche, protette da fossati anticarro che in alcuni punti erano profondi quasi 3 metri e larghi 3,5. Queste posizioni si affacciavano sulla valle del fiume sottostante ed erano protette dal fuoco incrociato dell'artiglieria tedesca, della contraerea e delle mitragliatrici. Le strade di accesso erano minate e bloccate con tronchi d'albero e cavalli di Frisia [ostacolo difensivo composto da un telaio irto di punte. La versione costituita da tre grosse travi di metallo incrociate

[4] *Ibid.*
[5] Ivi, p. 9.
[6] Beevor, *The Second World War*, p. 738.
[7] Zhukov, *Reminiscences and Reflections*, 2, p. 366.

fra loro, in grado di fermare anche un mezzo corazzato, è detta "riccio ceco", N.d.R.]. Tutti gli edifici che si affacciavano sulle strade erano stati trasformati in roccaforti fortificate che nascondevano altri armamenti controcarro e mitragliatrici.

Tutto questo voleva dire che gli attaccanti sarebbero stati esposti a una tremenda tempesta di fuoco mentre tentavano di raggiungere la base delle alture sotto il tiro delle mitragliatrici tedesche. Il problema che invece affrontavano i difensori era che senza la continua copertura e il fuoco di controbatteria della Luftwaffe sarebbero stati vulnerabili agli attacchi aerei e ai bombardamenti di artiglieria. Molti degli alberi sulla sommità ormai erano dei monconi distrutti. Le fotografie sovietiche mostravano come le casematte tedesche prefabbricate in cemento fossero terribilmente esposte. Questo indicava che erano state posizionate in fretta e furia o che i tedeschi erano molto fiduciosi di poter resistere agli attacchi diretti.

A Berlino regnava un'atmosfera surreale. Mentre la gente arrancava per le strade in rovina cercando di trovare qualcosa con cui sfamare le proprie famiglie, poteva sentire il lontano rombo dei cannoni. Molti preferivano non credere a ciò che stava accadendo. Il Führer avrebbe salvato la città nel momento del bisogno? Coloro che comprendevano le questioni militari si rendevano conto, invece, che la Luftwaffe non era riuscita a proteggere la città dalla devastazione, mentre ai più cinici sembrava improbabile che l'esercito avrebbe potuto fare di meglio sulle alture.

I difensori tedeschi sulle alture di Seelow resistettero con grande tenacia, mettendo fuori combattimento 150 carri sovietici e abbattendo 132 aerei. Nonostante questi successi, però, non potevano resistere a lungo, poiché le perdite aumentavano e le munizioni si esaurivano rapidamente senza alcuna speranza di rifornimento. Il 3° Battaglione del 26° Reggimento paracadutisti e il 2° Battaglione del 27° Reggimento paracadutisti della 9ª Divisione paracadutisti furono distrutti nel giro di poco mentre cercavano di mantenere le loro posizioni. A peggiorare le cose, nelle prime ore dell'attacco, l'Armata rossa sfondò le difese della 309ª Divisione di fanteria del generale di brigata Heinrich Voigtsberger, che faceva parte del 101°

Corpo d'Armata, costituendo così una minaccia al fianco sinistro di Weidling. Poi, più tardi nella stessa giornata, sul fianco destro l'Armata rossa penetrò le posizioni della 303ª Divisione fanteria del colonnello Scheunemann, al comando dell'11° SS-Panzerkorps.

Il generale Busse era disperato per gli ordini di Hitler che insistevano su nessuna ritirata, nessuna resa. Chiunque fosse stato sorpreso a fare il contrario doveva essere fucilato sul posto. Busse sapeva che era solo questione di tempo prima che l'Armata rossa prendesse il controllo delle alture di Seelow. Il suo quartier generale era inondato di richieste di munizioni, carburante e rinforzi. Per quanto riguardava Busse, il suo compito era quello di resistere abbastanza a lungo da permettere agli americani di arrivare a Berlino. Quando aveva condiviso questa speranza con Heinrici, quest'ultimo gli aveva detto di dubitare che gli americani avrebbero attraversato l'Elba.

Verso la fine della giornata, la 23ª Divisione fucilieri delle Guardie sovietica, parte del 12° Corpo fucilieri delle Guardie, assieme alla 3ª Armata d'assalto di Kutzenetsov riuscirono a sfondare. Poi la divisione si avvicinò a una massicciata della ferrovia, pesantemente difesa. Fu deciso che il 63° Reggimento delle Guardie l'avrebbe presa d'assalto di notte, dopo un breve bombardamento d'artiglieria. Quando il comandante della 1ª Compagnia fu ucciso, la sergente maggiore Lyudmila Stepanovna Kravets prese il comando. Per le sue azioni nel conquistare la posizione nemica, fu insignita del titolo di Eroe dell'Unione Sovietica.

Katukov si rese conto che, sebbene le forze di Chuikov avessero conquistato le posizioni nemiche nella terra di nessuno, la loro incapacità di penetrare la seconda linea difensiva significava che l'assalto di Zhukov rischiava di crollare. Così ordinò all'11° Corpo corazzato del generale di brigata Yushchuk di schierarsi sull'ala destra, all'11° Corpo corazzato delle Guardie del colonnello Babadshanian di schierarsi al centro e all'8° Corpo meccanizzato delle Guardie del generale di brigata Drygemov di schierarsi a sinistra. Tuttavia, a causa della consistenza del terreno e dell'estensione della testa di ponte, era impossibile per Katukov impegnare tutte le sue forze contemporaneamente.

Quella sera, Zhukov parlò di nuovo con Stalin. Cercò di rassicurare il leader sovietico che le difese di Seelow sarebbero state sconfitte entro la sera del 17 aprile. Stalin era sempre più arrabbiato per il ritardo e annunciò che avrebbe ordinato alle armate di Konev e Rokossovsky di raggiungere Berlino. Se da un lato la cosa strategicamente era sensata perché avrebbe messo in trappola le armate tedesche schierate intorno alla città, poteva anche essere visto come un affronto alla leadership di Zhukov. «Le armate corazzate di Konev hanno la possibilità di avanzare rapidamente e dovrebbero essere dirette a Berlino» confermò Zhukov, «ma Rokossovsky non sarà in grado di iniziare l'offensiva prima del 23 aprile, perché sarà rallentato nel momento di attraversare l'Oder».[8] Stalin non gradì il tono di Zhukov e riattaccò il telefono.

Appena prima della mezzanotte del 16 aprile, i sovietici guadagnarono un avamposto nella città di Seelow conquistando tre case nella periferia a nord. I combattimenti andarono avanti tutta la notte con gli artiglieri tedeschi che continuavano a mietere un terribile tributo di vite dei loro assalitori. «Nelle prime ore del 17 aprile, alcune unità dei miei corpi» riporterà il generale Weidling, «per aver sofferto pesanti perdite, sono state obbligate a ritirarsi sulle alture a est di Seelow».[9] Nonostante l'incitamento di Zhukov ad avanzare, Katukov fu presto informato che la sua brigata corazzata in prima linea non stava facendo progressi: decise così che l'unica cosa da fare era andare avanti e vedere quale fosse l'ostacolo che gli impediva di proseguire.

Dal suo posto di comando, Katukov aveva visto i carri di Babadshanian che arrancavano tra le buche delle bombe e i fossati. Quando non riuscivano a risalire i ripidi pendii delle alture di Seelow, dovevano arrampicarsi lungo gli stretti canaloni sotto un fuoco incessante. Quando Babadshanian ebbe raggiunto una breccia, Katukov ordinò a Drygemov di sfruttarla. Vi impegnò anche la 64ª Brigata corazzata delle Guardie di Yushchuk. Le forze di

[8] Ivi, p. 367.
[9] Ivi, p. 365.

Babadshanian, tuttavia, vennero contrastate da contrattacchi frontali e sull'ala sinistra e fu necessario impiegare la 64ª Brigata corazzata delle Guardie per respingerli.

Nel frattempo, l'11° Corpo corazzato di Yushchuk girò intorno a Seelow e tagliò la Reichsstrasse I, mentre a sud di Seelow i carri sovietici entrarono a Dolgelin e Friedersdorf a mezzogiorno. Quando Chuikov raggiunse Seelow, stimò che ci sarebbe voluta un'altra giornata per farsi strada verso Berlino a causa della ferocia della resistenza. Quella notte, le alture di Seelow vennero conquistate. «Il nemico impiegò tutto ciò che poteva nella battaglia» ricorderà Zhukov, «ma fra la sera del 17 aprile e il mattino del 18 aprile riuscimmo comunque a spezzare le difese sulle alture di Seelow e cominciammo l'avanzata».[10] Katukov osserverà che «le nostre truppe di corazzati avanzarono al massimo di 4 chilometri al giorno, il 17 e il 18 aprile».[11]

Ormai gli uomini del generale Busse erano allo stremo. Il suo fianco sinistro stava cedendo ai carri di Katukov, mentre il fianco destro doveva affrontare l'accerchiamento da parte di Konev. Una volta che Katukov avesse superato le alture di Seelow, avrebbe potuto iniziare la sua carica verso Berlino. Il 56° Panzerkorps del generale Weidling aveva resistito per 48 ore, ma poiché i rinforzi sotto forma di due divisioni Panzergrenadier non arrivarono in tempo, non fu in grado di contrattaccare. Quando il generale di brigata delle SS Jürgen Ziegler, comandante dell'11ª Divisione Panzergrenadier SS Nordland, arrivò al quartier generale di Weidling a Müncheberg, si scusò per l'assenza delle sue truppe. Avevano finito il carburante. La 18ª Divisione Panzergrenadier sarebbe dovuta arrivare il 17 aprile, ma era in ritardo di un giorno. Invece di prendere parte a un contrattacco, si unì alla ritirata tedesca.

Per aumentare le sofferenze di Busse, la 9ª Divisione paracadutisti, che era stata martoriata sulle alture di Seelow, non riuscì a proteggere le seconde difese. Quando i carri armati di Katukov

[10] Bialer, *Stalin and his Generals*, p. 514.

[11] Le Tissier, *Soviet Conquest*, p. 11.

conquistarono le alture, i paracadutisti si sciolsero e scapparono. Il loro comandante, il generale Bruno Bräuer, cercò di fermarli, ma senza successo. L'ufficiale superiore dell'artiglieria di Weidling, il colonnello Hans-Oscar Wöhlermann, che si trovava sul posto, estrasse la pistola ma i paracadutisti non se ne preoccuparono. Osserverà che Bräuer era «completamente sconvolto dalla fuga dei suoi uomini».[12] Bräuer, che era un veterano della battaglia di Creta del 1941, ebbe un esaurimento nervoso e dovette essere sostituito. Pur essendo sopravvissuto al conflitto, in seguito fu fucilato per crimini di guerra.

Il comandante del 27° Reggimento paracadutisti, il colonnello Menke, non riuscì a sfuggire al caos e fu ucciso quando i carri sovietici mossero sulle posizioni del suo reggimento vicino al suo quartier generale. A Schloss Gusow, il capitano Finkler radunò dieci uomini e tentò un inutile contrattacco. La maggior parte fu uccisa quasi subito. La sfortunata divisione di Bräuer si disperse in tutte le direzioni. Il 25° Reggimento paracadutisti, sotto il tenente colonnello Harry Herrmann, fuggì a Berlino nord, mentre il 26° Reggimento paracadutisti fu spinto a nordest. Altre unità della divisione si ritirarono nelle periferie meridionali. Herrmann sarebbe finito al comando dei resti della divisione con la responsabilità dei settori di difesa di Berlino G e H, a nord. La distruzione della 9ª Divisione paracadutisti non fu una sorpresa per il generale Heinrici. «L'esperienza mi ha insegnato che le unità non addestrate, specialmente quelle guidate da ufficiali inesperti» osserverà, «spesso sono così terribilmente scioccate dalla loro prima esposizione ai bombardamenti d'artiglieria che dopo non servono più a niente».[13]

Nelle prime ore del 18 aprile, l'Armata rossa aveva sfondato a Diedersdorf, a ovest di Seelow, ed era sulla strada per Müncheberg. Ciò significava che Weidling avrebbe dovuto abbandonare il suo quartier generale. A nordovest di Müncheberg, la 5ª Armata d'assalto sovietica si stava avvicinando a Strausberg, spingendo l'11ª Divisione SS Nordland ad arretrare. «Come ha riferito Babadshanian, ci sono

[12] Beevor, *Berlin: The Downfall 1945*, p. 237.
[13] Ryan, *The Last Battle*, p. 210.

stati dei duri combattimenti a Müncheberg, a metà strada tra Seelow e Berlino» scriverà Katukov. «Le SS hanno combattuto disperatamente e la città è passata di mano per tre volte».[14] Nell'aeroporto vicino a Müncheberg un'unità di ricognizione sovietica prese possesso di 38 aerei intatti. La Luftwaffe aveva semplicemente esaurito le scorte di carburante e di piloti. I sovietici continuarono a pressare i fianchi del 56° Panzerkorps, accerchiandolo ripetutamente, mentre in aria gli aerei d'attacco al suolo sovietici continuavano a sferrare i loro raid aerei. Il tenente colonnello Theodor von Dufving, capo di stato maggiore di Weidling, fu costretto a ripararsi dagli attacchi aerei sovietici per circa 30 volte nel giro di quattro ore. E ogni volta malediceva la Luftwaffe per la sua assenza.

Come se tutto questo non fosse abbastanza tragico, il 18 aprile Hitler ricevette notizie devastanti dal fronte occidentale. Venne informato che il Gruppo di armate B, che contava all'incirca 325mila soldati, dopo essere rimasto intrappolato nella sacca della Ruhr, si era arreso. Tre giorni più tardi il suo comandante, feldmaresciallo Model, che era fuggito, si tolse la vita sparandosi. Una simile perdita di vite umane era paragonabile alle sconfitte tedesche di Stalingrado, Tunisi e nella sacca di Falaise. Il Gruppo di armate B, che aveva combattuto con grande determinazione in Normandia e nelle Ardenne, cessò di esistere, insieme a 21 divisioni. Anche le sorti tedesche in Italia stavano vacillando dopo che gli Alleati avevano sferrato un attacco decisivo alla Linea Gotica.

Benito Mussolini, un tempo alleato di Hitler e poi diventato un suo burattino, il 18 aprile inviò un messaggio di auguri in vista del compleanno del Führer. Nella sua risposta, Hitler cercò di fare buon viso a cattivo gioco: «In uno spirito di ostinato disprezzo per la morte» gli scrisse, «la nazione tedesca e tutti coloro che condividono uno stesso ideale fermeranno questo attacco».[15] Le parole di Hitler, alla luce di ciò che stava accadendo a est della capitale, erano pura fantasia.

[14] Le Tissier, *Soviet Conquest*, p. 12.

[15] McDonough, *The Hitler Years*, p. 555.

Il 19 aprile Weidling autorizzò i suoi uomini a ritirarsi nel perimetro esterno dell'area difensiva di Berlino. «Avevano sofferto delle tremende perdite [...]» dirà per giustificare la sua decisione, «erano stanchi e stremati e non erano più in grado di resistere al terribile affondo delle forze russe nettamente superiori».[16] La conquista delle alture di Seelow era costata a Zhukov oltre 30mila uomini; i tedeschi ne avevano persi 12mila.

A nord, il 101° Corpo cercava di difendere Bernau di fronte all'avanzata della 47ª Armata sovietica. La mattina del 20 aprile, il 125° Corpo fucilieri sovietico lanciò il suo attacco e travolse rapidamente gli scoraggiati difensori. Appena a sud della città, il 1° Corpo meccanizzato sovietico raggiunse Elisenau. Busse fu indotto a credere che l'Armata rossa fosse ormai a 40 km dalla capitale e che si stesse avvicinando. La sua preoccupazione maggiore era che Konev gli tagliasse la strada a sud, quindi era necessario che si ritirasse. Il generale von Manteuffel si aspettava che la sua 3ª Panzer-Armee venisse attaccata il 20 aprile e, quando ciò avvenne, anche lui decise di battere in ritirata. Lo stesso giorno, il 79° Corpo fucilieri, appartenente alla 3ª Armata d'assalto, e la 30ª Brigata cannonieri della 47ª Armata iniziarono a bombardare Berlino.

Il 21 aprile, elementi della 3ª Armata d'assalto, del 2° Corpo corazzato delle Guardie, della 5ª Armata d'assalto e della 47ª Armata si aprirono finalmente la strada nelle periferie di Berlino. Stalin continuava a essere preoccupato che gli americani potessero batterlo sul tempo per il trofeo finale. Tuttavia, quello stesso giorno, il generale Eisenhower, comandante supremo degli Alleati, gli fece sapere che avrebbe fermato le sue armate sui fiumi Elba e Mulde, l'affluente meridionale. Questo diede a Stalin esattamente la mano libera che voleva per conquistare Berlino senza ulteriori impedimenti.

[16] Zhukov, *Marshal Zhukov's Greatest Battles*, p. 286.

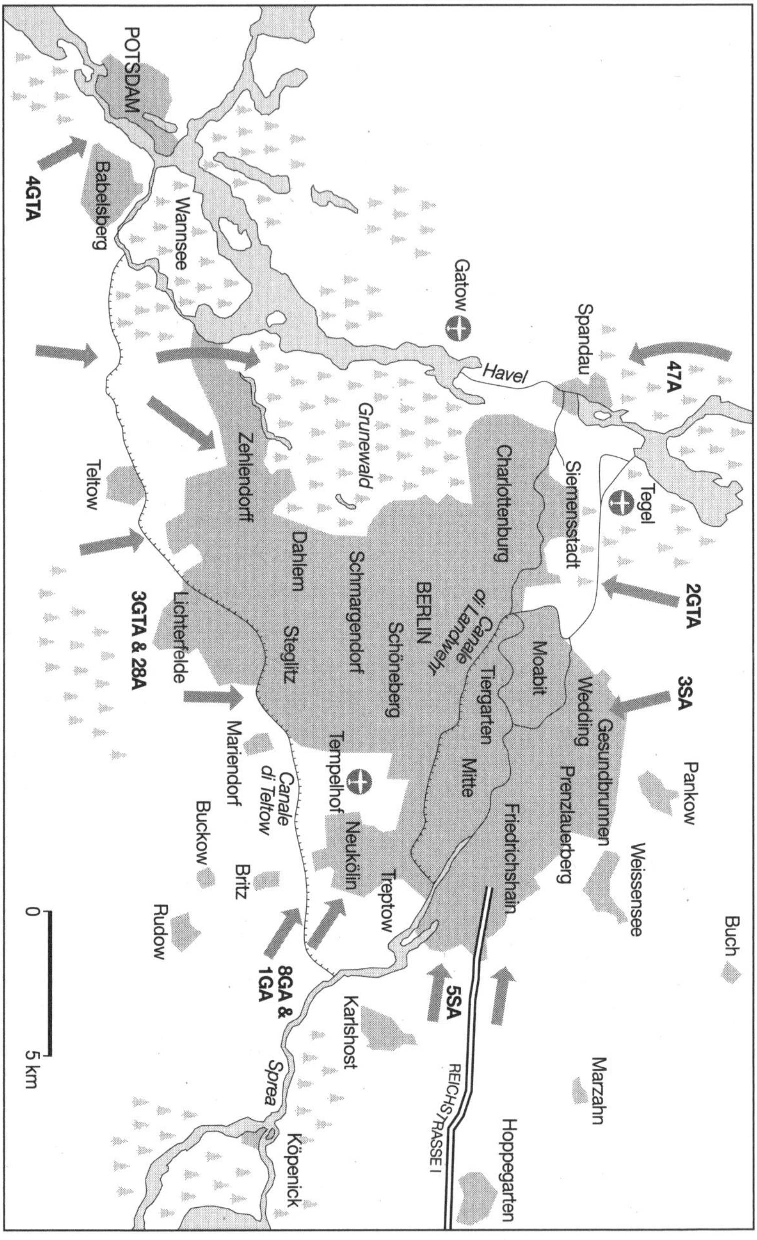


*L'assalto a Berlino, 20 aprile 1945.*

# CAPITOLO 5 · IL CALICE AVVELENATO

All'inizio di marzo del 1945, quando il generale di brigata Helmuth Reymann fu nominato comandante di Berlino, in realtà ricevette un calice avvelenato. Reymann era un ex comandante di divisione senza esperienza a livello di corpo d'Armata. Arrivando dalle macerie di Dresda, scoprì che erano stati fatti ben pochi preparativi difensivi, e che non esisteva neanche un piano di evacuazione per la popolazione civile. La catena di comando era un disastro totale, con i diversi elementi delle forze armate che rispondevano a superiori che erano tutti l'uno contro l'altro. Il suo predecessore, Bruno Ritter von Hauenschild, aveva ceduto alla malattia, probabilmente causata dallo stress. La sua perdita fu un duro colpo perché era un veterano comandante di divisione corazzata, quindi avrebbe almeno avuto una migliore cognizione di come fermare i carri sovietici lungo le strade.

Provare a difendere tutti i 515 chilometri quadrati della città di Berlino era un'impresa impossibile. Fu stimato che sarebbero stati necessari circa 200mila soldati, che invece erano tutti sull'Oder, mentre lì era rimasta solo una guarnigione di 60mila uomini composta in ampia parte dalle vecchie milizie cittadine della Volkssturm e dalla Gioventù hitleriana. Reymann scoprì presto con orrore che un terzo dei suoi uomini erano disarmati e il resto era equipaggiato con armi vecchie o prese al nemico e che richiedevano una gran varietà di tipi di munizioni diverse.

Il servizio di *intelligence* di Zhukov aveva erroneamente stimato che i tedeschi avessero un milione di uomini lungo l'Oder, più un'altra guarnigione di 200mila uomini che si stava formando a Berlino. L'*intelligence* sovietica aveva anche dichiarato che la città aveva 200 battaglioni di Volkssturm addestrati per il combattimento corpo a corpo e 600 batterie antiaeree dispiegate per il combattimento da terra. In realtà, Reymann aveva solo 40 battaglioni della Volkssturm e metà di questi dovevano ancora essere radunati. Inoltre aveva a disposizione sei battaglioni misti dell'esercito, che includevano il reggimento della guardia Grossdeutschland e un battaglione di Polizia SS. C'erano varie unità per la difesa aerea e ausiliarie di supporto in città, che però facevano capo alla catena di comando della Luftwaffe.

La polizia di Berlino poteva combattere con i suoi 12mila uomini, ma il loro scopo principale era di mantenere una parvenza di legge e ordine. Se fosse stata inglobata nelle Waffen-SS, i reparti da combattimento delle SS, o nella Volkssturm, inevitabilmente i berlinesi affamati avrebbero approfittato per saccheggiare i depositi e i magazzini in cerca di cibo. Nel febbraio del 1945, Dresda era stata privata della sua polizia per creare la 35ª Divisione di Polizia SS, che era stata dispiegata sul Neisse. Berlino disponeva anche di 1400

*Hitler era deciso a difendere Berlino e si liberò di chiunque osasse contraddirlo.*

vigili del fuoco comandati dal generale di brigata Walter Golbach. Una volta iniziati i combattimenti in città, i pompieri non obbligati a servire nella Volkssturm furono fatti ritirare a ovest per evitare che il loro equipaggiamento cadesse nelle mani dei sovietici. La polizia era controllata dalle SS e dalla Feuerschutzpolizei, letteralmente la Polizia di protezione antincendio; la Gioventù hitleriana e la Volkssturm rispondevano al Partito nazista. Ciò significava che Reymann doveva lavorare con il Gauleiter di Berlino Joseph Goebbels, che oltre a essere il ministro per la propaganda nazista era anche l'altisonante commissario alla difesa del Reich.

Reymann e il colonnello Hans Refior, il suo comandante di stato maggiore, sapevano di dover fare affidamento interamente sul Gruppo di armate Vistola per provare a raggiungere il loro scopo. Quando il generale Heinrici sostituì Himmler al comando del Gruppo di armate Vistola, gli fu detto che non solo era responsabile della difesa dell'Oder ma anche di Berlino. Heinrici rifiutò questo doppio ruolo sulla base del fatto che non aveva le risorse per portare a termine entrambi gli incarichi e che la sua principale preoccupazione era l'Oder. Toccò al tenente generale Eberhard Kinzel, comandante di stato maggiore di Heinrici, riferire tali notizie a Refior. Spiegò che né l'Alto Comando dell'esercito né l'Alto Comando delle forze armate avrebbero accettato la responsabilità di Berlino. Ognuno sosteneva che fosse compito dell'altro. Kinzel era fermamente convinto che il pasticcio fosse tutta colpa di Hitler e della sua cerchia ristretta, per essersi rifiutati di affrontare la realtà delle cose. «Per quanto mi riguarda» dirà con rabbia, «quei pazzi di Berlino possono rimanere a bollire nel loro brodo».[1] Refior rimase sbalordito. Ora sapeva che Berlino sarebbe rimasta «un'orfana abbandonata».[2] Quanto a Kinzel, fu licenziato e sostituito da un incaricato di Hitler, il generale di brigata Thilo von Trotha. Heinrici verosimilmente pensò che fosse stato messo lì per spiarlo. «Conosco questo von Trotha» osservò acidamente.

[1] Ryan, *The Last Battle*, p. 176.
[2] *Ibid.*

«Sarà anche intelligente, ma ricama sulla realtà con una sorta di sfacciato ottimismo».[3]

Quando Reymann conferì con Goebbels riguardo ai piani di evacuazione, questi lo respinse all'istante. «Mio caro generale» disse Goebbels, «quando e se si rendesse necessaria un'evacuazione, sarò io a deciderlo».[4] Quando Reymann gli fece notare che c'erano ancora circa 110mila bambini a Berlino sotto i dieci anni di età, Goebbels disse che sarebbe stato portato del bestiame in città per procurare il latte. Dopo aver lasciato l'incontro, Reymann si rivolse a Refior dicendo: «Dio salvi i berlinesi».[5] Goebbels, come molti altri alti ufficiali nazisti, sperava ingenuamente che l'Armata rossa sarebbe stata trattenuta sull'Oder e che le preoccupazioni di Reymann fossero ingiustificate.

Idee simili erano incoraggiate da personaggi come il generale Busse, che diceva solo quello che i politici volevano sentirsi dire. Il 12 aprile, Goebbels incontrò Busse, che gli disse che stava cercando di guadagnare tempo e che «avrebbe resistito fino a quando gli inglesi non lo avrebbero preso a calci nel sedere».[6] La notizia della morte del presidente statunitense Franklin Delano Roosevelt fece inoltre sperare che l'America potesse perdersi d'animo nella guerra. Goebbels era, secondo la sua segretaria, in uno stato «estatico» quando telefonò a Hitler per riferirglielo.[7] Chiamò anche Busse per dirgli: «La Zarina è morta».[8]

Né Reymann né von Hauenschild erano stati la prima scelta per il ruolo di comandante. Anche il generale di brigata Max Pemsel, che aveva servito come capo di stato maggiore della 7ª Armata in Francia, era stato convocato. Era uno dei primi alti ufficiali che avevano dato l'allarme degli sbarchi del D-Day e che ne aveva compreso il vero significato. La sua ricompensa per aver preso parte

[3] Ivi, p. 337.
[4] Ivi, p. 168.
[5] *Ibid.*
[6] Shirer, *The Rise and Fall of the Third Reich*, p. 1109.
[7] Trevor-Roper, *The Last Days of Hitler*, p. 143.
[8] Ivi, p. 142.

alla sconfitta tedesca in Normandia fu quella di essere inviato in Finlandia per comandare la 6ª Divisione da montagna, ritiratasi poi in Norvegia quando i tedeschi furono costretti a evacuare. Con sua grande sorpresa, il 2 aprile Pemsel fu chiamato a Berlino, ma a causa delle terribili condizioni meteorologiche gli ci vollero dieci giorni per arrivare. Guidando attraverso la città, vide che le preparazioni difensive erano «totalmente futili, ridicole!».[9] Quando arrivò al quartier generale delle forze armate, scoprì di essere nei guai. «Lo sapete, Pemsel» gli disse il generale Jodl, «che dovevate essere nominato comandante di Berlino, ma siete arrivato troppo tardi!».[10] Così gli fu ordinato di raggiungere il fronte italiano. Pemsel fu grato di questo cambio di piani e in seguito commenterà: «Ringraziai Dio per aver fatto sì che quell'amaro calice mi fosse risparmiato».[11]

Preparare le difese di Berlino apparve come un lavoro privo di senso a molti berlinesi. Il piano era di mobilitare 100mila civili per scavare fossati anticarro, postazioni per cannoni e trincee. In realtà solo 30mila si presentarono all'opera. Ancora una volta, l'*intelligence* sovietica sbagliò, dal momento che Zhukov dichiarò che «più di 400mila persone stavano lavorando alle difese di Berlino».[12] A ovest dell'Oder e delle alture di Seelow non c'era alcuna barriera naturale nord-sud su cui assicurare un'ulteriore linea difensiva, se non grandi distese di fitta foresta. L'unica altra grande barriera nord-sud era il fiume Havel, che delimitava la città a ovest. A tagliare Berlino a metà in direzione est-ovest c'era il fiume Sprea, che incontrava l'Havel a Spandau. Anche la parte sud della città era divisa dal canale di Teltow che univa la Sprea e l'Havel.

Berlino era organizzata in otto settori difensivi, classificati da A a H, ognuno sotto il comando di un colonnello. Il livello delle misure di sicurezza praticamente dipendeva dalla loro discrezione personale. Il distretto governativo più interno era conosciuto come

[9] Ryan, *The Last Battle*, p. 293.
[10] Ivi, p. 294.
[11] *Ibid.*
[12] Zhukov, *Reminiscences and Reflections*, 2, p. 357.

la Cittadella, di competenza delle SS. Era chiaro che Reymann non aveva le risorse per tenere la linea difensiva avanzata dietro le alture di Seelow o anche nell'anello difensivo all'esterno del confine della città. Nel migliore dei casi, sarebbero state in grado di offrire una resistenza simbolica se l'esercito avesse perso terreno. L'unica cosa che Reymann poteva fare era tentare di fortificare l'anello difensivo interno sulla linea ferroviaria suburbana della S-Bahn e nella Cittadella. Questo voleva dire sbarrare le strade e creare delle roccaforti negli edifici e nelle cantine sugli incroci stradali più strategici. I tram bruciati della città furono riutilizzati riempiendoli di ciottoli e pietre per creare imponenti blocchi stradali. Zhukov era al corrente di questi preparativi. «La difesa di Berlino» scriverà, «seppur pianificata in anticipo con i suoi settori, distretti e sezioni, fu contrastata da un dettagliato piano dell'offensiva».[13]

In alcune zone, i resti di quelli che erano stati i più grandiosi edifici di Berlino furono fatti esplodere con la dinamite per sottrarli all'Armata rossa. I grandi magazzini Karstadt su Hermannplatz

*I berlinesi sbarrarono le strade con tutto quello che riuscirono a trovare.*

[13] Ivi, p. 375.

andarono incontro a un simile destino: un tempo simbolo della modernità e dell'opulenza della capitale, ora erano sbarrati per tenere lontani i saccheggiatori. Sorvegliato dalla Volkssturm, l'edificio danneggiato dalle bombe veniva utilizzato dalle SS come deposito e punto di osservazione. Tuttavia, le autorità decisero che le sue imponenti torri gemelle, alte 61 metri, avrebbero potuto fornire anche al nemico un utile punto di osservazione e ne ordinarono la distruzione. Così entrò in azione una squadra di demolizione delle SS e completò ciò che la Royal Air Force aveva iniziato. L'esplosione fu tale che quando l'edificio riversò un fiume di macerie nelle strade ci furono vittime fra i civili. Le rovine sarebbero diventate una delle ultime roccaforti della 33ª Divisione SS Charlemagne, composta da volontari fascisti francesi.

Il compito di Reymann fu reso ancora più impossibile quando Hitler gli ordinò di distruggere i 950 ponti di Berlino. Un simile gesto avrebbe inevitabilmente smembrato la guarnigione in sacche isolate, impedendo inoltre alle unità del Gruppo di armate Vistola di ritirarsi attraverso la città. Reymann incontrò Heinrici e Albert Speer il 15 aprile, il giorno prima che Zhukov iniziasse l'assalto a Seelow. Sia Heinrici che Speer erano fermamente contrari alla distruzione dei ponti, ma Reymann non si lasciò dissuadere dall'eseguire gli ordini. Sapeva fin troppo bene cosa succedeva a chi non obbediva ai comandi del Führer. In risposta, Heinrici disse che avrebbe dato l'ordine di far esplodere i ponti solo se fosse diventato militarmente necessario. Heinrici ribadì che Reymann non poteva contare sul supporto del Gruppo di armate Vistola. Se fosse stato respinto, disse Heinrici, avrebbe bypassato la capitale. «Questi ordini garantiranno che non sia distrutto alcun ponte a Berlino» spiegò Heinrici. «Perché non ci sarà alcuna battaglia per Berlino».[14]

Le forze di Reymann si erano notevolmente indebolite quando era stato costretto a fornire i rinforzi per la 9ª Armata di Busse con l'inizio dell'assalto di Zhukov al di là dell'Oder. Inizialmente fu proposto che dovesse inviare a Busse quattro battaglioni, ma

[14] Speer, *Inside the Third Reich*, p. 625.

Goebbels li riteneva insufficienti e così Reymann fu obbligato a mandarli tutti. Goebbels confermò tale ordine il 18 aprile: «Tutte le forze disponibili, compresa la Volkssturm, sono state richieste dalla 9ª Armata per difendere le posizioni della seconda linea».[15] La città aveva già dovuto rinunciare a 120 batterie di contraerea pesante per la difesa dell'Oder. Reymann non poté che rimanere a guardare mentre i dieci battaglioni della Volkssturm meglio equipaggiati e il reggimento della guardia Grossdeutschland venivano dislocati a est. Non c'erano veicoli militari per spostarli, così vennero usati autobus e taxi. Furioso, Reymann disse: «Fate sapere a Goebbels che non è più possibile difendere la capitale del Reich».[16] Zhukov, dopo aver conquistato le alture di Seelow, venne a conoscenza di questi sviluppi. «I tedeschi hanno spostato forze considerevoli da Berlino» osserverà, «inclusa artiglieria antiaerea, che in una certa misura rallentava l'offensiva».[17]

Il 20 aprile, Heinrici fu nuovamente informato di essere non solo responsabile del Gruppo di armate Vistola, ma anche di Berlino. Una delle prime cose che fece fu chiamare Reymann e dirgli di non distruggere nessuno dei ponti che erano rimasti intatti. Alla fine ne furono fatti saltare 84. Heinrici chiese anche che gli venissero inviate le ultime Volkssturm. Quando Reymann gli fece notare che questo avrebbe lasciato Berlino totalmente priva di difese, Heinrici rispose: «Sto cercando di garantire che il combattimento abbia luogo fuori dalla città, e non al suo interno».[18] Tali congetture non erano altro che un'illusione.

Il giorno seguente, Reymann, che non era mai andato d'accordo con Goebbels, fu licenziato. «Sono stato sostituito»,[19] disse Reymann a Heinrici al telefono. Heinrici non poté che alzare gli occhi al cielo per i continui cambiamenti di opinione di Hitler. Reymann fu inviato

[15] Ryan, *The Last Battle*, p. 314.
[16] *Ibid.*
[17] Zhukov, *Marshal Zhukov's Greatest Battles*, p. 285.
[18] Ryan, *The Last Battle*, p. 325.
[19] Ivi, p. 337.

a prendere il comando delle forze tedesche a Potsdam, che almeno gli offriva la prospettiva di sopravvivere alla guerra. Inizialmente, il generale Wilhelm Burgdorf, aiutante capo di Hitler, aveva consigliato di assegnare il posto di Berlino a un tenente colonnello che era un veterano decorato della Divisione Grossdeutschland. Ma questi si trovava in ospedale, ferito.

*Volkssturm schierata per difendere Berlino.*

Così fu nominato comandante di Berlino un ufficiale del partito nazista completamente sconosciuto e non qualificato per l'incarico. Il colonnello Ernst Kaether venne promosso a generale di brigata così su due piedi. Il suo ruolo precedente era stato quello di capo dello staff dei rappresentanti nazisti nelle forze armate. L'unica esperienza di combattimento di Kaether era stata quella di comandante di un reggimento. Invece di iniziare sin da subito a valutare le sue risorse, secondo quanto riferito passò tutto il tempo a vantarsi con i suoi amici. «Non ci vollero molte ore per valutare le capacità di quest'uomo rispetto al compimento della sua ardua missione» osserverà il maggiore Bernd Freytag von Loringhoven, «e annullare così la sua nomina».[20] Quella sera, Kaether fece la stessa fine di Reymann e Hitler decise di assumere lui stesso il comando.

Il generale Weidling, nel caos della ritirata del 56° Panzerkorps dalle alture di Seelow, perse le comunicazioni con Berlino. Hitler, presumendo che avesse disertato, lo condannò a morte. Quando il 23 aprile Weidling si presentò al Führerbunker per dichiarare la sua innocenza, Hitler lo nominò subito comandante di Berlino. Uno stupefatto Weidling, imbattendosi in Krebs nel corridoio, espresse i propri sentimenti. «Sarebbe stato meglio se mi aveste fatto fucilare» disse cupo, «così questo calice sarebbe passato a qualcun altro».[21] Mentre si avviava a ricoprire il nuovo incarico, mormorava: «Preferirei essere fucilato piuttosto che avere questo onore».[22]

A questo punto l'*intelligence* sovietica aveva stimato che Berlino era stata rinforzata con 80mila soldati regolari che si erano ritirati dalle difese avanzate, oltre a 3200 poliziotti. Secondo le stime sovietiche, ciò avrebbe portato le forze della guarnigione a oltre 300mila uomini. Questi numeri sembrano piuttosto fantasiosi. Non si sa da dove i sovietici pensassero che fosse arrivata la polizia aggiuntiva, a meno che non contassero i resti malandati della 4ª e della 35ª Divisione di Polizia delle SS.[23] Inoltre non era rimasta una catena di comando coerente a Berlino, il che rendeva impossibile coordinare tutte le unità disparate. La battaglia per la capitale nazista sarebbe degenerata in una serie di lotte molto aspre per i vari quartieri della città. «Il quartier generale della zona di difesa è sotto un pesante fuoco di attacchi» scriverà Weidling nel suo diario. «È arrivato il momento di pagare il conto per tutti i peccati degli anni passati».[24]

[20] Von Loringhoven, *In the Bunker with Hitler*, p. 156.

[21] Fest, *Inside Hitler's Bunker*, p. 60.

[22] Jones, *After Hitler*, p. 16.

[23] Beevor, *Berlin: The Downfall 1945*, p. 287, e Hastings, *Armageddon*, p. 543, riportano che la guarnigione in questa fase contava 45mila soldati, comprese le SS, 40mila Volkssturm e 3000 elementi della Gioventù hitleriana.

[24] Jones, *After Hitler*, p. 17.

# PARTE 2
# SENZA VIA DI SCAMPO

# CAPITOLO 6 · RAGAZZI SUL PONTE

Negli ultimi giorni di vita del Terzo Reich, Hitler continuava a illudersi del fatto che le sue armate, un tempo invincibili, stessero arrivando per salvare Berlino. Se l'aiuto fosse arrivato da ovest, sarebbe stato cruciale tenere aperti i ponti sull'Havel di Berliner Tor, Charlotten, Spandau e Pichelsdorf, che correvano da nord a sud, pensava. Tutti e quattro erano adiacenti al distretto di Spandau, sulla sponda occidentale del fiume. I primi tre non erano ideali per via della vicinanza con il fiume Sprea che correva a est. Quindi il ponte di Pichelsdorf (o Frey), che formava l'incrocio tra la Heerstrasse e l'Asse Est-Ovest, offriva la via più diretta per il centro della città. Anche se Hitler non avrebbe contemplato una cosa simile, l'accesso ai ponti offriva anche una via di fuga dalla capitale. A sud, il mantenimento dell'isola di Wannsee nell'Havel lasciava aperte le comunicazioni con Potsdam.

Spandau era sotto minaccia da parte della 47ª Armata del tenente generale Perkhorovich, che stava arrivando da nordovest. La prima linea di difesa del ponte subito a nord era l'antica cittadella di Spandau, che era situata su un'isola dell'Havel. Questo formidabile edificio in mattoni costruito nel tardo Cinquecento era protetto da quattro bastioni e sarebbe stato difficile da prendere d'assalto. L'unico modo per entrare era dal ponte di mattoni che attraversava il fossato, bloccato da un carro Tiger fuori uso. La guarnigione, comandata dal colonnello Edgar Koch e dal tenente colonnello Gerhard Jung, era certa di poter fronteggiare sia l'assalto attraverso il fossato sia i pesanti bombardamenti. Si stimava che avrebbe potuto resistere per almeno una settimana. Rivolti a sud, i suoi cannoni potevano facilmente raggiungere i primi tre ponti. La guarnigione non era inattiva, con squadre di cacciacarri in partenza per attaccare la 2ª Armata corazzata delle Guardie in avvicinamento dal distretto di Siemensstadt, a est.

Hitler non aveva le truppe per difendere gli accessi ai ponti, così questo compito fu assegnato alla Gioventù hitleriana e alla Volkssturm. Il cosiddetto reggimento o divisione della Gioventù hitleriana, che contava circa da 3000[1] a 5000[2] adolescenti, veniva addestrato allo stadio olimpico del Reich, subito a nordest di Pichelsdorf. «Si vedono ragazzi molto giovani, facce da bambini che spuntano fuori dagli enormi elmetti di acciaio» osservava un berlinese. «Hanno quindici anni al massimo e un aspetto così esile e magro nelle loro uniformi svolazzanti a mo' di tuniche».[3] Alcune delle prime fonti sostengono che solo un migliaio[4] di membri della Gioventù hitleriana prese parte alla difesa di Berlino, ma alla luce del loro esteso schieramento, sembra un numero troppo riduttivo, o quantomeno potrebbe riferirsi solamente a quelli nel centro della città. La loro arma principale era il lanciagranate controcarro monouso Panzerfaust, azionato a mano. A ragazzi di quindici anni come Willy Feldheim, Klaus Küster e Lothar Loewe furono consegnate armi anticarro che i sovietici chiamavano "Faustpatronen",[5] ricevendo istruzioni approssimative su come usarle.

Un battaglione di ragazzi di età fra i 12 e i 15 anni fu spedito a difendere Pichelsdorf e altri furono schierati a Charlotten. Ebbero l'ordine di scavare da entrambi i lati di Heerstrasse, di fronte ai ponti. Lì dovevano rimanere sdraiati a coppie o da soli a intervalli irregolari, pronti ad attaccare i carri sovietici. Era uno spettacolo penoso. Dorothea von Schwanenflügel si imbatté in alcuni di

[1] Hastings, *Armageddon*, p. 543.

[2] Le Tissier, *Race for the Reichstag*, p. 99, cita la cifra più elevata.

[3] Hastings, *All Hell Let Loose*, p. 624.

[4] Bullock, *Hitler. A Study in Tyranny*, p. 786, Ryan, *The Last Battle*, p. 56, e Roper, *The Last Days of Hitler*, p. 181.

[5] Bialer, *Stalin and His Generals*, p. 527.

loro e interrogò uno dei ragazzi. «Le lacrime gli rigavano il viso e ovviamente aveva molta paura di chiunque» osserverà. «Mi disse [...] che gli era stato ordinato di rimanere lì in attesa e che quando un carro armato sovietico si fosse avvicinato avrebbe dovuto correre sotto di esso e far esplodere una granata».[6] Il ragazzo confessò inoltre che non sapeva neanche bene come azionare il Panzerfaust. «Infatti» conclude von Schwanenflügel, «questo bambino fragile non sembrava nemmeno in grado di trasportare una granata del genere».[7] Le unità della Gioventù hitleriana furono anche incaricate di difendere Zehlendorf a est di Wannsee e Schöneberg a sud del canale di Landwehr.

Artur Axmann, il capo della Gioventù hitleriana, cercò di motivarli dicendo: «Esiste solo la vittoria o la sconfitta».[8] Poi i ragazzi lo videro allontanarsi con la sua auto di ordinanza. Axmann preferì per sé la sicurezza del Führerbunker. Furono lasciati sotto il comando del dr. Schlünder, che era il leader regionale. Il maresciallo Konev osserverà: «Questi ultimi difensori del Terzo Reich, tra cui alcuni ragazzi molto giovani, si consideravano l'ultima speranza di un miracolo che sarebbe avvenuto all'ultimo momento contro ogni aspettativa [...]».[9] Così, a ovest la difesa di Berlino era nelle mani nientemeno che di ragazzini.

Axmann si mosse anche per la difesa di Berlino est. Il generale Weidling rimase sconcertato dall'arrivo del capo della Gioventù hitleriana al suo quartier generale di Waldsieversdorf, a nordovest di Müncheberg, la sera del 18 aprile. Axmann annunciò che la sua Gioventù hitleriana si stava schierando sulle strade dietro al 56° Panzerkorps. Weidling ne rimase sbalordito. A cosa mai potevano servire dei ragazzini che si portavano i Panzerfaust sulla bicicletta contro l'ottimamente equipaggiata Armata rossa? «Non potete

[6] Hastings, *All Hell Let Loose*, p. 624.
[7] *Ibid.*
[8] Beevor, *Berlin: The Downfall 1945*, p. 181.
[9] Bialer, *Stalin and His Generals*, p. 531.

sacrificare questi ragazzi»[10] disse rabbiosamente ad Axmann, che rimase spiazzato perché pensava che il generale sarebbe invece rimasto soddisfatto. «Non li utilizzerò» aggiunse Weidling, «e richiedo che l'ordine di mandare questi ragazzi in battaglia sia ritirato».[11] Lo smidollato Axmann promise di dare l'ordine e sparì, ma la povera Gioventù hitleriana non fu ritirata dalla linea. Willy Feldheim e altri 130 ragazzi furono schierati nella zona di Klosterdorf, a est di Berlino. Di fronte ai continui e terrificanti attacchi sovietici, ripiegarono. Esausti, alcuni di loro si addormentarono in un bunker e, al risveglio, scoprirono che la guerra era passata oltre, anche se il terreno era disseminato dei loro morti.

Due giorni più tardi, per il compleanno di Hitler, Axmann presentò alcuni dei suoi bambini-soldato di un'"unità di distruttori di carri"[12] al Führer presso la Cancelleria del Reich. Disse con orgoglio a Hitler che si erano «recentemente distinti al fronte».[13] Hitler, visibilmente malmesso, riuscì ad accennare un debole sorriso e tirò delicatamente le orecchie a uno dei ragazzi. «Si sentiva solo il lontano rombo del fronte» osserverà Axmann, «ora distante appena diciannove miglia».[14]

Anche se Axmann informava regolarmente Hitler nel Führerbunker, fino al 26 aprile il suo posto di comando si trovava all'86 di Kaiserdamm e poi, per i quattro giorni successivi, in una cantina sotto la Cancelleria al 64 di Wilhelmstrasse.

Il 24 aprile, l'SS-Brigadierführer [grado analogo al generale di Brigata, N.d.R.] Gustav Krukenberg, alla guida di un battaglione della 33ª Divisione SS Charlemagne, raggiunse Pichelsdorf. Arrivando da Gatow, rimase sorpreso di non incontrare nessuno, tranne tre giovani hitleriani in bicicletta armati di Panzerfaust. Osserverà che «i grandi ponti sull'Havel, sulla direttrice strategica Berlino-Spandau,

[10] Ryan, *The Last Battle*, p. 313.
[11] *Ibid.*
[12] Fest, *Inside Hitler's Bunker*, p. 48.
[13] Ryan, *The Last Battle*, p. 317.
[14] Fest, *Inside Hitler's Bunker*, p. 48.

erano barricati ma non sorvegliati!».[15] L'artiglieria sovietica stava martellando la zona, ma non era riuscita a colpire il ponte di Pichelsdorf: un solo aereo era comparso e aveva tentato di bombardarlo, ma senza successo. Gli uomini di Krukenberg si accamparono per la notte tra gli alberi vicino allo stadio olimpico del Reich, mentre lui entrava in città per ricevere ordini.

Krukenberg avrebbe assunto il controllo del settore C per la difesa di Berlino in sostituzione dell'SS-Brigadierführer Joachim Ziegler al comando dell'11ª Divisione Panzergrenadier SS Nordland. A quanto sembra, Ziegler si era perso d'animo e, secondo Krukenberg, aveva chiesto di essere sollevato. Comunque, il generale Weidling non aveva fiducia in Ziegler e voleva che fosse rimosso. Krukenberg rimase in qualche modo sconcertato nell'apprendere dal generale Krebs che, nonostante fossero state convocate numerose unità da fuori città, le SS francesi erano state le uniche a rispondere alla chiamata.

Il 25 aprile, l'Armata rossa invase facilmente Zehlendorf. Le unità della Gioventù hitleriana e della Volkssturm provarono a organizzare la loro ultima difesa intorno al municipio. Furono bombardati dall'artiglieria e dai carri sovietici a distanza ravvicinata. Il sindaco Walter Helfenstein tentò di fermare il massacro appendendo una bandiera bianca, dopodiché si tolse la vita. I fucilieri sovietici in marcia attraverso Schöneberg evitarono le strade bloccate entrando negli edifici circostanti per emergere alle spalle dei difensori. Circa 400 ragazzi della Gioventù hitleriana rimasero con le spalle al muro e furono uccisi. «C'è solo un modo in cui posso descrivere lo stato d'animo della Volkssturm» dirà il maresciallo Konev, nella quale includeva i ragazzi-soldato, «nella lotta decisiva per Berlino: isterica abnegazione».[16] Le forze di Konev e di Zhukov si riunirono il 25 aprile a ovest di Berlino e Potsdam, a Ketzin sull'Havel. Erano entrate in contatto a sudest di Berlino il giorno precedente.

Le truppe sovietiche provarono a tagliare fra i ponti dell'Havel e lo stadio del Reich il 27 aprile, spingendosi verso la Charlottenburger

[15] Le Tissier, *SS-Charlemagne*, p. 95.
[16] Bialer, *Stalin and His Generals*, p. 531.

Chaussee, a nord dello stadio. Quest'area era protetta da circa 1000 soldati che erano stati costretti a rientrare dal distretto di Siemensstadt, per essere frettolosamente rinforzati da 2000 nuove reclute della Gioventù hitleriana. Quei ragazzi erano stati richiamati direttamente dalle loro case, e siccome non c'erano armi disponibili, era stato detto loro di procurarsele sul campo. Anche se i sovietici vennero respinti, i loro assalitori rimasero coinvolti in un fuoco incrociato mortale con risultati prevedibilmente orribili.

*Hitler era così a corto di truppe che dovette schierare la Gioventù hitleriana per la difesa di Berlino.*

Il 30 aprile le unità della Gioventù hitleriana presso il ponte di Pichelsdorf e lungo la Heerstrasse continuarono a resistere nonostante la presenza della 47ª Armata sovietica, così come quelle sul ponte di Spandau. Il corrispondente di guerra William Shirer in seguito scriverà: «Artur Axmann [...] aveva abbandonato il suo battaglione di ragazzi al ponte di Pichelsdorf per salvarsi il collo».[17] Quel giorno, la 125ª Divisione fucilieri sovietica cominciò a porre fine alla resistenza tedesca a Kladow, a sudovest di Gatow, e a Pichelsdorf. Axmann, nella speranza di aiutare Hitler a fuggire da

[17] Shirer, *The Rise and Fall of the Third Reich*, p. 1137.

Berlino, radunò 200 giovani hitleriani presso la Cancelleria del Reich, ma quando Hitler si rifiutò di andare, Axmann li trattenne lì come guardia del corpo personale.

Il maggiore Bernd Freytag von Loringhoven, aiutante di campo del generale Guderian, il tenente colonnello Rudolf Weiss, aiutante di campo del generale Burgdorf, e il capitano Gerhard Boldt ottennero da Hitler il permesso di fuggire lungo l'Havel. Dopo aver lasciato il Führerbunker il 29 aprile, si diressero verso il Tiergarten. Arrivati a Charlottenburg, furono accompagnati fino allo stadio con un'auto blindata.

Quando von Loringhoven e i suoi compagni raggiunsero Pichelsdorf all'alba del 30 aprile, attraversarono il ponte nonostante la presenza di tre carri sovietici sulla sponda opposta. Fortunatamente, questi non aprirono il fuoco perché i loro equipaggi erano ancora profondamente addormentati. «Dall'altra parte», osserverà von Loringhoven, «la Gioventù hitleriana schierata con i suoi lanciagranate non si era mossa».[18] La Gioventù hitleriana, la Volkssturm e i soldati regolari avevano coraggiosamente resistito a cinque giorni di fuoco costante di artiglieria e di carri in difesa di Pichelsdorf. «Con un equipaggiamento del tutto inadeguato di soli fucili e Panzerfaust, i ragazzi hanno sofferto terribilmente per gli effetti dei bombardamenti russi» dirà il loro comandante al capitano Boldt. «Dei 5000 iniziali, solo 500 sono ancora in grado di combattere».[19] Il ponte di Pichelsdorf fu in seguito interrotto quando i sovietici colpirono le cariche esplosive tedesche.

A Spandau, le strade riecheggiavano del suono degli annunci della propaganda sovietica trasmessi in tedesco dai camion con altoparlanti che andavano avanti e indietro esortando i difensori alla resa. Questi ultimi rispondevano bombardando le aree conquistate dai sovietici. Nel frattempo, von Loringhoven e gli altri trovarono una barca e remarono fino a Wannsee. Weiss fu in seguito catturato dai sovietici e von Loringhoven fu invece preso dagli americani.

[18] Loringhoven, *In the Bunker with Hitler*, p. 179.
[19] Le Tissier, *Race for the Reichstag*, p. 163.

Il 1° maggio, anche i berlinesi terrorizzati e le truppe esauste cercarono di usare la cosiddetta via di fuga di Hitler. Appena prima di mezzanotte, i sopravvissuti della Divisione Panzer Müncheberg, della 18ª Divisione Panzergrenadier e della 1ª Flak-Division antiaerea, usando gli ultimi semicingolati e panzer rimasti, si diressero a ovest dal Tiergarten. Queste formazioni ormai a brandelli erano divisioni solo per definizione. Il loro obiettivo era il ponte di Charlotten e Spandau. Circolavano voci che dicevano che dei treni li avrebbero portati fino ad Amburgo.

Presto si unì a loro un vasto seguito, sia di militari che di civili, su autobus, furgoncini e persino autopompe. Tra questi c'era anche il fratello di Heinrich Himmler, Ernst. «Le madri con le carrozzine venivano issate sui camion, i cui gasogeni bruciavano fumosamente» ricorderà Lothar Loewe. «Eleganti signore portavano grossi zaini sopra le pellicce». Guardando la colonna, osserverà: «Furieri, veterinari dell'esercito [...] paracadutisti e quello che restava di unità ancora moderatamente organizzate, partirono tutti».[20] Questo esodo di massa coinvolse fino a 10mila persone. Il ponte di Charlotten era passato di mano per tre volte, il che significava che avrebbe dovuto essere nuovamente difeso per facilitare la fuga.

La Gioventù hitleriana a Charlotten era sotto una tempesta di fuoco da parte della 47ª Armata di Perkhorovich. Quando arrivò la colonna di fuggiaschi, schierò lungo la sponda orientale cannoni antiaerei quadrupli da 20 mm per fornire un fuoco di copertura. Ma la cosa non ebbe l'effetto desiderato. Il maggiore Horst Zobel con la Divisione Panzer Müncheberg decise di continuare ad avanzare ugualmente. Arrampicandosi sul suo blindato, condusse gli ultimi carri attraverso il ponte.

La prima ondata di persone e veicoli fu accolta da una grandine di pallottole, bombe e granate, e solo pochi riuscirono a sopravvivere. Alcuni per disperazione si buttarono nel fiume. Per tutta la lunghezza del ponte erano disseminati resti umani e rottami. Della seconda ondata, alcuni riuscirono a prendere rifugio nelle case sulla sponda opposta.

[20] Ivi, p. 184.

Chi era rimasto ferito sul ponte venne lasciato indietro e molti furono schiacciati dalle successive ondate di persone terrorizzate. Fra i morti c'era anche Ernst Himmler. La contraerea tedesca continuò a fare fuoco fino al termine delle munizioni o finché non venne silenziata dalle bombe di mortaio sovietiche lanciate dai quartieri circostanti.

I numeri erano a favore dei fuggiaschi e i sovietici alla fine furono costretti a ritirarsi dal fiume. Sotto il fuoco delle mitragliatrici sovietiche nella torre del municipio di Spandau, i tedeschi contrattaccarono. Un distaccamento della 9ª Divisione paracadutisti, con il supporto di un carro Tiger, prese d'assalto l'edificio. La colonna, gravemente mutilata, proseguì verso ovest con un numero sempre minore di uomini. A ogni svolta venivano falciati e solo in pochissimi raggiunsero l'Elba. Soltanto in 5000 arrivarono al villaggio di Tremmen, ma avendo terminato le munizioni e il carburante non avevano altra possibilità se non quella di arrendersi. Zhukov, temendo che Hitler e altri alti ufficiali nazisti potessero essere finiti nella carneficina sul ponte di Charlotten, ordinò che ogni cadavere o veicolo abbandonato venisse controllato. Fu un compito molto arduo, perché alcuni corpi erano così bruciati da essere irriconoscibili.

Quel giorno i carri sovietici, supportati dalla 350ª Divisione fucilieri, superarono la resistenza tedesca sull'isola di Wannsee, che era protetta da quel che restava della 20ª Divisione Panzergrenadier, che cercò di ripiegare verso sud. Solo in 2000 ce la fecero, ma alla fine furono messi alle strette dai caccia e dai carri sovietici, coadiuvati dalla fanteria. Quando il fuoco cessò, erano rimasti solo in 187, compreso qualche giovane hitleriano terrorizzato. A quel punto la resistenza perpetrata dai giovani sui ponti era diventata inutile. «È stato un crimine – abuso forse è una parola più appropriata – il fatto che si fossero dovuti usare dei bambini in quel modo» scriverà lo storico James Lucas, «e quel crimine deve essere imputato a Hitler e ai suoi complici».[21]

Il generale Perkhorovich era restio a prendere d'assalto le difese tedesche rimaste, soprattutto la Cittadella di Spandau. Così decise di inviare il maggiore Vasilij Yakovlevic Grishin e il capitano Vladimir

[21] Lucas, *Last Days of the Reich*, p. 40.

Samoilovich Gall del dipartimento di propaganda sovietico a negoziare con la guarnigione della Cittadella. Si avvicinarono al ponte di mattoni con la bandiera bianca e fu loro gettata una scala di corda. Una volta entrati, furono accolti dal colonnello Jung e dal tenente colonnello Koch. Quest'ultimo osservò che gli ordini di Hitler chiarivano che ogni comandante di roccaforte che cercasse di arrendersi avrebbe dovuto essere giustiziato all'istante, insieme alla sua famiglia. Grishin e Gall non sapevano che Hitler a quel punto era già morto, così non ebbero l'opportunità di segnalare che i suoi ordini non erano più in vigore.

Il capitano Gall, che sapeva parlare tedesco, spiegò che Berlino era stata conquistata e che l'Armata rossa si era ricongiunta con gli americani sull'Elba. Offrì assistenza medica immediata, cibo e nessuna rappresaglia se si fossero arresi. L'alternativa sarebbe stata quella di non mostrare alcuna pietà. «Siamo tutti soldati e sappiamo che sarebbe un enorme spargimento di sangue» disse Gall con fermezza. «E se molti dei nostri soldati moriranno nell'impresa, non posso rispondere delle conseguenze».[22] Poi disse loro che avevano fino alle 15:00 per prendere una decisione, quindi i due ufficiali sovietici ritornarono dietro alle loro linee. All'ora stabilita, due tenenti tedeschi emersero dalla Cittadella per dire che il loro comandante aveva accettato i termini della resa ma che li avrebbe voluti per iscritto.

In seguito, quando la guarnigione veniva portata via dai fucilieri sovietici, il tenente colonnello Koch si avvicinò a Grishin e Gall. «Veniamo a salutarvi» disse in un russo fluente. «Sì, parlo un po' di russo. Ho vissuto a Pietroburgo da bambino».[23] I sovietici scoprirono in seguito che i due comandanti tedeschi erano i tecnici responsabili del programma di armi chimiche della Germania. A Spandau, l'Armata rossa catturò anche Schulte-Overberg e Stuhldreher; tutti e quattro gli uomini erano stati coinvolti nello sviluppo e sperimentazione degli agenti nervini sarin e tabun. Furono mandati in Unione Sovietica ma rifiutarono di divulgare i loro segreti.

[22] Beevor, *Berlin: The Downfall 1945*, p. 374.
[23] Ivi, p. 376.

# CAPITOLO 7 · QUESTO ATTACCO È UN SUICIDIO

Mentre il 21 aprile a Pichelsdorf e Spandau gli eventi erano in corso, Hitler ordinò un contrattacco sul tutte le armate sovietiche che circondavano Berlino. In particolare, sperava che le Waffen-SS di Himmler sarebbero accorse in salvataggio così come avevano fatto in molte altre precedenti occasioni. Lo staff del Führerbunker guardava allarmato Hitler, chino sulla mappa, che borbottava ripetutamente, «Steiner, Steiner».[1] Tutto fu chiaro quando il Führer ordinò alle forze del generale delle SS Felix Steiner, che si trovavano all'incirca 40 km a nord di Berlino, di marciare sulla città. Steiner avrebbe tagliato attraverso la testa di ponte di Zhukov, coprendo la ritirata della 3ª Panzer-Armee di Manteuffel. Hitler si fidava di Steiner perché era un duro veterano del fronte orientale che aveva prestato servizio nelle Waffen-SS fin dal loro inizio. In particolare, aveva contribuito a organizzare l'evacuazione di 80mila soldati e civili da Tallin, ritirandosi con successo dalla Curlandia.

Più di recente, Steiner aveva comandato la poco longeva 11ª Panzer-Armee in Pomerania, che aveva soccorso la guarnigione tedesca intrappolata a Arnswalde, dopodiché si era ritirato con il suo 3° SS-Panzerkorps nell'area di Stargard e Stettino nella zona nord dell'Oder. Nella mente delirante di Hitler, questo esercito di SS esisteva ancora, gonfiato peraltro fino allo status di Gruppo di armate Steiner, mentre in realtà era stato spogliato delle sue divisioni per utilizzarle da altre parti. Steiner rimase ad ascoltare il Führer

[1] Butler, *The Black Angels*, p. 260.

per telefono, esterrefatto. Hitler lo informò che il Reichsmarschall Hermann Göring gli avrebbe messo a disposizione il suo esercito privato. Inoltre, tutte le forze tra la capitale e il Baltico avrebbero partecipato all'attacco. «Quando gli chiesi con precisione dove avrebbe avuto luogo l'attacco» ricorderà un ilare Steiner, «il Führer non rispose ma si limitò a riagganciare. Non avevo idea di dove, quando o con cosa avrei dovuto attaccare».[2]

In uno stato confusionale, Steiner chiamò il generale Krebs, il capo di stato maggiore dell'esercito, per spiegargli la sua situazione. Era evidente che Hitler non aveva idea di quale fosse la realtà del fronte orientale. Anche se avesse voluto attaccare Berlino, semplicemente non aveva le truppe per una simile operazione. Aveva perso tre intere divisioni nel tentativo di fermare l'Armata rossa e due nuove divisioni promesse dal Gruppo di armate Vistola non si erano mai materializzate. Le sue forze consistevano nei resti malandati della 4ª Divisione di Polizia SS, che era scappata da Danzica senza i suoi equipaggiamenti e che ammontava appena a due battaglioni e una divisione di marinai. Quest'ultima era necessaria per alleggerire altre due delle sue divisioni che erano bloccate in posizioni difensive. Steiner spiegò che i marinai erano buoni solo per i compiti di guardia e non ci si poteva aspettare che combattessero come fanteria regolare.

Prima che Steiner potesse finire, Krebs gli ripassò Hitler. «Vedrete» disse il Führer, «i russi soffriranno la loro più grande sconfitta, la sconfitta più sanguinosa della loro storia, davanti alle porte di Berlino».[3] Steiner si strofinò il mento ispido con la mano libera e alzò gli occhi al cielo. «Dal successo della vostra missione» concluse il Führer, «dipende il destino della capitale tedesca».[4] Quando arrivarono gli ordini per Steiner, chiarirono che tutti coloro che si fossero arresi o non avessero eseguito i desideri del Führer sarebbero stati condannati a morte. «Gli ufficiali che non si atterranno incondizionatamente a quest'ordine dovranno essere arrestati e fucilati

[2] Ryan, *The Last Battle*, p. 335.
[3] Butler, *The Black Angels*, p. 260.
[4] Lucas, *Hitler's Commanders*, p. 199.

all'istante», Hitler ammonì il malcapitato generale delle SS. «Voi, Steiner, rispondete con la vostra testa dell'esecuzione di questi ordini».[5] Steiner capì che discutere ulteriormente con Hitler o Krebs era solo una perdita di tempo.

Poi Hitler chiamò personalmente il generale Karl Koller, il capo di stato maggiore della Luftwaffe, che si trovava a Wildpark-Werder, alla periferia di Berlino. «Tutto il personale di forze aeree disponibile nella zona nord deve essere messo a disposizione di Steiner e portato da lui»[6] ordinò. Come al solito, non avrebbe accettato un "no" come risposta. «Ogni comandante che tratterrà le proprie truppe» disse Hitler a Koller, «perderà la vita entro cinque ore». Di fronte all'espressione inorridita di Koller, Hitler aggiunse: «Voi stesso garantirete con la vostra testa che venga mobilitato fino all'ultimo uomo».[7] Preso dal panico, lo sfortunato Koller telefonò all'Alto comando dell'esercito per scoprire chi o cosa fosse Steiner. Quando il generale Heinrici sentì del folle piano di Hitler, rimase scioccato. Chiamò Krebs per informarlo e chiese il ritiro della 9ª Armata. Krebs rispose che non spettava a Heinrici prendere quella decisione, e che «questa responsabilità spetta al Führer».[8] Krebs non lasciò nemmeno che Heinrici parlasse con Hitler, con la scusa che il Führer era molto stanco. In realtà intendeva dire che il Führer era stanco di discutere con i suoi generali recalcitranti.

Al massimo, Steiner riuscì a raccogliere all'incirca 11mila soldati scarsamente dotati di artiglieria, controcarri o panzer. Aveva meno di 50 carri e comunque c'era carburante solo per circa la metà di questi. Il tutto corrispondeva a malapena a una divisione, ben lungi dalla potente Armata o Gruppo di armate che Hitler si era prefigurato. Steiner si aspettava che ci sarebbero stati almeno 100mila soldati sovietici ben equipaggiati a bloccargli la strada. L'attacco di Hitler si sarebbe rivelato semplicemente un massacro. Quando arrivarono

[5] Toland, *Adolf Hitler*, p. 868.
[6] Ryan, *The Last Battle*, p. 336.
[7] Bullock, *Hitler. A Study in Tyranny*, p. 783.
[8] Ryan, *The Last Battle*, p. 336.

5000 uomini di rinforzo, consistevano soprattutto di personale di terra della Luftwaffe che, come i marinai, potevano a malapena servire come fanteria. Steiner si rifiutò di utilizzarli perché avrebbe firmato le loro condanne a morte.

«Non posso contare sugli uomini della Marina» disse rabbiosamente Steiner. «Sono certo che siano bravissimi sulle navi, ma non sono mai stati addestrati per questo genere di combattimenti».[9] In seguito ammetterà: «Non volevo perdere neanche una vita umana in un'impresa che era destinata al disastro già in partenza».[10] Inoltre, non avrebbe certo iniziato a giustiziare i suoi ufficiali per non aver portato a termine un compito così ridicolo. «Il piano d'attacco si basava su fatti che non avevano alcun fondamento nella realtà» spiegherà Steiner, «ma solo nelle fantasie della Cancelleria».[11] La sua speranza era quella di raggiungere l'Elba e arrendersi agli americani. La tenaglia settentrionale di Hitler si sarebbe diretta a ovest, non a sud.

Hitler continuava ad assillare il generale Krebs il mattino del 22 aprile per conoscere i progressi dell'attacco di Steiner. La risposta di Krebs era che ancora non c'era niente da riferire. Allora Hitler chiese al generale Koller di inviare degli aerei da ricognizione per vedere a che punto fosse Steiner, ma non lo trovarono. Il pomeriggio, alla conferenza militare giornaliera, dopo aver appreso che Berlino era quasi completamente circondata, Hitler chiese di sapere che cosa stesse succedendo. Con riluttanza, Krebs ammise che Steiner non aveva ancora attaccato perché stava ancora radunando forze. Hitler dapprima rimase taciturno, poi ordinò che tutti uscissero dalla stanza eccetto i suoi più alti comandanti, Burgdorf, Jodl, Keitel e Krebs. Quindi esplose in un monumentale accesso di rabbia, accusando tutti di tradimento, corruzione e codardia. «La guerra è persa!»[12] esclamò furioso. Poi, preso dalla disperazione, aggiunse:

[9] Ivi, p. 374.
[10] Reitlinger, *The SS*, p. 433.
[11] Lucas, *Hitler's Commanders*, p. 199.
[12] Toland, *Adolf Hitler*, p. 868.

«È tutto finito, tutto, tutto [...]».[13] Guardando intorno alla stanza, dopo essersi un po' calmato, disse: «Signori, è finita. Io rimarrò qui a Berlino e mi sparerò quando arriverà il momento». I suoi generali apparvero nervosi e a disagio, chiedendosi se si aspettasse che avrebbero dovuto morire con lui. «Chi vuole se ne può andare adesso» disse. «Tutti sono liberi di farlo».[14]

Quando gli fu chiesto come avrebbe potuto continuare a comandare senza il suo staff, Hitler rispose che il Reichsmarschall Göring avrebbe potuto assumere il comando. Era stato nominato successore ufficiale di Hitler nel 1941. I generali di Hitler cercarono di calmarlo e gli suggerirono di fuggire a sud. In fin dei conti, ragionavano, il Gruppo di armate Centro del feldmaresciallo Schörner era rimasto completamente intatto in Cecoslovacchia, così come le due armate del feldmaresciallo Kesselring in Italia settentrionale. Anche l'ammiraglio Dönitz si era diretto verso la Germania nordoccidentale per assumere il comando delle armate che ancora combattevano in quell'area. Hitler, tuttavia, non si sarebbe lasciato dissuadere dalla linea d'azione che aveva scelto.

Mentre Krebs e Burgdorf optarono per rimanere nel Führerbunker, Keitel e Jodl, avendo perduto il loro quartier generale a Zossen, si spostarono a Krampnitz, fra Berlino e Potsdam. Keitel non voleva abbandonare il Führer, ma Hitler gli rispose: «Seguirai i miei ordini».[15] Il maggiore Bernd von Loringhoven riporterà che Hitler disse che «sarebbe rimasto a Berlino per guidare la difesa della città e avrebbe posto fine alla sua vita piuttosto che cadere nelle mani del nemico».[16] Hitler convocò Joseph Goebbels, sua moglie e i loro sei figli affinché lo raggiungessero dalla loro casa martoriata dalle bombe in Wilhelmstrasse.

Il generale Koller non aveva partecipato al briefing e assennatamente se ne rimase alla larga presso suo quartier generale della

[13] Lucas, *Hitler's Commanders*, p. 199.

[14] McDonough, *The Hitler Years*, pp. 557-558.

[15] Shirer, *The Rise and Fall of the Third Reich*, p. 1113.

[16] Loringhoven, *In the Bunker with Hitler*, p. 147.

Luftwaffe. «Non sarei stato in grado di tollerare di essere insultato per tutto il giorno» scriverà nel suo diario. Alle 18:15, il generale Eckhard Christian, l'ufficiale di collegamento della Luftwaffe al Führerbunker, arrivò per aggiornare Koller rispetto al crollo completo di Hitler. Koller rimase così sorpreso che si diresse a Krampnitz, dove Jodl gli disse che Hitler voleva che Göring negoziasse con gli Alleati. Il 23 aprile, Koller volò a Monaco per informare il suo superiore al riguardo. Un incerto Göring aveva paura che se avesse preso il potere sarebbe stato etichettato come traditore, mentre se non avesse agito sarebbe stato considerato un debole. Insensatamente, inviò un messaggio a Hitler dicendo che se non avesse ricevuto una risposta entro le 22:00 avrebbe automaticamente assunto il comando della Germania. Presentare un simile ultimatum a Hitler fu subito visto come un'aperta provocazione. La risposta del Führer fu di accusarlo di alto tradimento e ordinare che per evitare la pena di morte dovesse dimettersi dalle sue cariche ufficiali con effetto immediato. Per andare sul sicuro, Göring fu arrestato dalle SS.

Il 23 aprile, Hitler inviò il tenente generale Hermann Fegelein a consegnare personalmente i suoi ordini a Steiner. Fegelein era l'ufficiale di collegamento di Himmler al Führerbunker così aveva non solo l'autorità del Führer, ma del Reichsführer, il comandante delle SS. Da ambizioso e leggendario playboy quale era, aveva sposato Gretl, la sorella di Eva Braun, l'estate precedente. Dal momento che Eva era l'amante di lungo corso di Hitler, questo faceva di Fegelein il cognato di Hitler a tutti gli effetti. Steiner continuava a rifiutarsi di obbedire e disse a Fegelein di non poter entrare in azione finché non avesse radunato un numero sufficiente di truppe. Fegelein ritornò da Hitler a mani vuote il giorno seguente. «Steiner deve attaccare domani» strillò Hitler. «E dovrà essere a Berlino entro sera!».[17] Quindi ordinò a Fegelein di tornare da Steiner.

Nel frattempo, Jodl andò inutilmente da Steiner per ordinargli di iniziare l'offensiva. Steiner fu estremamente chiaro: «Non voglio

[17] Eberle & Uhl, *The Hitler Book*, p. 240.

farlo».[18] Jodl disse che avrebbe dovuto schierare le sue nuove truppe: «Sì, certo, tutti quei piloti con le piccole croci di ferro che gli pendono dal colletto» rispose Steiner in tono sarcastico. «No! Non sono addestrati. Sarebbero massacrati dai soldati russi».[19] Un Jodl esasperato ritornò al suo quartier generale. Quando arrivò il generale Heinrici, ebbe anch'egli una risposta simile da Steiner quando gli chiese conto delle sue forze. «Vi dirò che cos'ho» disse Steiner, «una tale accozzaglia che non raggiungerebbe mai Spandau da Germendorf».[20]

A Steiner erano state promesse la 3ª Divisione navale, la 7ª Panzer e la 25ª Panzergrenadier per rafforzare un attacco dalla sua testa di ponte a Kremmen, a sud del canale di Ruppiner. In teoria, ciò significava che avrebbe potuto colpire a sudest verso Spandau e a sudovest verso Nauen. Due unità corazzate nel pieno delle forze avrebbero potuto farcela, ma la verità è che entrambe le divisioni erano molto malridotte. Inoltre, queste tre divisioni non si erano ancora materializzate. Il generale Heinrici chiese che fossero allora inviate a rinforzare la 3ª Armata Panzer, ma il generale Jodl rifiutò. Ciò non impedì a Heinrici di ordinare alla 7ª Divisione Panzer di non muoversi.

Poco dopo, il feldmaresciallo Keitel arrivò al quartier generale di Steiner e gli ordinò di muovere su Nauen. Gli promise la Divisione di fanteria Schlageter, nonostante il fatto che avesse cessato di esistere una settimana prima sulle sponde occidentali dell'Elba. Keitel non sapeva dove si trovasse la 7ª Divisione Panzer. A sua insaputa, il colonnello Hans Christern, il suo comandante, era deciso a ritirarsi a ovest per arrendersi agli inglesi. Brandendo il suo bastone da feldmaresciallo, cercò di obbligare Steiner a sferrare l'attacco: «La storia e il popolo tedesco disprezzeranno chiunque non faccia il possibile per salvare la situazione e il Führer»[21] gli disse. «No,

[18] Whiting, *Warriors of Death*, p. 235.
[19] Ivi, p. 236.
[20] Ryan, *The Last Battle*, p. 374.
[21] Mitcham, *Hitler's Field Marshals and their Battles*, p. 172.

non lo farò» rispose Steiner. «Questo attacco sarebbe un suicidio. Fate di me quello che volete».[22] Keitel e Jodl dovevano accettare che il comandante d'*élite* delle Waffen-SS di Hitler ora stava combattendo per una cosa sola: la sopravvivenza. Ancora una volta, il 3° SS-Panzerkorps non obbedì agli ordini.

Secondo molti racconti, l'attacco di Steiner non ebbe mai luogo. Tuttavia, il 24 aprile, von Loringhoven osserverà: «Con le sue tre divisioni quasi allo stremo delle forze, il Gruppo di Steiner alla fine sferrò il suo attacco, ma data la superiorità dei russi non servì a niente».[23] Ancora una volta, Hitler era furioso, e von Loringhoven aggiungerà: «Steiner fu rimosso e sostituito dal generale Holste, ma fece un patto con quest'ultimo per mantenere il comando».[24] Steiner sicuramente informò il proprio successore del fatto che il suo cosiddetto Gruppo di armate era solo il frutto dell'immaginazione di Hitler. Quel giorno, i carri sovietici presero Nauen e iniziarono a spingersi a sud verso Potsdam.

Il generale Rudolf Holste era al comando del 41° Panzerkorps che faceva parte della 12ª Armata del generale Wenck. Questa comprendeva appena tre deboli divisioni di fanteria. Holste aveva il suo bel daffare, perché Keitel gli aveva ordinato di ignorare l'Elba e di proteggere il fianco settentrionale di Wenck per poi marciare su Berlino. Tuttavia, Holste sapeva che non sarebbe andato da nessuna parte con tanta fretta, poiché il suo corpo d'Armata non solo era privo di carri armati, ma anche di mezzi di trasporto. Così chiese 48 ore per prepararsi al dispiegamento e telefonò alla moglie per preparare la loro fuga verso ovest.

Hitler apprese che la 3ª Panzer-Armee di Manteuffel era stata respinta da una breccia sovietica a nord di Prenzlau, che lasciava esposte le retrovie di Steiner. Con una certa ironia, era stato proprio il dispiegamento delle truppe di supporto a Steiner a facilitare l'ultimo successo dell'Armata rossa. La sfortunata 3ª Divisione navale

[22] Whiting, *Warriors of Death*, p. 236.
[23] Loringhoven, *In the Bunker with Hitler*, p. 154.
[24] Ivi, p. 155.

fu rapidamente distrutta nel corso della ritirata. Questo sfondamento sovietico obbligò Keitel a cedere la 7ª Divisione Panzer e la 25ª Panzergrenadier a Heinrici e non a Steiner. Ciò significava che la tenaglia settentrionale di Steiner era definitivamente spacciata. Nonostante l'ordine di contrattaccare, Heinrici ordinò ai suoi uomini di mantenere la linea Neubrandenburg-Neustrelitz a nord di Berlino per coprire la ritirata.

La reazione di Hitler come al solito fu quella di incolpare i suoi comandanti. «Considerando l'estesa barriera naturale formata dall'Oder» disse, «il successo russo sulla 3ª Panzer-Armee può essere attribuito solo all'incompetenza dei comandanti militari tedeschi che si trovavano sul posto!».[25] Krebs insorse in difesa di Manteuffel, ma la cosa fece solo ricordare a Hitler il fallimento di Steiner. Guardando la mappa, Hitler reiterò la richiesta di un contrattacco a nord di Berlino. «La 3ª Panzer-Armee si avvarrà di tutte le forze disponibili per questo assalto, attingendo senza pietà dalle sezioni della nostra linea del fronte che non sono state attaccate»[26] ordinò.

Hitler scelse di ignorare il fatto che il fronte orientale aveva cessato di esistere già da tempo e che non c'erano altre riserve perché precedentemente in quell'anno si era rifiutato di ritirare le sue numerose divisioni dai territori occupati. Guardando i suoi generali, aggiunse: «È necessario che il collegamento a Berlino da nord sia ripristinato domani sera». Quando fu citato il nome di Steiner, Hitler strillò: «Quei leader arroganti, tediosi e indecisi delle SS non mi servono più a niente».[27] Il soccorso a Berlino avrebbe dovuto essere condotto da qualcun altro. Ma la domanda era, chi?

Dopo che Fegelein aveva incontrato Steiner per la seconda volta, era andato da Himmler sul suo treno personale a ovest di Hohenlychen. Quando disse al Reichsführer che Steiner continuava a rifiutarsi di eseguire gli ordini, Himmler gli rivelò che aveva istruito lui Steiner a farlo per obbligare Hitler a lasciare Berlino il prima

[25] Toland, *Adolf Hitler*, p. 873.
[26] *Ibid.*
[27] *Ibid.*

possibile. Non c'era, disse, alcuna possibilità che Steiner potesse sfondare l'anello sovietico intorno alla città. Ma questa era solo una parte del suo piano; Himmler aveva aperto i negoziati per la resa. Fegelein tornò in volo nella capitale, atterrando sull'Asse Est-Ovest. Non si azzardò a riferire al Führer ciò che gli aveva detto Himmler perché era fedele al Reichsführer e, allo stesso modo, voleva che Hitler lasciasse Berlino.

# CAPITOLO 8 · DOV'È WENCK?

Le uniche altre forze che erano potenzialmente in grado di tentare la difesa di Berlino erano quelle della 12ª Armata del generale Wenck a sudest, che difendeva l'Elba sul fronte occidentale. Fu così stabilito di lasciare una retroguardia per fronteggiare gli americani e marciare subito sulla capitale. Sulla carta, il suo esercito contava sette divisioni, ma in pratica, dal punto di vista degli effettivi, consisteva solo di tre divisioni di fanteria senza panzer né supporto aereo. Le forze di Wenck contavano circa un massimo di 45mila uomini. Il feldmaresciallo Keitel raggiunse Alte Hölle per ordinare personalmente a Wenck di andare a salvare Berlino e ricongiungersi con la 9ª Armata di Busse. Wenck saggiamente rispose quello che Keitel voleva sentire: «Certamente, feldmaresciallo, sarà fatto quello che ha ordinato».[1] Allo stesso tempo, a Busse fu detto di far uscire dalla linea la sua divisione più forte per mandarla a ovest a ricongiungersi con Wenck. Tuttavia, Busse sapeva che una simile mossa avrebbe solo indebolito le sue difese già sgretolate. Wenck, valutando le informazioni in suo possesso, si rese conto che la vera priorità era salvare le truppe di Busse e Reymann, e non Berlino.

Presto cominciarono ad arrivare notizie incoraggianti sul fatto che Wenck stesse effettivamente marciando su Berlino. In realtà, solo un numero limitato di elementi del suo 20° Corpo, con quattro "divisioni", si stava dirigendo a nord con l'unico scopo di arrivare il più presto possibile a Potsdam, senza andare oltre. Una volta arrivati

[1] Ryan, *The Last Battle*, p. 350.

a Potsdam, la speranza era di salvare la guarnigione di 20mila uomini del generale Reymann. Una sola divisione era coinvolta in questa avanzata verso nord, mentre le altre combattevano verso est nel disperato tentativo di salvare la 9ª Armata di Busse dal massacro. Busse, dopo aver lasciato le alture di Seelow, aveva ritardato il ritiro delle sue forze a causa delle richieste di Hitler di difendere Berlino. Così lui e i suoi uomini erano rimasti intrappolati quando il maresciallo Konev aveva attraversato Zossen per raggiungere il canale di Teltow a Berlino sud.

Il 24 aprile, Wenck colpì a est fra Beelitz e Treuenbrietzen usando elementi di tre divisioni. Il suo scopo era di raggiungere Luckenwalde a sudest di Kummersdorf. I suoi uomini si imbatterono immediatamente nei sovietici del 5° Corpo meccanizzato delle Guardie e in elementi della 13ª Armata. In previsione di questo attacco, il generale di brigata Yermakov, al comando del 5° meccanizzato, si era mosso per predisporre posizioni di imboscata con la sua artiglieria e i suoi carri. Aveva anche creato una riserva mobile utilizzando una compagnia corazzata del 51° Reggimento corazzato delle Guardie, il cui compito era quello di richiudere eventuali sfondamenti tedeschi.

A Treuenbrietzen, i tedeschi attaccarono giorno e notte ma la 10ª Brigata meccanizzata delle Guardie sovietica si rifiutò di cedere il passo. Il giorno seguente, unità di due divisioni di Wenck, supportate da cannoni d'assalto, rinnovarono l'attacco ma furono bombardate dagli aerei sovietici. «Arrivavano, ondata dopo ondata, a volo radente» dirà Konev, «rovesciando sui carri tedeschi impegnati nell'attacco una pioggia di piccole bombe anticarro».[2] La 13ª Armata sovietica poi si spostò per dare manforte ai difensori assediati a Treuenbrietzen e rinforzare il fianco sinistro del 5° Corpo meccanizzato delle Guardie.

Non tutta la battaglia fu a favore dei sovietici. Nello specifico, il 10° Corpo meccanizzato fu quasi accerchiato e a rischio di essere schiacciato. La 30ª Armata sovietica inviò rapidamente come aiuti la 147ª Divisione fucilieri. Nel pomeriggio del 25 aprile, il 15° Reggimento

[2] Bialer, *Stalin and His Generals*, p. 529.

fucilieri mosse a sud di Treuenbrietzen per raggiungere il 10° meccanizzato. Il resto della 147ª Divisione poi si ricongiunse con il 5° meccanizzato. «I nuovi tentativi dell'esercito di Wenck del 25 aprile nell'area di Beelitz-Treuenbrietzen si sono rivelati inutile come i precedenti» riferirà Konev con soddisfazione. «Gli attacchi sono stati feroci, ma li abbiamo respinti con successo e le nostre perdite sono state minime».[3]

Quel giorno, Hitler continuò nonostante tutto a cullarsi nelle sue ottimistiche illusioni che la capitale sarebbe stata salvata da un attacco su tre fronti: «La situazione volgerà al meglio! La 9ª Armata arriverà a Berlino e colpirà il nemico insieme alla 12ª Armata» diceva per rassicurare il generale Weidling, comandante militare di Berlino. «L'attacco sarà sferrato lungo il fronte meridionale russo. Le truppe di Steiner avanzeranno da nord e colpiranno l'ala settentrionale».[4]

«Tutti questi piani non erano altro che le fantasie di Hitler e del suo *entourage*» dirà Zhukov con un certo sprezzo, «che avevano perso la capacità di pensare in modo realistico».[5] In particolare dal momento in cui le forze di Konev e Zhukov che circolavano a ovest di Berlino arrivarono a ricongiungersi. Il 25 aprile, la 328ª Divisione fucilieri appartenente alla 47ª Armata e la 65ª Brigata corazzata della 1ª Armata corazzata delle Guardie, che formavano la testa di ponte del 1° Fronte bielorusso di Zhukov, si ricongiunsero con il 6° Corpo meccanizzato delle Guardie della 4ª Armata corazzata delle Guardie del 1° Fronte ucraino di Konev nell'area di Ketzin. «In quell'occasione, le forze del nemico consistenti in oltre 400mila unità furono tagliate in due gruppi isolati» riferirà Zhukov, «i gruppi di Berlino e quello di Frankfurt-Guben».[6]

La 35ª Brigata meccanizzata delle Guardie della 4ª Armata corazzata delle Guardie del generale Lelyushenko venne incaricata di prendere Ketzin. Tuttavia, due dei suoi battaglioni furono mandati a Brandeburgo, lasciando solo un battaglione di fanteria e artiglieria

[3] Ivi, p. 529.
[4] Zhukov, *Reminiscences and Reflections*, 2, pp. 376-377.
[5] Ivi, p. 377.
[6] Ivi, p. 373.

e qualche carro. A Ketzin, dove non c'era traccia di tedeschi, tre o quattro volontari nuotarono nel canale di Haven per prendere possesso del traghetto locale. Anche se una compagnia di fucilieri riuscì con successo ad attraversare il canale, quattro panzer impedirono ai mezzi corazzati di supporto di raggiungerli grazie al danneggiamento di un carro armato e all'eliminazione di un altro. Anziché aspettare l'artiglieria per distruggere i panzer, i fucilieri sovietici provarono ad assaltare la città cercando di aggirarli. Si trovarono di fronte un solo corazzato tedesco armato di lanciafiamme, che riuscì a incenerire una manciata di soldati sovietici della prima linea per poi essere messo a tacere da un accurato fuoco di artiglieria. Oltrepassando i corpi bruciati e contorti, il tenete Evgeni Bessonov ricorderà: «Era uno spettacolo orribile».[7] In seguito, i panzer si ritirarono e i fucilieri sovietici entrarono a Ketzin per trovarla sguarnita di difese se non per qualche cecchino solitario. «La città fu conquistata praticamente da una sola compagnia senza carri» ricorderà Bessonov con orgoglio, «perché avevano appena iniziato a trasportarli attraverso il canale sui traghetti che erano riusciti a radunare».[8] In tarda serata, lui e i suoi uomini si incontrarono con i carri di Zhukov. «A quel punto, Berlino era completamente circondata dalle truppe sovietiche»[9] dirà Bessonov.

I tedeschi risposero alla perdita di Ketzin bombardandola. Bessonov era in riunione con il suo comandante di compagnia, primo tenente Nikolai Chernyshov, quando l'edificio sotto il quale si trovavano fu colpito. Diversi uomini del loro plotone comunicazioni rimasero uccisi e altri feriti. La fibbia della cintura salvò la vita a Bessonov fermando una scheggia, anche se gli squarciò lo stomaco. Una seconda scheggia lo colpì alla gamba mentre una terza andò vicina a mozzargli tre dita della mano sinistra. Fu bendato ed evacuato in un ospedale tedesco di cui i sovietici avevano preso possesso a Luckenwalde. Il tragitto fu pericoloso, poiché bande di

[7] Bessonov, *Tank Rider*, p. 222.
[8] *Ibid.*
[9] Ivi, p. 223.

soldati tedeschi continuavano a sbucare fuori dal bosco per sparare ai camion sovietici che passavano. Bessonov sentì dire che avevano giustiziato tutti i feriti sovietici che avevano trovato per le strade, ma raggiunse Luckenwalde senza ulteriori incidenti.

Alle 8:00 del 26 aprile, Busse cercò di ritagliarsi un passaggio per raggiungere Wenck. Sapeva che si trattava di una missione cruciale. La stessa sopravvivenza del suo comando dipendeva dal suo successo. Invece di usare una singola Divisione come istruito, impiegò i resti di tre. La sua testa di ponte fu creata con unità della 21ª Divisione Panzer, della Panzergrenadier Kurmark e della 712ª Fanteria. La Luftwaffe cercò di far arrivare munizioni e carburante alla 9ª Armata, ma la gran parte non riuscì a raggiungerli a causa delle incursioni dei caccia nemici. I panzer furono invece riforniti di carburante grazie alla benzina travasata dai veicoli abbandonati e distrutti. Il gruppo di battaglia fu prima preceduto da uno sbarramento tedesco che sparò le ultime delle sue munizioni di artiglieria. Una volta raggiunta Halbe, i panzer si sarebbero spinti fino a Baruth, a sudovest, per mettersi sulla strada per Luckenwalde.

Konev aveva previsto questo tentativo di sfondamento e ordinò al 38° Corpo fucilieri delle Guardie con tre divisioni della 28ª Armata di schierarsi in posizioni di blocco nella zona di Baruth. Anche la 3ª Armata delle Guardie fu incaricata di creare due linee difensive e vennero formate posizioni di riserva utilizzando tre divisioni della 13ª Armata. In particolare, la 395ª Divisione fucilieri di quest'ultima aveva il compito di difendere Baruth. Al generale Gordov, al comando della 3ª Armata delle Guardie, fu detto di tenere una divisione di riserva a Teupitz, di bloccare le strade attraverso i boschi e di creare difese lungo la strada Berlino-Cottbus. Tutte queste forze erano spalleggiate dal 4° Corpo bombardieri con tre divisioni di bombardieri della 2ª Armata aerea. I piloti sovietici avevano l'ordine di colpire tutto quello che si muoveva, anche se cercare di identificare gli obiettivi fra gli alberi si dimostrò un'impresa. Ciononostante, le bombe e le granate sovietiche inevitabilmente inflissero ferite terribili a tutti quelli che venivano tempestati da schegge di metallo e di legno.

*L'artiglieria sovietica inflisse terribili perdite ai tedeschi intrappolati nella sacca di Halbe.*

Martin Kleint e i suoi compagni della Panzergrenadier Kurmark accolsero con gioia il supporto dei resti del 502° Battaglione carri pesanti delle SS, equipaggiato con i massicci Tiger II da 68 tonnellate. «Mi sono seduto relativamente al sicuro sul sedile del quarto carro armato, con la mitragliatrice pronta» ricorderà. «Ogni carro assomigliava a una formica di una colonia che si faceva strada avanzando».[10] Fu sbalzato dal fitto fogliame che improvvisamente si era impigliato alla sua arma, e cadde sulla strada. Evitando a malapena di essere schiacciato dal mezzo che era dietro di lui, rincorse il suo carro e vi saltò sopra, provando un certo imbarazzo per un incidente così sciocco. Per prima cosa, dovevano attraversare il fiume Dahme a Märkisch Buchholz per raggiungere Halbe. Durante il tragitto, passarono da Kehrigk, dove fu improvvisata una pista d'atterraggio nella speranza di far arrivare i rifornimenti e portare via i feriti più gravi.

L'artiglieria controcarro sovietica li stava aspettando ad Halbe. Tre panzer furono subito colpiti. Kleint rimase a guardare mentre «gli equipaggi schizzavano fuori dalle loro botole completamente avvolti

[10] Baumgart, *Halbe 1945*, p. 36.

dalle fiamme».[11] I fucilieri sovietici negli edifici circostanti aprirono il fuoco e sulla colonna tedesca cominciarono a piovere le granate. La strada principale divenne in breve disseminata di soldati tedeschi morti e feriti. Un poveraccio che aveva perso una gamba fu travolto da un panzer e schiacciato prima che i suoi compagni potessero salvarlo.

I fucilieri sovietici si erano barricati nella stazione ferroviaria di Halbe, nella cabina di manovra e nella vicina foresteria. Queste roccaforti consentivano loro di dominare l'attraversamento ferroviario e l'area divenne la scena di aspri combattimenti. Anche gli incroci principali di Halbe con Teupitz e Teurow divennero campi di battaglia. Kleint e i suoi compagni, dopo essersi brevemente riparati in una cantina, si fecero strada verso il bosco vicino. «Stremati, abbiamo incespicato fino alla meta con in mente il solo obiettivo» dirà, «di fuggire da quell'inferno di fiamme e scappare da quella città ormai condannata».[12]

I combattimenti furono feroci, ma nonostante l'intervento dei bombardieri sovietici, non riuscirono a fermare l'avanzata tedesca. Alle 10:00 il gruppo in fuga aveva tagliato la strada Baruth-Zossen, interrompendo così le linee di rifornimento della 3ª Armata corazzata delle Guardie e della 28ª Armata. Tuttavia, a Baruth, la 395ª Divisione tenne la posizione, mentre la 50ª e la 96ª Divisione fucilieri delle Guardie del 38° Corpo fucilieri delle Guardie contrattaccò da sud. In un impeto disperato, i tedeschi continuavano a spingersi in avanti, sapendo di non potersi ritirare. Anche se il gruppo di battaglia si era fatto strada a forza fra la 3ª Armata delle Guardie e la 28ª Armata sovietiche, rimase intrappolato nei boschi a nordest di Baruth, frammentandosi in gruppi più piccoli. Gli aerei sovietici effettuarono 2500 incursioni di attacchi al suolo e 1700 missioni di bombardamento contro la fuga tedesca. La prigionia o una morte terribile attendevano coloro che erano isolati tra gli alberi.

A Berlino, la notte del 26 aprile l'Armata rossa bombardò la Cancelleria. Il Führerbunker venne scosso dai colpi. Hitler cercava

[11] Ivi, p. 38.
[12] Ivi, p. 115.

sempre più disperatamente notizie di aiuti esterni. Il giorno seguente, un segnale da Wenck indicò che si trovava a pochi chilometri da Potsdam. In quel caso, si poteva tentare di risalire l'Havel fino alla capitale. In verità, Wenck era ancora a 40 km di distanza. Il maggiore von Loringhoven ricorderà come la notizia dei progressi di Wenck avesse sollevato gli animi nel Führerbunker: «Ho visto di nuovo sguardi felici sui volti [...]» osserverà, «ma quell'euforia non durò a lungo».[13] Il cameriere personale di Hitler, il tenente colonnello delle SS Heinz Linge, confermò le sensazioni di von Loringhoven. «L'esercito di Walter Wenck era riuscito a sfondare a Potsdam» aveva osservato con entusiasmo. «L'accerchiamento di Berlino da parte dei russi sembrava minacciato da nord. Hitler irradiava fiducia. Ma si trattò solo di un fuoco fatuo».[14] Quando la realtà fu chiara a tutti, Linge riferirà: «L'apatia seguì al breve periodo di euforia».[15]

Goebbels saltò in piedi alla notizia. «L'esercito di Wenck sta arrivando e ci libererà» disse al suo staff con entusiasmo. «Devo diffondere la notizia!».[16] Il suo ministro della propaganda diffuse così la notizia che Wenck era a Potsdam e stava per raggiungere Berlino. «La situazione è cambiata decisamente in nostro favore» dichiarava l'annuncio radiofonico. «Berlino dovrà resistere fino all'arrivo dell'esercito di Wenck, costi quel che costi!».[17] Inoltre divulgò la posizione di Wenck: «Nel loro attacco per liberare Berlino, le giovani divisioni dell'esercito di Wenck hanno raggiunto la regione a sud di Ferch».[18] Quando Wenck apprese la notizia, rimase interdetto perché ora l'Armata rossa avrebbe fatto di tutto per fermarlo: «Domani non saremo in grado di muoverci», disse Wenck al colonnello Günther Reichhelm, il suo capo di stato maggiore».[19]

[13] Loringhoven, *In the Bunker with Hitler*, p. 168.
[14] Linge, *With Hitler to the End*, p. 191.
[15] *Ibid.*
[16] Eberle & Uhl, *The Hitler Book*, p. 254.
[17] Toland, *Adolf Hitler*, p. 876.
[18] Loringhoven, *In the Bunker with Hitler*, p. 168.
[19] Toland, *Adolf Hitler*, p. 876.

La 4ª Armata corazzata delle Guardie del generale Lelyushenko si assicurò che Wenck non avrebbe mai raggiunto Berlino. Il suo 10° Corpo corazzato delle Guardie, con il supporto di una divisione fucilieri della 13ª Armata, si era spinto nella parte sud dell'isola di Wannsee, contenendo lì le truppe tedesche. Potsdam fu presa il 27 aprile e Lelyushenko inviò il suo 6° Corpo meccanizzato delle Guardie a ovest verso Brandeburgo, imbattendosi negli elementi più avanzati della frangia settentrionale di Wenck.

Il generale Weidling, lo sfortunato comandante di Berlino, la sera del 27 aprile provò a informare Hitler del fatto che ormai non c'erano più speranze. La città era completamente circondata, il loro perimetro difensivo stava rapidamente riducendosi e la Luftwaffe non era più in grado di consegnare altri rifornimenti. Hitler, tuttavia, continuò a lanciare accuse di slealtà per la situazione e iniziò ad agitarsi al pensiero di essere catturato dall'Armata rossa. Weidling sapeva che nel giro di tre giorni avrebbero finito le munizioni e che la loro unica speranza era di tentare la fuga per provare a raggiungere il generale Wenck. Anche Wenck era della stessa opinione quando contattò via radio Berlino per dire che «il contrattacco della 12ª Armata è bloccato a sud di Potsdam. Le truppe sono impegnate in un pesante combattimento difensivo. Suggerisco di raggiungerci qui».[20] Non ricevette risposta.

A quel punto, il generale Krebs era sempre più disperato e avvertì il feldmaresciallo Keitel che «il Führer si aspetta che arrivino aiuti immediatamente; al massimo ci restano quarantotto ore. Se gli aiuti non arriveranno entro questo tempo, sarà troppo tardi! Il Führer mi ha chiesto di ribadirlo».[21] Poi Hitler si occupò della faccenda in prima persona. «Mi aspetto il salvataggio di Berlino» comunicò a Keitel il 28 aprile. «Che cosa sta facendo l'esercito di Heinrici?» chiedeva di sapere. «Dov'è Wenck? Che cosa ne è della 9ª Armata? Quando arriveranno Wenck e la 9ª Armata?».[22] Keitel riferirà: «Le

[20] Ivi, p. 879.
[21] Fest, *Inside Hitler's Bunker*, p. 92.
[22] Bullock, *Hitler. A Study in Tyranny*, p. 790.

offensive della 9ª e della 12ª Armata sono state fermate da un potente contrattacco [...] rendendo impossibile portare avanti l'offensiva». A nord di Berlino le notizie non erano migliori, con Keitel che aggiungerà: «Il gruppo di armate del generale delle SS Steiner non è ancora arrivato».[23] Il morale nel Führerbunker crollò ancora una volta. «Quella sera l'*intelligence* non lasciò alcun dubbio sul fatto che l'attacco era fallito» scriverà von Loringhoven. «La sconfitta dell'esercito di Wenck aveva suonato la campana a morto di ogni speranza di aiuto militare».[24]

Ciononostante, Martin Bormann e il generale Krebs fecero un'ultima richiesta a Wenck. Sapevano dalle Reuters che Himmler aveva preso contatto con Londra e Washington per tentare un trattato di pace separato. Il 29 aprile, contattarono Wenck precisando che solo Hitler aveva l'autorità di negoziare un simile trattato. Aggiunsero anche che «condizione preliminare per tutto questo è l'immediata apertura di un contatto tra noi e il vostro esercito, in modo da lasciare al Führer la libertà di condurre colloqui intra ed extra-politici».[25] Il loro reale ed egoistico motivo per inviare un simile messaggio era la paura di essere abbandonati all'Armata rossa. Solo Wenck avrebbe potuto aprire un corridoio per l'Elba, ma era ormai troppo tardi.

[23] Rzhevskaya, *Memoirs of a Wartime Interpreter*, p. 126.
[24] Loringhoven, *In the Bunker with Hitler*, pp. 168 e 170.
[25] Shtemenko, *The Last Six Months*, p. 391.

# CAPITOLO 9 · LA FRONTIERA NORDOCCIDENTALE

Arrivati a questo punto, un modo per poter portare rinforzi a Berlino era quello di usare le numerose divisioni di paracadutisti di Göring. Verso la fine della guerra, ne aveva quasi una dozzina che combattevano come fanteria sui fronti orientale e occidentale e in Italia. Portarli a Berlino, tuttavia, era quasi impossibile. Il problema era che queste divisioni non erano addestrate al lancio, e così potevano solo essere fatte atterrare. Un'operazione di lancio notturno di 1500 paracadutisti nell'inverno del 1944, durante l'offensiva hitleriana delle Ardenne, si era conclusa con un disastro totale, con gli inesperti paracadutisti sparpagliati insieme alle loro armi in un'area molto vasta. A fine febbraio 1945, la Luftwaffe aveva cercato di consegnare dei rinforzi del 25° Reggimento paracadutisti, 9ª Divisione paracadutisti alla città assediata di Breslau. La missione si era rivelata un fallimento nonostante due tentativi, perché gli aerei da trasporto non poterono trovare un luogo dove atterrare nel buio. Almeno due aerei furono abbattuti e un terzo si schiantò prima di rinunciare alla missione. Solo un piccolo gruppo di paracadutisti finì a combattere nelle strade, mentre il resto della divisione fu impegnato come fanteria per la difesa dell'Oder.

Mentre a sud di Berlino gli eserciti di sovietici e americani stavano spingendosi verso l'Elba, a nord i sovietici puntavano verso Rostock, sulle coste del Baltico. Le forze militari tedesche a nordovest della capitale comprendevano il Gruppo di armate Nordest comandato dal feldmaresciallo Ernst Busch. Questo consisteva nella debole 25ª Armata, che per la maggior parte era rimasta intrappolata nei Paesi Bassi, e la 1ª Armata paracadutisti, che era stata respinta a Brema dai britannici. Queste forze includevano tre divisioni paracadutisti, che in teoria avrebbero potuto essere rischierate per difendere Berlino così come era avvenuto per la 9ª Divisione paracadutisti. In pratica, nessuna di queste unità composte da ex personale di terra della Luftwaffe aveva ricevuto un addestramento per il paracadute.

All'incirca 120mila tedeschi ai comandi del generale Johannes Blaskowitz erano immobilizzati a ovest dei Paesi Bassi, inclusa una delle divisioni paracadutisti. Quest'ultima si affidava al trasporto trainato da cavalli e biciclette, e quindi era ben poco mobile. In particolare, solo la 25ª Armata aveva tre divisioni di fanteria sotto il proprio controllo, il che voleva dire che il resto di queste forze consisteva di personale di retroguardia e della Luftwaffe. Invece la 1ª Armata paracadutisti comprendeva una dozzina di divisioni molto impoverite.

Busch avrebbe potuto schierare subito i 350mila soldati tedeschi inutilmente lasciati in Norvegia. Sarebbero potuti arrivare in nave da Oslo attraverso il canale di Skagerrak verso sud e fino a Kiel. Allo stesso modo, le truppe tedesche schierate intorno a Copenaghen avrebbero potuto essere mandate a Rostock per rallentare l'avanzata sovietica. Un'intera divisione stava inutilmente occupando l'isola danese di Bornholm nel Baltico occidentale. Anche se Busch aveva avuto il permesso di rischierare una parte delle forze di occupazione in Danimarca, erano servite per proteggere 250mila rifugiati tedeschi che erano stati evacuati lì per ordine di Hitler via mare e ferrovia a partire dal febbraio 1945. Fra questi c'erano tutti gli evacuati a Stettino e Swinemünde. Hitler aveva insistito: «Le forze armate forniranno tutta l'assistenza possibile».[1]

Il maresciallo Bernard Montgomery, per evitare che Busch spostasse rinforzi a sud dalla Danimarca o dalla Norvegia occupate, pianificò di muovere rapidamente a nordest fino ad Amburgo, poi a Lubecca e a nord fino a Flensburg e il Mar Baltico. Churchill e Eisenhower avevano in mente un altro obiettivo. «Il mio scopo era di arrivare lì in tempo per essere in grado di offrire un fronte solido

[1] Trevor-Roper, *Hitler's War Directives*, p. 292.

affinché le operazioni russe non risalissero fino alla Danimarca» osserverà Montgomery, «controllando così l'accesso al Baltico».[2] Eisenhower aveva ordinato già a metà settembre 1944: «Se i russi dovessero arrivare per primi a Berlino, il Gruppo di armate Nord si dovrà impadronire dell'area di Hannover e dei porti di Amburgo».[3] Amburgo si trovava proprio sulla strada per Berlino.

«Vorrei precisare che la stessa Berlino non è più un obiettivo di particolare interesse» ammetterà Eisenhower dopo l'attraversamento del Reno a marzo 1945. «La sua utilità per i tedeschi è stata in gran parte distrutta e il suo governo si sta preparando a spostarsi in un'altra zona».[4] Ciononostante, voleva comunque che gli Alleati occidentali facessero la loro parte, aggiungendo: «Ciò che è ora importante è riunire le nostre forze per un'azione unica che porterà più rapidamente alla caduta di Berlino».[5] A tale scopo, Eisenhower voleva impossessarsi delle fabbriche di armi di Hitler nella Ruhr, mentre Montgomery sgomberava le forze tedesche da Lubecca e Kiel. A parte questo, la sua preoccupazione maggiore non era Berlino, ma impedire a Hitler di creare una fortezza nazista nella Germania meridionale.

Il feldmaresciallo Busch si trovava in una posizione impossibile. Non aveva le forze per respingere l'avanzata degli eserciti britannico e canadese, figuriamoci per inviare rinforzi a Berlino. La sua area di competenza copriva quelle parti dei Paesi Bassi che erano ancora occupate, la costa del Mare del Nord e lo Schleswig-Holstein. L'unica unità che avrebbe potuto plausibilmente schierare a Berlino era la 7ª Divisione paracadutisti. Tuttavia, in seguito all'attraversamento del Reno da parte di Montgomery, era stata ridotta a 4000 uomini e anche se avessero raggiunto una delle due piste di atterraggio di Brema non c'erano aerei per trasportarli. Il generale Blaskowitz all'inizio di aprile riferì che le forze della 7ª e dell'8ª Divisione paracadutisti erano appena di 200 uomini, con il

[2] Montgomery, *The Memoirs*, p. 332.
[3] Ivi, p. 278.
[4] Eisenhower, *Crusade in Europe*, p. 438.
[5] *Ibid.*

supporto di una dozzina di cannoni d'assalto ciascuna. I paracadutisti di Hitler non sarebbero andati da nessuna parte. La prima vera scuola di addestramento per paracadutisti della Luftwaffe a Stendal, a ovest dell'Elba, avrebbe potuto fornire una squadra di uomini per Berlino, ma tutto il personale e gli istruttori erano già stati inviati a ovest per combattere.

Nemmeno le forze speciali di Hitler erano nella posizione di andare in suo soccorso. Il commando della Divisione Brandeburgo, che era stato un fiore all'occhiello, oggi era stato sparpagliato ai quattro venti. Nei mesi conclusivi della guerra, le pattuglie altamente addestrate di Hitler erano state consegnate per combattere come fanteria o inviate a compiere disperate operazioni di demolizioni di ponti. Il tenente colonnello delle SS Otto Skorzeny, che una volta aveva comandato le forze speciali di Hitler, era a Vienna e fece appena in tempo a scappare prima di cadere nelle mani dell'Armata rossa. Il suo temibile battaglione paracadutisti delle SS era andato perso nella difesa dell'Oder e i sopravvissuti avevano avuto l'ordine di dirigersi verso le Alpi insieme a Skorzeny per stabilirvi una ridotta nazista. Anche se Skorzeny avesse voluto andare a Berlino per servire il Führer un'ultima volta, non aveva né le truppe né alcun mezzo per raggiungere la città.

La Kriegsmarine, la marina tedesca, aveva del personale in surplus nei porti dello Schleswig-Holstein ma nessuno li voleva davvero. L'ammiraglio Dönitz aveva offerto a Hitler 12mila marinai per la difesa dell'Oder. Tuttavia il generale Heinrici si rifiutò di schierarli perché non avevano esperienza di combattimento. Questo aveva portato a un diverbio fra lui e l'ammiraglio. «Non credete che ci sia una grande differenza fra combattere in mare e combattere sulla terra?» gli chiese Heinrici. «Vi dico che tutti questi uomini saranno trucidati al fronte! Trucidati!».[6] Con riluttanza, Hitler aveva acconsentito a tenere i marinai di Dönitz come riserva. Solo la sfortunata 3ª Divisione fu inviata a unirsi a Steiner ma anche lui si rifiutò di usarla per le operazioni offensive.

[6] Ryan, *The Last Battle*, p. 212.

Le cose si stavano muovendo troppo in fretta per Busch perché avesse anche il tempo di preoccuparsi di cosa stesse succedendo a Berlino. Ciononostante, una linea difensiva ancorata su Amburgo, Brema e Hannover poteva schermare l'avvicinamento occidentale alla capitale nazista. Le raffinerie di petrolio grezzo intorno alle tre città le avevano rese dei bersagli regolari delle flotte dei bombardieri alleati. «Quasi tutte le strade e le importanti stazioni di scambio ferroviario erano state squartate dalle nostre flotte di bombardieri» osserverà il generale Brian Horrocks, comandante del 30° Corpo dell'esercito britannico, «e città come Hannover, Brema e Amburgo erano ridotte a uno scempio».[7] Per difenderle, Busch dovette ricorrere a un insieme di unità completamente raffazzonato.

Per rallentare l'avanzata britannica verso Hannover, i tedeschi ancorarono le loro difese a ovest di Osnabruck sulla cresta alberata di Ibbenbüren, difesa da sette compagnie di cadetti della scuola sottufficiali di Hannover. Dopo aspri combattimenti, il 4 aprile l'11ª Divisione corazzata britannica prese Osnabruck e continuò a spingersi verso est. Catturarono solo 450 prigionieri, a dimostrazione della debolezza della guarnigione. Sei giorni dopo, l'84ª Divisione fanteria statunitense, appartenente alla 9ª Armata del generale Simpson, entrò ad Hannover dopo aver aggirato le principali difese della città.

L'8 aprile, Eisenhower informò Montgomery che se avesse avuto l'opportunità di prendere Berlino senza grosse difficoltà, lo avrebbe fatto. Non c'è dubbio che il generale Bradley, al comando del 12° Gruppo di armate, avesse le forze per tagliare a metà la Germania occidentale. Gli americani tra Hannover e Coburgo schieravano circa 27 divisioni. Hitler, temendo che le comunicazioni fra il nord e il sud della Germania potessero essere interrotte, annunciò che nel caso che questo fosse successo, l'ammiraglio Dönitz sarebbe diventato il comandante in capo dell'area settentrionale. Tale area avrebbe incluso i gruppi di armate Nordest e Vistola e le forze di Danimarca e Norvegia. Il feldmaresciallo Kesselring in Italia avrebbe assunto il pieno controllo dell'area meridionale. Queste nomine però

[7] Horrocks, Belfield & Essame, *Corps Commander*, p. 190.

sarebbero state effettive solo se il Führer fosse stato irreperibile in una delle due aree. Una simile divisione di comando non avrebbe avuto alcun impatto sulla difesa di Berlino. L'unica cosa a cui servì fu di convincere l'ammiraglio Dönitz che lui, e non Göring, sarebbe diventato il successore di Hitler. Dönitz ascoltò quasi divertito quando Hitler aggiunse che i diversi comandanti avrebbero dovuto fare affidamento sulle «organizzazioni locali di rifornimento, trasporto, comunicazione e armamenti».[8] Si trattava di pura fantasia, perché le infrastrutture logistiche della Germania erano collassate.

Le forze tedesche erano così deboli che difendere Brema e il fiume Weser dagli attacchi era un'impresa impossibile. Uno dei battaglioni meglio equipaggiati della città era già stato mandato sul fronte orientale a combattere sull'Oder. All'inizio di aprile, a sudest di Brema, le reclute della 20ª SS-Ausbildungs- und Ersatz-Regiment [unità delle Waffen-SS responsabile dell'addestramento e del rimpiazzo delle truppe. Non si trattava di una unità combattente, ma di un'organizzazione che formava nuove reclute e le inviava alle unità al fronte, N.d.R.] fu respinta dalla 7ª Divisione corazzata britannica. A Rethem, a sudest di Brema e a est del Weser, la 2ª Divisione della Marina tedesca di Amburgo resistette per soli quattro giorni. A ovest di Brema, nei pressi di Brinkum, a metà aprile, un battaglione di SS bloccò l'avanzata britannica finché non furono tutti morti o catturati. Busch sapeva, dopo la resa del Gruppo di armate B del feldmaresciallo Model nella Ruhr, che il Gruppo di armate Nordovest era rimasto da solo. La resa degli uomini di Model segnava una perdita di forze che erano quasi il doppio di quelle del comando di Busch.

Di fronte a questa continua seppur caotica resistenza, fu evidente che il 30° Corpo dell'esercito britannico del generale Brian Horrocks avrebbe dovuto prendere Brema con la forza. A quel punto, Zhukov aveva iniziato il suo assalto sulle alture di Seelow, segnando il destino di Berlino. Ben più a sudest, sul fianco destro di Montgomery, la 9ª Armata statunitense del generale Simpson aveva raggiunto Magdeburgo e l'Elba. Hitler non aveva idea dello stato precario delle sue

[8] Trevor-Roper, *Hitler's War Directives*, p. 299.

forze nella Germania nordoccidentale. Il 21 aprile, quando ordinò al Gruppo di armate Steiner di contrattaccare l'Armata rossa a nord di Berlino, dispose: «Ogni uomo disponibile tra Berlino e il Mar Baltico fino a Stettino e Amburgo dovrà partecipare a questo attacco».[9] Il maggiore von Loringhoven, uno degli ufficiali di stato maggiore di Hitler nel Führerbunker, ricorderà anche: «Tutte le unità di stanza tra l'Elba e l'Oder dovevano marciare su Berlino».[10] Ma, come presto scoprì Steiner, non c'erano uomini disponibili.

Il generale Fritz Becker provò a tenere i britannici a ovest di Brema e Weser. I difensori erano elementi delle SS, Gioventù hitleriana e membri della Volkssturm oltre a personale della Luftwaffe, polizia e marinai che combattevano come fanteria. A questo punto della guerra, la polizia tedesca aveva perso tutti i suoi ufficiali più abili, che erano stati reclutati nelle unità di polizia militare o in una delle due divisioni di polizia delle SS di Himmler. Il 22 aprile e il 24 aprile, i difensori furono pesantemente bombardati dalla Royal Air Force come preludio all'attacco di Horrocks. Tuttavia, la gran parte di Brema e senz'altro anche di Amburgo e Hannover erano già in rovine a causa dei raid precedenti. L'area industriale di Brema lungo il fiume era stata rasa al suolo e parti della città erano allagate. Erano però rimasti in piedi un certo numero di ciminiere industriali di mattoni, che sarebbero state un punto di osservazione ideale per gli osservatori dell'artiglieria tedesca.

Il generale Becker sperava apertamente che Brema potesse fungere da baluardo, almeno temporaneamente. A ovest e sudovest della città, le acque delle vaste inondazioni arrivavano a un'altezza di circa 1,2 metri, andando a complicare le cose per l'attacco britannico. Anche il veicolo anfibio d'assalto britannico Buffalo incontrò degli ostacoli, dato che in molti punti l'acqua non era abbastanza alta per poter galleggiare, ma allo stesso tempo il mezzo non riusciva a fare presa sul fondo. Tutto questo fu di grande aiuto alla difesa di Becker delle raffinerie e delle zone di ormeggio sulla riva

[9] Ryan, *The Last Battle*, p. 335.
[10] Loringhoven, *In the Bunker with Hitler*, p. 153.

meridionale del fiume, che erano difesi da un mix di SS, Gioventù hitleriana, Volkssturm e polizia. Il ponte più strategico sul canale a Kattenturn, a sud, fu preparato per essere demolito con bombe da 500 libbre (227 kg) e protetto da cannoni contraerei da 88 e 40 mm. Becker era sicuro che gli inglesi avrebbero pagato a caro prezzo ogni ulteriore avanzamento all'interno della Germania.

La 3ª Divisione britannica colpì da sud mentre la 43ª Divisione Wessex e la 52ª Divisione Lowland arrivarono da nord. La 51ª Divisione Highland simulò un attacco a sudovest per attirare le riserve di Becker. Montgomery era molto lieto della presenza di questa unità: «Ho un grande affetto per la Highland» scriverà in seguito. «È stata l'unica divisione di fanteria degli eserciti dell'Impero Britannico che mi ha accompagnato durante tutta la lunga marcia da El Alamein a Berlino».[11]

Alla fine, il terreno zuppo d'acqua si dimostrò più un intralcio che un effettivo ostacolo. La 3ª Divisione a bordo dei suoi Buffalo penetrò nella parte meridionale della città, cogliendo di sorpresa gli uomini di Becker. La resistenza lungo gli argini della ferrovia all'inizio si dimostrò tenace, ma presto, con l'arrivo sulla scena di un carro lanciafiamme Crocodile, i difensori furono costretti ad arrendersi. Quando la 43ª Divisione attaccò il Bürgerpark Pankow, sul lato est della città, catturò Becker. In seguito lamenterà: «Avete infilato i vostri soldati in quelle dannate bagnarole e ci siete saltati addosso – non è giusto!».[12]

Due giorni più tardi, quel che restava della guarnigione si arrese, con 6000 uomini inclusi due generali e un ammiraglio. I britannici trovarono anche 16 sottomarini e due cacciatorpediniere nella darsena. «Fu a Brema che realizzai per la prima volta cosa avessero subito i tedeschi in seguito ai nostri bombardamenti» osserverà il generale Horrocks. «Era un vero e proprio disastro; non sembrava esserci rimasta una sola casa intatta in quell'enorme porto marittimo».[13]

[11] Grant, *The 51st Highland Division at War*, p. 158.

[12] Horrocks, Belfield & Essame, *Corps Commander*, p. 178.

[13] Horrocks, *A Full Life*, p. 264.

Nel frattempo, la 51ª Divisione Highland si dirigeva a nord verso Bremerhaven e Bremervörde.

A Berlino, Hitler con tutta probabilità era all'oscuro del fatto di aver perso Brema. Nel Führerbunker era quasi completamente tagliato fuori dal mondo esterno. Proprio mentre l'attacco di Horrocks stava iniziando, il 24 aprile, il quartier generale dell'Alto Comando tedesco si stava spostando da Krampnitz a Rheinsberg e quindi risultava in gran parte irraggiungibile. Le successive comunicazioni con il Führerbunker furono scarse e intermittenti. «Non sapevamo un granché di cosa stesse succedendo» dirà il maggiore von Loringhoven. Si affidava ai notiziari della Reuters trasmessi da Londra. Nel Führerbunker regnava, secondo lui, «un'atmosfera di caotica improvvisazione».[14] L'addetto stampa di Hitler, Heinz Lorenz, li trascriveva e li presentava come informazioni dell'*intelligence*. «Ci ritrovammo nella situazione grottesca» confesserà von Loringhoven «per cui ogni situazione che veniva riportata e consegnata a Hitler era basata per la gran parte sulle informazioni derivate dalla radio nemica».[15] Rochus Misch, caposquadra superiore delle SS e guardia del corpo di Hitler, ammetterà: «Ascoltavo regolarmente la BBC di Londra».[16] Hitler aveva decretato che chiunque fosse stato trovato ad ascoltare stazioni radio straniere dovesse essere messo agli arresti, ma semplicemente non c'erano altre fonti d'informazione reperibili.

Gli unici rinforzi dell'ultimo minuto che Hitler ricevette dalla Germania nordoccidentale furono circa 200 marinai inviati da Dönitz. Atterrarono coraggiosamente su una pista d'atterraggio di fortuna sulla Charlottenburger Chaussee dopo la perdita dei campi di Gatow e Tempelhof. Come osserverà Misch, atterrarono «in mezzo a un vero e proprio inferno».[17] Fu un sacrificio inutile e insensato di quei giovani marinai. Fino all'ultimo, però, Dönitz era deciso a

[14] Loringhoven, *In the Bunker with Hitler*, p. 152.
[15] *Ibid.*
[16] Misch, *Hitler's Last Witness*, p. 146.
[17] Ivi, p. 157.

dimostrare che «gli equipaggi delle navi da guerra sono altrettanto validi»[18] dei soldati di Heinrici.

La posizione di Busch si disintegrò con la perdita di Brema. Non aveva riserve e non c'era niente che potesse fare. I resti della 7ª Divisione paracadutisti erano intrappolati nell'area dell'Oldenburg a ovest di Brema, mentre anche l'8ª Divisione paracadutisti fu catturata vicino a Brema. La 6ª Divisione paracadutisti rimase intrappolata a Zutphen, a nordest di Arnhem nei Paesi Bassi. Una volta che le forze di Montgomery ebbero superato l'Elba, il generale di brigata Alwin Wolz, comandante di Amburgo, seppe che non ci sarebbe voluto molto prima di doversi arrendere. Ma doveva giocare con il tempo, perché la caduta di Amburgo avrebbe significato la perdita dello Schleswig-Holstein e di quei porti del Baltico che stavano ancora effettuando evacuazioni dell'ultimo minuto di fronte all'avanzata dell'Armata rossa. Anche tra le SS c'era una gran confusione e alcune unità avevano l'impressione che, invece di radunarsi a Berlino, dovessero ritirarsi nello Schleswig-Holstein.

La guarnigione di Wolz consisteva nei soliti rimasugli presi dalla Gioventù hitleriana, la Volkssturm, marinai che avevano fatto parte degli equipaggi degli U-boot – i sommergibili della marina militare – e un mix di SS, incluse le reclute del 12° Battaglione di addestramento delle SS. Di fronte alla resistenza inaspettatamente tenace da parte di queste forze, la 7ª Divisione corazzata britannica iniziò a prepararsi per un offensiva massiccia. Nel frattempo, i resti della 1ª Armata paracadutisti stavano ancora cercando con tutte le forze di fuggire sull'Elba usando i ponti e i traghetti rimasti. Dopo aver colpito a nordest della città, l'11ª Divisione corazzata britannica arrivò a Lubecca il 2 maggio, ad appena 48 km dai sovietici a Rostock. Amburgo si arrese ai britannici il giorno seguente. Questo andava a completare un più ampio accerchiamento di Berlino a nordovest, ma a quel punto la città era persa e senza possibilità di scampo.

[18] Ryan, *The Last Battle*, p. 212.

# CAPITOLO 10 · LA RIDOTTA ALPINA

Mentre la battaglia di Berlino era nel suo momento culminante, Eisenhower e i suoi generali continuavano a temere che Hitler potesse creare una «ridotta nazionale»[1] da cui condurre un'ultima resistenza. La preoccupazione crescente era che la presa di Berlino avrebbe potuto non significare la fine delle ostilità con la Germania. Questo in parte dissuase Eisenhower dal candidarsi per la presa della capitale nazista. «Per molte settimane abbiamo ricevuto notizie che l'intenzione dei nazisti, *in extremis*» osserverà Eisenhower, «era quella di ritirare la crema delle SS, della Gestapo e di altre organizzazioni ciecamente devote a Hitler nelle montagne della Baviera meridionale, dell'Austria occidentale e dell'Italia settentrionale».[2] Certamente, fortificando i passi alpini, la Germania in teoria avrebbe potuto resistere per un tempo indefinito fino al momento in cui fossero stati fatti saltare in aria o ridotti alla fame. Eisenhower presagì che ciò avrebbe potuto tradursi in un «assedio molto costoso» o in una prolungata guerriglia.[3] C'erano tutti i presupposti per immaginare che se Hitler si fosse spostato in Baviera, coloro che lo avessero seguito avrebbero combattuto fino alla morte.

Sembrava abbastanza plausibile che Hitler avrebbe scelto la sua residenza di Berghof a Berchtesgaden, a sud di Salisburgo, sul monte Obersalzberg, come centro per continuare la resistenza.

[1] Eisenhower, *Crusade in Europe*, p. 433.
[2] Ivi, p. 434.
[3] *Ibid.*

L'Obsersalzberg era cosparso di case di villeggiatura di nazisti di spicco e disseminato di gallerie. Monaco di Baviera, appena a nordest di Berchtesgaden, era la terza città della Germania dopo Berlino e Amburgo. Monaco e non Norimberga era stata la sede del primo grande raduno di Hitler all'inizio degli anni Venti. Fu lì, nelle mani delle sue truppe d'assalto, che la svastica nazista e la bandiera rossa, bianca e nera fecero il loro pubblico debutto. Solo negli anni successivi i suoi raduni si erano spostati a nord, a Norimberga. Monaco di Baviera era stata anche lo scenario del fallito colpo di Stato di Hitler, nel quale aveva sperato di emulare la rapida ascesa al potere di Mussolini. Invece gli ci era voluto un altro decennio. Sin da allora, però, la regione era stata una devota zona nazista.

Oltre alle sue ultime forze armate, da Berchtesgaden Hitler poteva dirigere i membri del Werwolf [letteralmente "Lupo mannaro", N.d.T.]. Creata nell'estate del 1944 da Hans Prützmann, tenente generale delle SS, questa organizzazione clandestina aveva lo scopo di condurre la guerra partigiana dietro le linee nemiche sia sul fronte orientale che su quello occidentale. Prützmann era un duro veterano che aveva osservato le azioni contro i partigiani sovietici e aveva studiato da vicino le loro tattiche. Il Werwolf reclutava volontari, impiegando in larga misura soldati austriaci, Gioventù hitleriana e ufficiali del Partito nazista. Aveva stabilito le proprie basi, ma la rapidità dell'avanzata alleata ridusse notevolmente il suo programma di addestramento. In Austria e in Germania erano stati allestiti depositi nascosti di armi e rifornimenti, che però furono in grado di sostenere le operazioni solo per un periodo limitato. In Austria, il quartier generale aveva sede a Passau. I membri del Werwolf dovevano operare in abiti civili, il che significava che non erano protetti dalle Convenzioni di Ginevra.

Prützmann trovò il tentativo di formare il Werwolf un compito piuttosto arduo, dati i contrastanti interessi nazisti. Per cominciare, la Gioventù hitleriana non voleva rinunciare al personale che le rimaneva, la maggior parte del quale era già stato inglobato nelle Waffen-SS o nella Volkssturm. Inoltre, Goebbels aveva annunciato a marzo 1945 la formazione dei Freikorps (corpi franchi) di Adolf

Hitler sotto il controllo di Robert Ley, capo del Fronte tedesco del lavoro (DAF). Ciò significava mobilitare ancora più operai. Sarebbe stato composto da ardenti nazisti muniti di biciclette il cui compito era quello di affrontare i carri armati nemici. Come la Volkssturm e il Werwolf, i Freikorps non avrebbero indossato uniformi o, se lo avessero fatto, avrebbero dovuto rimuovere i distintivi di grado e le fasce di partito. Goebbels annunciò che 2000 Freikorps di Adolf Hitler si stavano radunando a Berlino da tutta la Germania insieme ai Freikorps di Wilhelm Mohnke. Entrambe le organizzazioni erano una fantasia propagandistica. La creazione di un'ulteriore milizia era semplicemente una perdita di tempo e di energie che entrava in conflitto non solo con la Gioventù hitleriana e la Volkssturm, ma anche con il Werwolf. Le unità che vennero costituite dai governatori regionali sparirono rapidamente, invase dai sovietici o assorbite dalla Volkssturm. Per quanto riguarda l'equipaggiamento, Prützmann scoprì che l'esercito aveva ben poco da offrire e che ciò che aveva era datato.

Ciononostante, in una trasmissione radio Goebbels proclamò in maniera enfatica che il Werwolf avrebbe «annegato il nemico in un mare di sangue».[4] Il Werwolf avrebbe non solo attaccato gli obiettivi alleati dietro le linee, ma avrebbe anche punito chi collaborava o mostrava segni di disfattismo. I cittadini tedeschi nelle aree occupate dagli Alleati non dovevano cooperare o sarebbero stati assassinati. All'inizio del 1945, circa 5000 volontari avevano ricevuto una sorta di addestramento, ma un numero così esiguo poteva a mala pena costituire un effettivo esercito partigiano. Al massimo poteva funzionare come piccole unità di supporto per raccogliere informazioni e compiere limitati attacchi terroristici. Quando l'Armata rossa entrò in Austria, le forze armate tedesche autorizzarono le truppe austriache a unirsi al Werwolf, nella speranza che combattessero contro l'occupazione della loro patria senza risparmiarsi.

Alcuni attacchi terroristici furono lanciati ai danni delle forze britanniche e americane, ma è difficile stabilire se fossero stati

[4] Lucas, *Kommando*, p. 204.

pianificati dal Werwolf o se si fosse semplicemente trattato di azioni spontanee di civili armati. In particolare, però, il 24 marzo 1945 il sindaco di Aquisgrana, nominato dagli americani, fu assassinato da agenti del Werwolf. Scioccamente, Goebbels si compiacque alla radio per questa uccisione il 1° aprile, esortando a un'insurrezione nazionale. «Ogni mezzo è giustificato se può aiutare a danneggiare il nemico» recitava lo statuto del Werwolf. «L'odio è la nostra preghiera. La vendetta il nostro grido di battaglia».[5] L'annuncio mise subito a conoscenza gli Alleati dell'esistenza del Werwolf.

Quando gli agenti del Werwolf uccisero il generale Maurice Rose, comandante della 3ª Divisione corazzata statunitense, l'8 aprile, gli americani decisero di applicare la tolleranza zero contro tutti i civili che opponevano resistenza. Il risultato fu che il Werwolf condannò ancor più bambini tedeschi a morte o alla prigionia. Quello stesso mese, il colonnello Robert Allen e altri ufficiali della 3ª Armata statunitense di Patton caddero in un'imboscata e furono catturati da civili. Allen fu ferito e l'avambraccio destro dovette essere amputato in un ospedale tedesco. Patton era furioso e annoterà con soddisfazione nel suo diario: «La città dove è avvenuto il fatto è stata spazzata via, insieme, spero, a un buon numero di civili».[6] Temendo di essere nel mirino per venire assassinato, Patton prese a dormire con una carabina carica sotto al letto.

«Lo scopo dell'organizzazione del Werwolf» osserverà Eisenhower, «che era composta solo da fedeli seguaci di Hitler, era l'omicidio e il terrorismo».[7] Comprensibilmente, aveva paura che il Werwolf fosse usato per impedire la sua avanzata sulla ridotta nazionale. «Il modo per fermare questo progetto» aggiungerà Eisenhower, «era di invadere l'intero territorio nazionale prima che tale organizzazione prendesse piede».[8] L'*intelligence* degli Alleati mancò di evidenziare quanto realmente fosse debole il Werwolf

[5] Ivi, p. 213.
[6] D'Este, *Patton*, pp. 723-724.
[7] Eisenhower, *Crusade in Europe*, p. 434.
[8] *Ibid.*

oltre che incapace di sostenere operazioni prolungate. Anche l'*intelligence* sovietica ne era a conoscenza ed era convinta che elementi operativi femminili stessero deliberatamente infettando i soldati sovietici con malattie veneree.

Ottimisticamente, Hitler sperava che quando fosse arrivato il momento, le forze armate regolari si sarebbero unite al Werwolf. Quando il Gruppo di armate B di Model si arrese nella Ruhr a metà aprile, ci si aspettava che i suoi soldati si ritirassero sulle colline. «La parola in codice "Werwolf" era stata divulgata dal posto di comando di Hitler» dirà il tenente Günther Materne, che rimase intrappolato nella sacca con la sua unità. «Ciò significava che avremmo dovuto tutti dividerci in piccoli gruppi e dirigerci a est».[9] Solo in pochi, se non addirittura nessuno, seguirono quest'ordine. Invece, demoralizzati dalla guerra, aspettarono di essere fatti prigionieri.

Hitler, secondo Albert Speer, aveva per certo pianificato di spostarsi a Berchtesgaden per riprendere il comando nella Germania del Sud. Speer annoterà all'inizio dell'aprile 1945: «In quel momento intendeva ancora condurre la battaglia finale nella cosiddetta ridotta alpina».[10] Tuttavia, appena prima del compleanno di Hitler, che cadeva il 20 aprile, Speer ricorderà: «La notte prima era stata ventilata l'idea di non difendere la metropoli per trasferirsi invece nella ridotta alpina. Ma durante la notte Hitler aveva deciso di combattere per la città nelle strade di Berlino».[11] Tutti gli sforzi di coloro che circondavano Hitler di convincerlo a spostare il suo quartier generale a Obersalzberg erano falliti. «Tutti cercammo di dissuaderlo» dirà il generale Jodl. «Proponemmo anche di portare truppe da ovest per combattere a est. La risposta del Führer fu che oramai tutto stava cadendo a pezzi, e che lui non era più in grado di continuare».[12]

Hermann Göring avvertì il Führer che solo la strada nord-sud attraverso la foresta bavarese era rimasta aperta e che avrebbe potuto

[9] Ambrose, *Citizen Soldier*, p. 454.
[10] Speer, *Inside the Third Reich*, p. 622.
[11] Ivi, p. 633.
[12] Wilmot, *The Struggle for Europe*, p. 700.

essere interrotta in qualsiasi momento. «Come posso richiamare le truppe per intraprendere questa battaglia decisiva per Berlino» gli rispose Hitler rabbiosamente, «se nello stesso momento io per primo mi ritiro al sicuro?».[13] Göring non seppe più cosa dire quando Hitler aggiunse: «Lascio decidere al destino se morire nella capitale o volare a Obsersalzberg all'ultimo momento».[14] Sia Speer che Göring sapevano che era già l'ultimo momento. Martin Bormann, che stava facendo i preparativi per la loro partenza, era costernato. Tuttavia, Goebbels, nel modo che gli era caratteristico, proclamò la decisione di Hitler un atto storico. Solo Göring fuggì in Baviera, sperando di prendere il potere. Dönitz, Himmler, Jodl e Keitel alla fine si sarebbero diretti verso lo Schleswig-Holstein.

Nella notte del suo compleanno, Hitler convocò due delle sue segretarie, Christa Schroeder e Johanna Wolf, e le informò che una macchina le avrebbe condotte a Monaco. La Schroeder chiese di restare, ma Hitler le disse che avrebbe formato un movimento di resistenza e che in seguito avrebbe avuto bisogno del loro aiuto. Sorrise alle due con tristezza, e disse: «Vi raggiungerò il prima possibile».[15] Erano impegnate nei preparativi, quando Hitler telefonò personalmente a entrambe per dire che la strada diretta a sud era stata tagliata e che avrebbero dovuto partire in volo. La Schroeder rimase sorpresa perché durante i 12 anni di servizio per Hitler, lui non l'aveva mai chiamata prima. Appena dopo mezzanotte, richiamò e disse loro: «Bambine, preparatevi, sbrigatevi, l'aereo decollerà non appena si sarà riscaldato».[16]

Alla fine volarono da Tempelhof nelle prime ore del 21 aprile fino a Salisburgo insieme a un gruppo di soldati. Quindi proseguirono in pullman fino a Berchtesgaden per poi fare rapporto a Berghof. «Oltre all'aiutante di marina di Hitler, [l'ammiraglio] Jesko von Puttkamer» osserverà Schroeder, «alcuni elementi dell'SS-Begleitkommando [la

[13] Speer, *Inside the Third Reich*, p. 633.
[14] *Ibid.*
[15] Toland, *Adolf Hitler*, p. 865.
[16] Schroeder, *He was my Chief*, p. 178.

guardia del corpo personale di Hitler, N.d.R.] si erano trasferiti al quartier generale di Berghof, a dimostrazione del fatto che Hitler aveva per lo meno pensato di raggiungere la ridotta alpina».[17] Un altro motivo per cui Hitler aveva deciso di non andare era che se Göring o qualunque altro membro della sua cerchia più stretta avesse tentato il colpo di Stato, lì sarebbe stato isolato facilmente.

La Schroeder e la Wolf si salvarono per il rotto della cuffia, in quanto avrebbero dovuto volare da Staaken. Quando non si presentarono, i loro posti furono dati ad altre due donne che rimasero entrambe uccise quando il velivolo si schiantò nei pressi di Dresda. Si crede che fosse stato intercettato dalla RAF, che gli intimò di dirigersi verso Colonia. Quando il pilota si rifiutò di obbedire, il velivolo fu abbattuto. Poiché a bordo c'era il suo bagaglio, una delle donne decedute fu inizialmente identificata come la Schroeder. Si credeva anche che l'altra donna fosse la segretaria di Martin Bormann, Else Krüger, ma anche lei non era sul volo. Tra i morti c'era anche Wilhelm Arndt, il cameriere preferito di Hitler. Portava con sé documenti segreti per conto del Führer, che non furono mai recuperati.

«Due giorni più tardi, nel pomeriggio del 22 aprile, Hitler dichiarò nel corso di una conferenza sullo stato della situazione che sarebbe rimasto a Berlino» ricorderà Heinz Linge, l'altro cameriere personale del Führer. «Tutti noi, che fino a quel momento avevamo sperato che presto avrebbe trasferito il suo quartier generale presso la cosiddetta ridotta alpina, rimanemmo ancora una volta delusi».[18] Più tardi, Hitler si rivolse a Linge dicendo: «Ora rimarrò a Berlino ed è qui che morirò. Siccome sono troppo indisposto per imbracciare un'arma, mi toglierò la vita, come si confà al comandante di una ridotta».[19] Per come la pensava Linge, si trattava della ridotta sbagliata.

«Sono costretto a chiedervi di volare a Berchtesgaden questa notte stessa» disse il generale Keitel a Hitler, «per assicurare la continuità del comando sul Reich e sulle forze armate, che qui a Berlino

[17] Ivi, p. 181.
[18] Linge, *With Hitler to the End*, p. 189.
[19] Ivi, p. 190.

non può essere garantita».[20] Hitler tuttavia rimase irremovibile sulla sua decisione di rimanere. «Non c'è niente che vi impedisca di volare all'istante a Berchtesgaden» gli rispose. «Infatti vi ordino di farlo. Ma io rimarrò a Berlino».[21] Ordinò a Bormann, Jodl e Keitel di prendere il volo per allontanarsi, ma non vollero. «In sette anni» disse Keitel, «non mi sono mai rifiutato di obbedire a un vostro ordine, ma questo non potrò mai eseguirlo». Guardando i tre uomini, Hitler concluse la riunione dicendo: «O combatto e vinco la battaglia di Berlino – o morirò a Berlino».[22] Era evidente che aveva completamente abbandonato l'idea della ridotta alpina.

Anche se Hitler non aveva mai mostrato un grande interesse per il Werwolf, il 22 aprile ordinò una tardiva chiamata alle armi. «Dobbiamo adottare lo stesso metodo che ci è stato mostrato e insegnato dai russi» ordinò. «I nostri uomini devono infiltrarsi attraverso le linee da soli o in piccoli gruppi [...] e attaccare se raggiungono le retrovie».[23] Era evidentemente in uno stato di negazione o di

*Carri sovietici nelle periferie di Berlino. Una volta che la città fu circondata, per la guarnigione non ci fu più speranza.*

[20] Read & Fisher, *The Fall of Berlin*, p. 361.
[21] *Ibid.*
[22] *Ibid.*
[23] McDonough, *The Hitler Years*, p. 557.

ignoranza quando disse che i guerriglieri tedeschi dovevano essere «sufficientemente riforniti di munizioni, benzina e altri materiali».[24] Il tenente generale Prützmann aveva già singolarmente fallito in questa impresa.

Christa Schroeder pensò che il Führer stesse per raggiungerli quando il 24 aprile arrivò a Berghof il medico personale di Hitler, il dottor Theodor Morell. Morell annunciò invece, visibilmente disperato, di essere stato licenziato e mandato via. I due avevano litigato dopo che Morell aveva cercato di fare a Hitler un'iniezione energizzante. Hitler lo aveva accusato di provare a drogarlo con la morfina così che i suoi generali potessero metterlo su un aeroplano per Salisburgo. Prima della sua partenza, Hitler ordinò a Morell di consegnare l'uniforme, «e di comportarsi come se non mi aveste mai visto».[25] I colleghi medici di Morell furono contenti di vederlo sparire, perché avevano sempre pensato che fosse un ciarlatano che aveva lentamente avvelenato Hitler per anni. Schroeder osserverà: «Era molto angosciato e amareggiato [...] Aveva subito un duro colpo».[26]

Gli Alleati non avevano tuttavia modo di sapere di come si stavano svolgendo gli eventi. «Riguardo a Berlino» dichiarerà Eisenhower, «sono pronto ad ammettere che abbia un significato politico e psicologico, ma di gran lunga più importante sarà la posizione del resto delle forze tedesche in relazione a Berlino».[27] Alla fine di marzo, l'*intelligence* della 7ª Armata statunitense del generale Alexander Patch avvertì del fatto che la ridotta alpina o quella nazionale potevano essere difese da «una *élite* di forze, prevalentemente delle SS e truppe di montagna fra i 200mila e i 300mila uomini».[28] In altre parole, un intero gruppo di armate tedesco. Da dove si pensasse che sarebbero arrivate tutte queste forze è difficile da capire. Su tutti i fronti, Hitler aveva esaurito le sue ultime riserve di uomini.

[24] *Ibid.*
[25] Toland, *Adolf Hitler*, p. 865.
[26] Schroeder, *He was my Chief*, p. 181.
[27] Ryan, *The Last Battle*, p. 218.
[28] Ivi, p. 162.

La presa di Vienna da parte dell'Armata rossa a metà aprile aveva visto il Gruppo di armate Sud, già fortemente impoverito, ricacciato nell'Austria occidentale. Durante l'offensiva di Vienna, che era durata un mese, i sovietici dissero di aver distrutto 32 divisioni tedesche, catturato 130mila prigionieri e distrutto 1300 panzer e cannoni d'assalto e 2250 cannoni da campo. Alla fine di aprile raggiunsero Brno, mettendosi stabilmente sulla via di Praga, che Hitler era determinato a difendere. Ciò significava che neanche il Gruppo di armate Centro del feldmaresciallo Schörner che combatteva nella Cecoslovacchia occidentale era nella posizione di inviare truppe. E a maggior ragione dopo che era rimasto intrappolato a est di Praga. Allo stesso modo, le armate tedesche che stavano conducendo disperati combattimenti di ritirata dall'Italia e dalla Jugoslavia riuscivano a malapena a tenere a bada il nemico e non erano in grado di fornire forze.

Ciononostante, l'*intelligence* degli Alleati suggerì che Hitler aveva pianificato di opporre un'ultima azione di resistenza nella Germania meridionale e nell'Austria occidentale con circa 20 divisioni SS. Informava inoltre che «lì gli armamenti saranno prodotti in fabbriche a prova di bomba, il cibo e l'equipaggiamento saranno immagazzinati in ampie caverne sotterranee e corpi di giovani appositamente selezionati saranno addestrati alla guerriglia».[29] A parte l'esistenza del Werwolf, non c'era la minima prova a supporto di simili affermazioni. E tantomeno il partito nazista o le forze armate tedesche avevano fatto alcun preparativo per una simile eventualità. Ogni piano esistente era stato rapidamente ribaltato dalla velocità con cui gli americani avevano raggiunto l'Elba. «Crebbe fino a diventare uno schema talmente esagerato che sono stupito di come abbiamo potuto crederci così ingenuamente come abbiamo fatto»,[30] confesserà in seguito il generale Bradley.

I sovietici fecero la loro parte per alimentare questa grande illusione grazie alle informazioni provenienti dalla Cecoslovacchia. Il

[29] Wilmot, *The Struggle for Europe*, p. 690.
[30] Shirer, *The Rise and Fall of the Third Reich*, p. 1106.

tutto fu comunicato all'SS-Brigadierführer, generale Heliodor Pika, capo della missione militare cecoslovacca a Mosca. Lui a sua volta lo condivise con il capo delle operazioni dell'Armata rossa, il generale Shtemenko. «Iniziammo a ricevere resoconti affidabili» dirà Shtemenko «sul fatto che Hitler stesse costruendo una "ridotta alpina"».[31] L'*intelligence* di Pika aggiunse anche che Shtemenko «riferisce di concentrazioni di truppe e attrezzature tedesche sulle montagne».[32] Parlò anche di treni e furgoni carichi di materiali da costruzione e operai. Ma non è chiaro se queste presunte preparazioni fossero un tentativo di costruire una ridotta alpina o se rappresentassero solo dei semplici tentativi di rallentare l'avanzata dell'Armata rossa attraverso la Cecoslovacchia. È anche possibile che la Cecoslovacchia stessa avesse deliberatamente esagerato la situazione nel disperato tentativo di velocizzare la liberazione del Paese. «La posizione della "ridotta alpina" – sul confine fra Germania e Austria – corrispondeva perfettamente alle nostre conclusioni»[33] affermerà Shtemenko.

Tutto questo lavoro di *intelligence* non comprovato bastò per convincere Eisenhower ad agire come poi fece, per cercare di prevenire un'ultima resistenza. «C'erano sufficienti elementi per dimostrare che i nazisti intendevano fare un tentativo» dirà Eisenhower con decisione, «e ho deciso di non dare loro l'opportunità di portarlo avanti».[34] Anche dopo che il generale Bradley ebbe tagliato le comunicazioni fra Germania del Nord e Germania del Sud, forzando così Hitler a rimanere a Berlino, Eisenhower continuò a preoccuparsi della minaccia di una fortezza nazista più a sud. «Esisteva ancora una forte possibilità che i nazisti più irriducibili avrebbero cercato di stabilirsi nella ridotta nazionale» dirà, «e la rapida conquista di quell'area per noi rimaneva di primaria importanza».[35] Una simile operazione avrebbe inevitabilmente impegnato la 3ª e la 7ª Armata

[31] Shtemenko, *The Last Six Months*, p. 387.
[32] *Ibid.*
[33] *Ibid.*
[34] Eisenhower, *Crusade in Europe*, p. 434.
[35] Ivi, p. 453.

statunitensi e la 1ª Armata francese. Churchill non ne era affatto felice. Voleva che gli Alleati avanzassero verso Berlino e riteneva che, concentrandosi a sud, Eisenhower avrebbe indebolito gli sforzi di Montgomery per liberare la Danimarca prima dell'Armata rossa.

Per agevolare i piani di Eisenhower il 22 aprile la 7ª Armata del generale Patch avanzò lungo il Danubio e mosse a sud verso Monaco. «Nessuno sapeva davvero se Hitler avesse mai avuto l'intenzione di fortificare le alpi bavaresi» dirà il maggiore Dick Winters della 101ª Airborne Division statunitense, «ma Eisenhower non intendeva correre rischi».[36] A ovest della città si trovava Augusta, che gli americani avrebbero dovuto prendere per prima. Il cuore della sua guarnigione era stimato intorno ai 1000 uomini, supportati da cannoni antiaerei da 88mm. Il comandante di Augusta, il generale Franz Fehn, scoprì presto che i suoi soldati disertavano all'avvicinarsi della 3ª e 4ª Divisione di fanteria Usa supportate dai mezzi corazzati. Le reclute sostitutive del 27° Reggimento di artiglieria tedesco abbandonarono rapidamente le postazioni, lasciando i posti di blocco sguarniti. Anche le squadre di demolizione che lavoravano sui ponti non portarono a termine il loro lavoro. Inoltre, anche se qualche batteria contraerea della Luftwaffe continuava a resistere, alcuni iniziarono ad attaccare fazzoletti e federe bianchi che sventolavano sulle canne dei cannoni. Gli americani lo presero come un buon segno. «Non voglio che facciate fuoco su Augusta a meno che non faccia effettivamente fuoco per prima» ordinò il generale di brigata John O'Daniel, comandante della 3ª Divisione statunitense. «Tenete gli occhi aperti in caso di bandiere bianche o altri segnali di resa».[37]

Il morale in città non era buono, dal momento che gli ospedali erano pieni di feriti tedeschi e le fabbriche Messerschmitt nella periferia meridionale erano state distrutte dai bombardieri alleati. Augusta era stata attaccata l'ultima volta dalla RAF nel febbraio 1944, mentre la vicina Monaco di Baviera era stata colpita per la prima volta nel settembre 1942, con un totale di nove imponenti

[36] Winters, *Beyond Band of Brothers*, p. 213.

[37] Turner & Jackson, *Destination Berchtesgaden*, p. 171.

raid, l'ultimo dei quali nel gennaio 1945. Il generale Fehn, non avendo l'autorizzazione per farlo, si rifiutò di arrendersi dopo la visita di una delegazione civile, così l'Augsburger Freiheitsbewegung (partito della libertà di Augusta) prese in mano la situazione. Il 27 aprile, due uomini d'affari tedeschi cercarono il generale di brigata Harold Blakeley, comandante della 4ª Divisione statunitense, per consegnare la città.

Fehn era in una situazione ridicola perché la mattina successiva era rimasto al comando di soli 80 uomini. Il generale di brigata O'Daniel mandò i suoi soldati per le strade. Furono accolti da alcuni civili, che li portarono al posto di comando del generale Fehn in una casamatta. Gli americani dettero a Fehn cinque minuti per arrendersi. Quando entrarono per catturarlo, il fatto di trovarlo intento a telefonare per chiedere rinforzi alle SS prima di essere portato via come prigioniero di guerra destò una certa ilarità. Il gruppo si trovò di fronte a una grande bandiera bianca issata sopra Sant'Ulrico, l'abbazia benedettina cittadina del XV secolo. Il vice gauleiter di Augusta scelse di spararsi piuttosto che essere catturato.

Eisenhower e Bradley rimasero convinti che le forze armate tedesche intendessero opporre un'ultima resistenza nella Germania del Sud. Pensavano anche che l'unico modo per convincere alla resa le truppe tedesche in Danimarca e Norvegia fosse di invadere la zona della ridotta nazionale. Una volta che questa, insieme a Berlino, fosse stata presa, ogni ulteriore tentativo di resistere sarebbe stato vano. Quindi, la 42ª e la 45ª Divisione di fanteria guidarono un attacco immediato su Monaco di Baviera. Davanti a loro, i resti della 2ª Divisione da montagna tedesca e alcune unità delle SS si ritirarono combattendo. Durante il tragitto, gli americani liberarono il campo di concentramento di Dachau, uccidendo 300 Guardie SS in uno scontro a fuoco, per poi ritrovarsi di fronte alle più terribili scene di sofferenza umana. «L'impatto di vedere quelle persone dietro quella rete» ricorderà il maggiore Winters, «mi fece ripetere, se non altro a me stesso, "Ora so perché sono qui!"».[38] A ovest di Monaco, gli

[38] Winters, *Beyond Band of Brothers*, p. 215.

americani raccolsero 2500 prigionieri di guerra tedeschi. «Fu un momento straordinario» aggiungeva Winters, «guardare il Terzo Reich di Hitler sgretolarsi davanti ai nostri occhi».[39]

Monaco di Baviera, sebbene fosse stata colpita dai raid aerei, era ancora operativa, a differenza della devastata Dresda. Tuttavia erano stati colpiti i principali luoghi d'interesse. La cattedrale era stata distrutta, così come l'università, e le porte della città erano state danneggiate. «Più vedevamo di Monaco» ricorderà Victor Klemperer, che aveva visitato la città all'inizio di aprile, «più la sua terribile distruzione risultava evidente. Interi campi di macerie e grandi edifici e palazzi in rovina».[40] Gli abitanti di Monaco si ritrovarono ben presto con tre divisioni di fanteria e due divisioni corazzate statunitensi in rapido avvicinamento, con gli americani che facevano a gara per entrare per primi in città. Alcuni abitanti, rendendosi conto che la guerra era finita, il 30 aprile misero in sicurezza i ponti sul fiume Isar per accogliere gli americani. Tuttavia, nel sobborgo di Hauptstadt der Bewegung, un battaglione di SS si barricò dentro e intorno alla propria caserma, ritardando l'arrivo degli americani fino alle ore 15:00. Alla fine, per sopraffarli fu necessaria l'artiglieria.

Gli insorti di Freiheitsaktion Bavaria (Azione per la libertà della Baviera) sequestrarono la stazione radio di Monaco, il municipio e gli uffici del giornale locale, e annunciarono prematuramente la fine del dominio nazista, invitando le truppe tedesche a disertare e incitando le persone a sventolare bandiera bianca in saluto ai liberatori. Il gruppo di azione annunciò anche che il governatore nazista della Baviera, il generale Ritter von Epp, stava negoziando con gli americani e che pertanto era ormai inutile continuare a combattere. Tuttavia, Paul Giesler, i gauleiter dell'Alta Baviera, impiegando unità delle SS, stroncò rapidamente la rivolta. Circa 40 ribelli vennero radunati e inutilmente giustiziati negli ultimi giorni della guerra. Epp, pur affermando di non essere coinvolto,

[39] Ivi, p. 216.
[40] Klemperer, *To the Bitter End*, p. 426.

fu arrestato per tradimento. Ci sarebbe ancora voluto fino al 3 maggio perché la 3ª e la 42ª Divisione statunitensi si assicurassero finalmente il centro della città.

Nel frattempo, la 10ª Divisione corazzata e la 44ª Divisione fanteria statunitensi il 29 aprile entrarono in Austria. Sebbene la 3ª Armata di Patton avesse l'ordine di prendere Salisburgo e bloccare i passi che si trovavano fra la città e il Tirolo austriaco, l'onore ricadde sul generale O'Daniel. Sulla via per la città, gli americani non incontrarono quasi nessuna resistenza. Le forze tedesche locali erano equipaggiate solo di armi leggere e i loro posti di blocco sull'Autobahn [la strada a scorrimento veloce, N.d.T.] servirono a poco per rallentare l'avanzata del nemico. I bombardamenti americani su Salisburgo convinsero rapidamente il comandante della guarnigione ad arrendersi il 4 maggio. Quello stesso giorno, la divisione di O'Daniel arrivò a Berchtesgaden, anche se la 101ª Airborne Division statunitense sosteneva di essere stata la prima a conquistarla. Quest'ultima ottenne la resa del generale Theodor Tolsdorff, comandante dell'82° Corpo d'Armata, ma non riuscì a localizzare nessuno dei vertici nazisti.

La presenza di forze americane e francesi a Obersalzberg pose fine alle speranze tedesche di una ridotta nazionale. Presto risultò evidente, tuttavia, che si era trattato semplicemente di una strategia nazista tesa a ingannare il nemico. Gli Alleati trovarono pochi segni di reali preparativi per una resistenza prolungata sulle Alpi. I tedeschi avevano sempre avuto l'intenzione di opporre la loro ultima resistenza a Berlino. Tre intere armate alleate erano state mandate a caccia di ombre. Stalin ne era felice perché questa distrazione strategica gli aveva dato mano libera a Berlino. «Solo dopo la fine della campagna» ammetterà il generale Bradley, «avremmo appreso che questa ridotta esisteva in larga misura solo nell'immaginazione di pochi fanatici nazisti».[41] L'esercito tedesco confermò la sua analisi. «Sulla fortezza alpina sono state scritte molte cose, in gran parte

[41] Wilmot, *The Struggle for Europe*, p. 698.

sciocchezze»[42] dirà il feldmaresciallo Kesselring dopo la guerra. Ciononostante, la paura degli Alleati per il Werwolf non svanì. Il maggiore von Loringhoven fu interrogato a lungo dagli inglesi a riguardo. Ricorderà: «Temevano soprattutto che l'organizzazione del Werewolf [sic] [...] potesse innescare una resistenza clandestina contro le forze di occupazione».[43]

L'*intelligence* britannica, grazie alle intercettazioni dei segnali di Bletchley Park, aveva un quadro abbastanza preciso dei movimenti delle alte cariche naziste sia in Germania sia nei territori occupati. Il 22 aprile, si sapeva che Göring si trovava a Obersalzberg e che aveva perso i favori di Hitler dopo avergli suggerito di prendere lui il controllo del Paese, dato che Berlino era sotto assedio. Fra il 19 e il 26 aprile, l'*intelligence* britannica, sulla base del traffico radio tedesco, anticipò che Himmler sarebbe dovuto arrivare a Salisburgo, anche se ciò non avvenne. Invece raggiunse il sanatorio Hohenlychen di Lychen, a nord di Berlino, per poi recarsi a Schwerin. Questo fatto e l'arresto di Göring screditarono le preoccupazioni britanniche e statunitensi sulla creazione di una fortezza alpina. Fu solo la sera del 28 aprile che l'*intelligence* indicò che il tenente generale delle SS Gottlob Berger stava radunando le unità SS in Austria per qualche scopo. L'*intelligence* rilevò anche l'accesa discussione fra Berger e il tenente generale delle SS Ernst Kaltenbrunner sulla resa in Italia, cosa alla quale quest'ultimo si opponeva con decisione. Kaltenbrunner era a capo della sicurezza della regione meridionale del Reich. Infine si sapeva anche, sentendo il generale Krebs, che Hitler alle ore 6:00 del 27 aprile era ancora al comando della difesa di Berlino.

[42] Kesselring, *The Memoirs of Field Marshal Kesselring*, p. 276.
[43] Loringhoven, *In the Bunker with Hitler*, p. 188.

# CAPITOLO 11 · ALLE STRETTE

I timori di Eisenhower rispetto alla possibilità che Hitler potesse creare una fortezza alpina erano in parte alimentati da ciò che stava succedendo in Italia e Jugoslavia. Nell'aprile 1945, la 5ª e 8ª Armata degli Alleati, dopo aver risalito la penisola italiana, erano pronte a sfondare nel Nord Italia. La preoccupazione era che i tedeschi potessero organizzare un'ultima azione di retroguardia sul fiume Po, mentre la loro 10ª e 14ª Armata si ritiravano attraverso le montagne in Austria e verso Monaco di Baviera.

Nello specifico, due divisioni paracadutisti tedesche che combattevano in Italia potevano essere rischierate altrove per via aerea. Allo stesso modo, in Jugoslavia l'esercito tedesco avrebbe potuto fuggire a nord verso le montagne. Era pertanto di vitale importanza che gli Alleati mettessero queste truppe alle strette. Eisenhower aveva bisogno che le sue forze intrappolassero i tedeschi il più velocemente possibile.

Tuttavia, Eisenhower perse l'occasione di far cessare la guerra in Italia prima della presa di Berlino. Karl Wolff, generale delle SS e comandante di più alto livello delle SS in Italia, aveva segretamente promesso agli americani che il Gruppo di armate C in Italia non si sarebbe mosso per difendere la ridotta alpina se questi avessero accettato i suoi termini per la resa. Wolff era ben inserito perché aveva in precedenza servito come capo dello staff di Himmler e come ufficiale di collegamento delle Waffen-SS con il quartier generale avanzato di Hitler. Rochus Misch, caposquadra superiore delle SS e guardia del corpo di Hitler, ricorderà: «Non sembrava un tipo sgradevole. Era anche molto calmo e obiettivo».[1] Wolff incontrò Hitler a Berlino il 6 febbraio 1945 a proposito delle prime avanzate degli Alleati attraverso la Svizzera. Hitler non sembrava essere molto interessato, ma aveva acconsentito ai colloqui per la sua infondata speranza che gli inglesi e gli americani sarebbero venuti in soccorso di Berlino.

Wolff a inizio marzo si incontrò con dei deputati americani in Svizzera. Hitler e il feldmaresciallo Kesselring, che era stato comandante in capo in Italia, erano a conoscenza di questo incontro. Wolff propose che le unità tedesche si sarebbero arrese sulle pianure del Nord Italia dopo aver opposto una timida resistenza nella valle del Po e una volta che Berlino fosse caduta. Questo avrebbe evitato che le forze tedesche in Italia si ritirassero sulle Alpi. In cambio, Wolff voleva che gli Alleati annullassero l'offensiva prevista per la primavera imminente, che smettessero di bombardare gli obiettivi in Italia e, soprattutto, che garantissero l'immunità dai processi per i negoziatori tedeschi. Wolff aveva tutte le ragioni per cercare l'immunità in quanto era complice della morte di 300mila persone inviate al campo di sterminio di Treblinka. Wolff aveva anche l'assurda pretesa che il Gruppo di armate C mantenesse il controllo delle proprie aree di occupazione. È assai improbabile che avesse informato Hitler dei dettagli precisi di tali proposte. Hitler non avrebbe mai acconsentito e, anzi, probabilmente avrebbe fatto incarcerare Wolff o lo avrebbe fatto giustiziare per tradimento.

Kesselring sapeva che non aveva molto senso cercare di portare le truppe nella ridotta alpina perché era tutta una «finzione».[2] E sapeva anche che le difese sul versante meridionale delle Alpi bavaresi che si estendevano fino alla Svizzera erano ancora in costruzione, mentre a nord e a nordest non c'erano fortificazioni né esistenti né in procinto di esserlo. Dopo che Kesselring fu nominato comandante in capo del settore Ovest, divenne meno incline all'idea di arrendersi in Italia in quanto ciò avrebbe lasciato scoperto il fianco

[1] Misch, *Hitler's Last Witness*, p. 105.
[2] Kesselring, *The Memoirs of Field Marshal Kesselring*, p. 277.

meridionale della Germania. Il Gruppo di armate G, che combatteva contro americani e francesi a nord delle Alpi e a est del Reno, avrebbe dovuto arretrare oppure arrendersi e anche la posizione tedesca in Jugoslavia sarebbe stata in pericolo.

Il generale Heinrich von Vietinghoff, successore di Kesselring in Italia, voleva ritirarsi dietro al Po e usarlo come barriera difensiva naturale. Pensava che se avessero agito con rapidità, avrebbero potuto traghettare tutte le armi pesanti e le attrezzature ed essere pronti per fronteggiare l'offensiva di primavera degli Alleati. «Il ritiro delle forze principali del Gruppo di armate E nei Balcani passando da uno stretto collo di bottiglia avrebbe richiesto del tempo» aveva previsto Kesselring «e potrebbe diventare impossibile se [...] fosse aperto un varco dal ripiegamento del Gruppo di armate C in Italia».[3] Hitler non acconsentì, insistendo affinché il Gruppo di armate C combattesse lì dove si trovava. Tale mancanza di flessibilità consegnò l'esercito di von Vietinghoff al proprio destino. Senza un'autorizzazione alla ritirata e degli attraversamenti predisposti, il Gruppo di armate C non sarebbe riuscito a raggiungere il Po prima di essere raggiunto dagli eserciti alleati. Non solo gli uomini di von Vietinghoff non avrebbero mai raggiunto le Alpi, ma sarebbero rimasti intrappolati in Italia.

Quando Stalin venne a sapere dei negoziati, accusò i britannici e gli statunitensi del tentativo di orchestrare un accordo di pace separato. I colloqui si arrestarono rapidamente e Himmler ordinò a Wolff di non tornare in Svizzera. Stalin sospettava anche che Hitler stesse resistendo in Jugoslavia per consentire ai britannici di consolidare la loro posizione in Grecia in seguito alla ritirata tedesca dell'ottobre 1944. Il piano di Stalin era che i Balcani cadessero sotto il dominio comunista dopo la presa di Berlino. L'intervento militare britannico ad Atene contro i comunisti greci era una complicazione indesiderata. La presenza dell'Armata rossa in Bulgaria, Romania e Ungheria minacciava le linee di comunicazione di Hitler attraverso la Jugoslavia, e non c'era molta altra scelta se non abbandonare l'occupazione della Grecia.

[3] Ivi, p. 283.

All'inizio del 1945 sembrava senza alcun dubbio che il Gruppo di armate E del generale Alexander Löhr potesse fuggire dalla Jugoslavia. Aveva segnato una serie di successi contro i partigiani comunisti jugoslavi di Josip Broz Tito. Anche se le quattro armate di Tito contavano 800mila uomini, fortunatamente per le forze di Löhr, erano mal preparati e a corto di equipaggiamento pesante, altrimenti i tedeschi sarebbero stati presto sopraffatti. Il generale Koča Popović, comandante della 2ª Armata di Tito, definì i suoi uomini «giovincelli e scolaretti non addestrati!».[4] Il cosiddetto Gruppo di armate di Löhr in realtà era composto dall'equivalente di una singola Armata. Quando si ritirò dalla Grecia assorbì i resti del Gruppo di armate F, che precedentemente era responsabile dei Balcani fino a che non era stato smobilitato nel marzo 1945. Fu a quel punto che Tito lanciò un'offensiva generale con la sua 4ª Armata che risaliva dalla costa dalmata, mentre la 1ª e la 2ª Armata si spingevano nella Jugoslavia centrale. La 3ª Armata, appoggiata dai sovietici e dai bulgari, tagliò il confine con l'Ungheria per dirigersi verso la Slovenia.

La risposta di Löhr fu calma e misurata. Il 21° e 91° Corpo nel Montenegro si ritirarono lungo la valle del Lim fino a raggiungere il fiume Drina in Bosnia. I due corpi avevano operato in Albania e Kosovo. Furono regolarmente attaccati dai partigiani e dalle forze aeree degli Alleati e furono accolti da devastazione e ponti distrutti. «Finirono il carburante e il loro equipaggiamento motorizzato cedette e andò distrutto» dirà Milovan Djilas, uno dei comandanti di Tito. «Su tutta la strada c'erano camion bruciati e rovesciati».[5] Quando finirono anche il cibo, presero gli animali delle fattorie locali e abiti civili per tenersi al caldo sulle montagne. Ciononostante, i tedeschi non si fermarono ed entrarono in Bosnia.

«Le unità tedesche, non completamente equipaggiate e certamente meno sicure di prima» osserverà Djilas, «hanno tuttavia resistito con successo al nostro esercito inesperto».[6] Un numero limitato

[4] Djilas, *Wartime*, p. 442.
[5] Ivi, p. 446.
[6] Ivi, p. 441.

di contrattacchi tedeschi fecero breccia nella 1ª Armata e ottennero un successo contro la 2ª Armata in Bosnia del Nord. Spinsero anche la 3ª Armata in Ungheria, al di là del fiume Drava. Il fuoco tedesco era molto più accurato e terribile di quello jugoslavo. «Un mortaio tedesco è più efficace di due delle mie batterie!» lamenterà il generale Peko Dapčević, comandante della 1ª Armata.[7] Ad aprile il Gruppo di armate E stava resistendo in Croazia con i suoi alleati croati. Tito era deciso a liberare la Croazia perché la sua *intelligence* gli segnalava che il governo fantoccio filo-nazista del Paese stava pianificando di chiedere la protezione degli Alleati. I croati avevano 17 divisioni che combattevano insieme a quelle tedesche, nessuna delle quali voleva ritornare a un governo serbo.

Il 12 aprile, la 1ª Armata del generale Dapčević irruppe attraverso il fronte di Sirmia nella Croazia orientale, spingendo a nord il Gruppo di armate E. «È stata la battaglia più vasta e sanguinosa che il mio esercito abbia mai combattuto»[8] dirà Djilas con orgoglio. Un'unità che voleva sfuggire a tutti i costi alla stretta di Tito era la 7ª Divisione SS Prinz Eugen, che difendeva la zona di Vukovar. Era stata reclutata nel Balcani nel 1942 e utilizzata in lungo e in largo per brutali operazioni anti-partigiani. Secondo Tito, questi uomini erano traditori e ognuno di loro meritava una pallottola in testa. Il loro comandante, il colonnello delle SS August Schmidhuber, era comprensibilmente propenso per ritirarsi in Slovenia per poi sparire sulle Alpi. Il Gruppo di armate E continuava a resistere a ogni tappa. Raggiungere la capitale croata Zagabria costò a Dapčević circa 36mila morti. Anche lì, due divisioni di fanteria tedesche continuarono a resistere nella città fino alla fine della guerra.

In cima all'Adriatico, il 97° Corpo tedesco, per lo più inadeguato, cercò di fermare la 4ª Armata di Tito. «Alla fine di aprile le nostre forze erano pericolosamente allo stremo» osserverà il maggiore Erich Körner, «e l'ordine di battaglia del Corpo comprendeva unità

[7] Ivi, p. 442.
[8] Ivi, p. 440.

i cui uomini non potevano essere considerati soldati affidabili».[9] La 41ª Divisione di fanteria era un'unità penale composta da disertori e colpevoli di altri reati militari. La 188ª Divisione da montagna non era in forza alla divisione, non aveva ricevuto alcun addestramento alla guerra di montagna ed era composta da unità ad hoc. La 237ª Divisione di fanteria comprendeva soldati anziani, ben oltre l'età militare. «Come si può fare affidamento su questi uomini?»[10] si chiedeva Körner. Sorprendentemente, il 97° Corpo resistette, ma gli jugoslavi si limitarono ad aggirarlo e si diressero verso Trieste. Il 97° Corpo proseguì combattendo verso l'Austria, finché non fu costretto ad arrendersi il 6 maggio. Il resto delle truppe di Löhr, compresa la 7ª Divisione SS, si ritrovò ammassato nella zona di confine tra Slovenia e Austria. Lì rimasero intrappolate con le Alpi alle spalle e poche prospettive di raggiungere la Germania meridionale. Il Gruppo di armate E non avrebbe offerto assistenza all'Austria o alla Baviera.

In Italia, secondo i desideri di Eisenhower, gli Alleati aumentarono la pressione per bloccare il Gruppo di armate C. Alle 9:45 del 14 aprile 1945, la 5ª Armata statunitense lanciò un'offensiva a circa 32 km a sudovest di Bologna, a ovest della statale 64. Nonostante la qualifica statunitense, includeva forze britanniche e del Commonwealth, brasiliane, francesi e italiane. Le posizioni tedesche vennero colpite da bombardieri e cacciabombardieri a cui seguirono raffiche di 75mila proiettili. L'assalto da terra fu aperto dal 4° Corpo statunitense, mentre il 2° Corpo statunitense fu ingaggiato il giorno successivo. Il 17 aprile, la 10ª Divisione da montagna statunitense era a 18 km a sudovest di Bologna. La 6ª Divisione corazzata sudafricana fu incaricata di prendere Finale Emilia sul fiume Panaro, un affluente meridionale del Po. Questa operazione avrebbe tagliato fuori quattro divisioni tedesche, la 65ª e la 39ª Fanteria e la 1ª e la 4ª Paracadutisti, che stavano cercando di ritirarsi da una breccia fra la 5ª Armata statunitense e l'8ª Armata britannica. Quest'ultima, a est, aveva forzato la breccia di Argenta, fra le paludi del fiume Reno e

[9] Lucas, *Last Days of the Reich*, p. 122.
[10] *Ibid.*

della laguna di Comacchio e si stava spingendo anche verso il Po. La sua forza offensiva in corazzati era di 3 a 1, in artiglieria di 2 a 1 e in fanteria di 1,6 a 1. Gli Alleati erano sostenuti da migliaia di partigiani italiani che stavano opponendo resistenza contro l'occupazione tedesca attaccando le linee di comunicazione e i depositi di rifornimento.

La 5ª Armata statunitense interruppe la statale 9 a ovest di Bologna il 18 aprile, forzando la 65ª e la 305ª Divisione fanteria tedesche, peraltro intrappolate in mezzo all'avanzata alleata, a ritirarsi rapidamente a nord. Gli Alleati entrarono a Bologna senza incontrare resistenze il mattino del 21 aprile. Una volta che l'8ª Armata ebbe superato le difese tedesche sul fiume Reno, si sperava che la ritirata tedesca si trasformasse in una fuga. Era previsto che l'8ª Armata attraversasse il Po a nord di Ferrara. Alcune unità di quell'Armata avevano raggiunto Bondeno, a ovest di Ferrara, il 22 aprile, lasciando come principale via di fuga tedesca verso il Po il ponte sul Panaro a Finale Emilia, a sudovest di Bondeno.

Il tenente Hans Golda, comandante di batteria, con la 278ª Divisione di fanteria tedesca ebbe ordine di attraversare il Panaro a Bondeno, ma presto realizzarono che era in mano nemica. Così si diressero verso Finale Emilia. A circa 3,2 km dal ponte rimasero bloccati in un enorme ingorgo di traffico. «In direzione di Finale potevamo sentire il rumore della battaglia»[11] ricorderà Golda. I partigiani del posto avevano bloccato il ponte. In risposta, Golda impiegò i suoi lanciarazzi, che gli consentirono di allontanarsi. A ovest della città, i sudafricani presero il ponte sul canale Foscaglia, ma i tedeschi fecero saltare in aria il ponte sulla la strada di Finale alle 2:00 del 23 aprile, lasciando però in questo modo un gran numero di tedeschi intrappolati a sud del fiume.

A Ro, a nordest di Ferrara, la 21ª e 98ª Divisione di fanteria tedesche impiegarono tre giorni per superare il Po, usando un pontone realizzato sul posto che potevano utilizzare soltanto di notte a causa degli ininterrotti attacchi dei cacciabombardieri nemici durante il

[11] Holland, *Italy's Sorrow*, p. 517.

giorno. Entrambe le divisioni furono obbligate a lasciarsi alle spalle gran parte del loro equipaggiamento pesante. Il tenente Golda e la sua batteria raggiunsero il Po il 22 aprile. Non c'era modo di trasportare i lanciarazzi di là dal fiume, così li abbandonarono. Golda, dopo aver schierato una retroguardia, condusse i suoi uomini lungo il fiume ed ebbe la fortuna di trovare un traghetto ancora funzionante.

Sempre il 22 aprile il generale von Vietinghoff, comandante in capo tedesco in Italia, incontrò il generale delle SS Wolff, giusto di ritorno da un summit con Hitler. Wolff sapeva che qualsiasi discorso sul ritiro delle forze per difendere Obersalzberg era una completa e totale assurdità. Hitler aveva affermato che le forze tedesche avrebbero potuto resistere per altri due mesi lungo un fronte che si estendeva da Praga a Berlino. Wolff, che aveva visto che cosa stava succedendo a Berlino e con l'Armata rossa pronta a lanciare il suo attacco sulla città, non gli credette. Invece che combattere fino a raggiungere la Baviera, von Vietinghoff sperava di potersi arrendere il prima possibile, ma Wolff non ricevette l'autorizzazione da Hitler. «Non abbiamo più tempo» avvertì Wolff. «Centinaia di migliaia di soldati tedeschi stanno aspettando da me di sentire le parole che salveranno le loro vite».[12] Wolff concordò sul bisogno di riprendere al più presto i negoziati con gli americani e si offrì di ritornare in Svizzera.

I resti delle divisioni 26ª Panzer e 29ª Panzergrenadier ormai si trovavano in una situazione disperata. La prima sperava di attraversare il Po a nord di Bondeno, ma poiché era stato occupato, cercò di attraversarlo a est di Ferrara. Le due divisioni finirono sotto l'attacco della 78ª Fanteria britannica, mentre l'8ª Divisione indiana, avendo preso Ferrara, passò oltre fino a raggiungere il versante nord. Sotto un attacco continuo, la catena di comando tedesca collassò lungo il Po, preannunciando la fine di una difesa organizzata. Il generale von Schwerin, al comando del 76° Corpo, si arrese il 25 aprile. I resti delle sue forze rimasero sparpagliati lungo le rive meridionali del Po. Tra questi, migliaia di veicoli, quasi 300 pezzi di artiglieria e 80 panzer. Il 5° Corpo britannico fece 14mila prigionieri.

[12] Ivi, p. 516.

La sera del 24 aprile, la 5ª Armata statunitense si era assicurata la riva meridionale del Po, che si estendeva per circa 97 km dal fiume Taro a ovest di Parma fino a raggiungere l'8ª Armata britannica a Felonica. Dal 21 aprile aveva coperto 64 km e catturato 30mila prigionieri tedeschi. I tedeschi avevano anche perso 32mila uomini che erano stati uccisi o feriti mentre cercavano di raggiungere il Po. La 10ª Divisione da montagna statunitense aveva già superato il fiume per dirigersi a nord, quando ebbe l'ordine di andare verso Verona per interrompere la Statale 11 e troncare la via di fuga tedesca fra Verona e il Lago di Garda verso il passo del Brennero. Da tutte le parti, le divisioni tedesche erano in uno stato di caos e vicine al collasso.

Dalla loro testa di ponte di Felonica, gli uomini del 1° Corpo paracadutisti del generale Richard Heidrich, che consisteva nella 1ª e 4ª Divisione paracadutisti, ebbero ordine di attraversare il Po a nuoto nella notte del 24 aprile con l'aiuto di pneumatici o zattere. I traghetti erano riservati alle ambulanze che trasportavano i feriti gravi e i veicoli lasciati alle spalle furono incendiati. Le difese della testa di ponte erano nelle mani di parà e di membri del 994° Reggimento Grenadier, con il supporto di un distaccamento di controcarri e qualche panzer. Nel tardo pomeriggio scese una fitta nebbia e l'evacuazione iniziò presto con l'aiuto di una simile copertura. «La traversata fu un'esercitazione ben condotta» ricorderà uno dei sopravvissuti, «con delle guide sulla sponda opposta e un pasto caldo prima della marcia verso le posizioni difensive dietro il fiume».[13]

Verso sera, la retroguardia fu attaccata dai corazzati che però furono messi fuori uso dai controcarri e dall'artiglieria che sparavano dalla sponda nord. Alle 4:00 l'ultima compagnia si ritirò dopo aver fatto saltare in aria i panzer e i controcarri scampati agli attacchi. «Ora avevamo un fiume larghissimo come difesa davanti a noi» ricorderà un parà tedesco. «Potevamo difendere la posizione a lungo – o almeno così pensavamo».[14] Invece ebbero l'ordine di marciare a nord verso Verona nel disperato tentativo di superare il nemico in

[13] Lucas, *Storming Eagles*, p. 268.
[14] Lucas, *The Last Days of the Reich*, p. 158.

velocità. I membri rimasti delle due divisioni paracadutisti del generale Heidrich raggiunsero così Verona, ma la sera del 25 aprile era già in mano americana. L'88ª Divisione fanteria statunitense spazzò via le sue posizioni.

Il 25 aprile, Wolff e due membri dello staff di von Vietinghoff volarono in Svizzera. Poi gli ufficiali dello staff furono trasportati, sempre in volo, al quartier generale degli Alleati a Caserta. A quel punto, però, non erano nella posizione di dettare termini di resa, e gli Alleati non erano pronti a offrirne. Era resa incondizionata o niente. Un frustrato Wolff ritornò al suo quartier generale ben sapendo di essere in pericolo nel caso in cui Himmler gli si fosse rivoltato contro per non aver acconsentito a un'ultima eroica resistenza.

Il giorno seguente, le forze tedesche in Italia del Nord erano state tagliate a metà. Le strade per il passo del Brennero erano state bloccate dagli americani. Il 4° Corpo statunitense ebbe l'ordine di assicurarsi che nessuna forza tedesca potesse raggiungere la ridotta alpina. Così inviò una divisione a est del Lago di Garda verso il Brennero. Il 2° Corpo statunitense doveva spostarsi a est di Verona verso Vicenza per bloccare le strade che arrivavano dall'Adriatico. La rapidità dell'avanzata della 5ª Armata statunitense fece sì che von Vietinghoff non fosse in grado di consolidare le proprie forze o coordinare una ritirata ordinata. I tedeschi speravano che una volta che gli Alleati avessero raggiunto il Po si sarebbero fermati, in modo da tirare un po' il fiato. Invece non ci fu nessuna pausa.

L'8ª Armata britannica attraversò il fiume Adige a nord del Po il 27 aprile per poi muovere a est verso Trieste e collegarsi con la 4ª Armata di Tito, tagliando così la linea di ritirata dei tedeschi in Austria dalla Jugoslavia attraverso l'Italia. A ovest, la 5ª Armata statunitense prese Genova. Quel giorno, il feldmaresciallo Kesselring incontrò von Vietinghoff e il dottor Rudolf Rahn, l'ambasciatore tedesco in Italia, a Innsbruck per discutere la situazione disperata. Anche il generale delle SS Wolff, avrebbe dovuto partecipare, ma fu trattenuto dai partigiani italiani. Prima ci fu una breve discussione sui recenti sviluppi politici. «Poi Vietinghoff riferì sulla situazione militare» ricorderà Kesselring, «che si era deteriorata in modo allarmante e che non poteva che portare a una disfatta».[15] Vietinghoff disse anche che era necessario prendere una decisione definitiva in merito alla resa in Italia. Kesselring decise di pronunciarsi contro, perché una simile mossa avrebbe lasciato esposte le forze tedesche a nord delle Alpi, ragionando anche dei «risvolti psicologici [...] sugli ufficiali e sugli uomini che combattevano intorno e dentro Berlino».[16]

Ciononostante i comandanti tedeschi, ben consapevoli del fatto che non avrebbero mai raggiunto le Alpi, iniziarono a prendere in mano la situazione. Il 29 aprile, la 148ª Divisione fanteria tedesca e la divisione italiana fascista dei Bersaglieri, addestrata dai tedeschi e catturata dagli americani a sud del Po, si arresero. Il generale Otto Fretter-Pico, comandante della 148ª Divisione, e circa 15mila soldati capitolarono di fronte alla divisione brasiliana. Anche l'Armata italotedesca della Liguria si arrese. Consisteva di altre tre divisioni italiane addestrate dai tedeschi. Questi ultimi non si erano mai completamente fidati di tali unità e le avevano relegate a operazioni antipartigiane. Lo stesso giorno, la 92ª Divisione fanteria statunitense raggiunse il confine Francia-Italia a Mentone, in Francia.

Il generale Hans Schlemmer in Italia nordoccidentale raccolse il suo 75° Corpo, consistente in due divisioni, a nordest di Torino, pronto per opporre un'ultima resistenza. Quando la notizia della morte di Hitler lo raggiunse il 1° maggio, addivenne alla resa. Il giorno seguente il generale von Vietinghoff, con l'autorizzazione di Kesselring, firmò finalmente a Caserta la resa incondizionata in Italia. Eisenhower ne fu sollevato perché c'erano ancora 230mila soldati tedeschi in Nord Italia e nelle province austriache limitrofe. Oltre 100mila tedeschi furono catturati anche in Jugoslavia. Fra questi c'era quel che rimaneva della 7ª Divisione SS, che si arrese a Celje, in Slovenia. Significativamente, nella mente di Eisenhower a tutte queste truppe era stato impedito di raggiungere la roccaforte bavarese di Hitler. Nel frattempo, la sanguinosa battaglia per Berlino stava raggiungendo il suo terribile epilogo.

[15] Kesselring, *The Memoirs of Field Marshal Kesselring*, p. 288.
[16] Ivi, p. 289.

# PARTE 3
# GLI ULTIMI DISPERATI TENTATIVI

# CAPITOLO 12 · FUGA DA HALBE

A sudest di Berlino, a fine aprile, la 9ª Armata del generale Busse ed elementi della 4ª Panzer-Armee del generale Gräser erano rimaste intrappolate nella foresta di Spree vicino ad Halbe con circa 200mila uomini, 2000 cannoni e 300 panzer. In totale, Zhukov e Konev avevano una mezza dozzina di armate che accerchiavano la regione. La 3ª Armata d'assalto di Zhukov insieme alla 69ª e 33ª Armata stavano spingendo rispettivamente da nordest e da est. La 3ª Armata corazzata delle Guardie e la 13ª e la 28ª Armata di Konev arrivavano da sudovest e si dirigevano a nord. Il 24 aprile gli uomini di Zhukov si misero in contatto con il fianco destro di Konev sul fiume Dahme nei pressi di Königs Wusterhausen. Due giorni dopo, la sacca tedesca si ridusse notevolmente quando i sovietici superarono Storkow e Beeskow a nord e Lieberose a sud. Così, quelli che erano rimasti intrappolati resistevano nell'area dello Schwielochsee. Fu il ricongiungimento della 28ª e della 3ª Armata d'assalto a nordovest della sacca a segnare il destino dei tedeschi.

«Il 27 aprile» osserverà Konev, «la battaglia per liquidare il raggruppamento tedesco Francoforte-Guben stava progredendo. I tedeschi venivano colpiti su tutti i lati da cinque armate».[1] Eppure l'Armata rossa non se la stava passando così bene. Il malconcio 5° Corpo meccanizzato delle Guardie di Yermakov si ritrovò a combattere su due fronti. La maggior parte dei suoi uomini stavano cercando di respingere l'attacco di Wenck a ovest, ma una parte del Corpo d'Armata stava anche

[1] Bailer, *Stalin and his Generals*, p. 531.

fronteggiando i soldati di Busse. Per rafforzare la posizione sovietica a Luckenwalde, il generale Lelyushenko, nonostante dovesse conquistare Wannsee, inviò non solo la 63ª e la 68ª Brigata carri delle Guardie, ma anche il 72° Reggimento carri pesanti delle Guardie del 10° Corpo carri delle Guardie. Di fronte a tutti questi mezzi corazzati, uno sfondamento tedesco sembrava pressoché impossibile.

Gli uomini di Busse e le migliaia di civili che si stavano rifugiando insieme a loro avevano un solo pensiero: scappare a ovest per raggiungere l'Elba e gli americani. La presenza dei fuggiaschi che portavano con sé tutti i loro averi su carretti trainati a mano o da cavalli rendevano praticamente impossibile condurre una ritirata combattuta organizzata. In teoria, l'11° SS-Panzerkorps avrebbe dovuto essere a capo dello sfondamento e proteggere il fianco nord. Il 5° Corpo gli era di supporto e copriva il fianco sud, mentre il 5° Corpo SS da montagna avrebbe dovuto fornire la retroguardia. Questo lasciava la 32ª, 35ª e 36ª Divisioni SS, che facevano parte di quest'ultima, nella non invidiabile posizione di rimanere per ultimi. In ogni modo, ogni unità era praticamente a sé stante.

Le strade della foresta erano intasate da persone e veicoli, che rallentavano i movimenti e fornivano un facile bersaglio per l'aeronautica e l'artiglieria sovietiche e per i lanciarazzi Katyusha. «Da parte loro» osserverà Konev, «le truppe tedesche hanno messo sotto pressione i contingenti del nostro Gruppo di armate che bloccavano loro la strada verso sudovest».[2] Tuttavia, i sovietici sembravano sempre essere lì pronti ad aspettare la 9ª Armata. Per due volte cercò di sfondare e per due volte l'azione fu sventata. «Stavano consolidando le loro formazioni di battaglia e ci colpivano con una violenza sempre maggiore» osserverà Konev, «Che cos'altro potevano fare? A parte la resa, non potevano che provare a superare le nostre formazioni per ricongiungersi con Wenck».[3]

«Se i primi tentativi di sfondare l'accerchiamento riuscirono» dirà il maggiore delle SS Diehl, al comando di quel che rimaneva della sua 35ª SS-Polizei-Panzergrenadier-Division costituita ad

[2] *Ibid.*
[3] *Ibid.*

hoc, «furono immediatamente stroncati dagli aerei e dall'artiglieria russa».[4] L'unità di Diehl era stata formata con istruttori della scuola di polizia di Dresda. Anche se veniva chiamata divisione, aveva pur sempre le forze di un reggimento e aveva combattuto sul fronte di Neisse prima di ritirarsi. Ora i sopravvissuti si stringevano l'uno all'altro nel disperato tentativo di uscire dalla sacca di Halbe.

Di fronte all'invasione dell'Armata rossa, molti dei granatieri della polizia avevano comprensibilmente il morale molto basso. Sul Neisse, avevano subito gravi perdite per mano degli uomini di Konev e i sopravvissuti non desideravano per nulla essere catturati dai sovietici. Inoltre erano ben consapevoli del terribile bombardamento della loro città all'inizio dell'anno. La facilità con cui la RAF aveva incenerito circa 25mila persone era stato il chiaro segnale che la guerra era già quasi persa. Le autorità tedesche affermarono che a Dresda erano state uccise 200mila persone e per forza di cose alcuni granatieri della polizia avevano perso amici e familiari che erano stati divorati dalle fiamme.

La 32ª SS-Grenadier-Division aveva quasi raggiunto Halbe quando il suo fianco destro finì sotto il fuoco nemico. Anche se la divisione tecnicamente consisteva di tre reggimenti di granatieri, come la 35ª SS, a livello di uomini ammontava soltanto a un singolo reggimento o tre battaglioni. Gli uomini del 1° Battaglione, 86° Reggimento di volontari SS-Grenadier, colsero di sorpresa i sovietici e con il supporto di tre panzer irruppero attraverso la cittadina. Oltrepassarono una cucina da campo sovietica abbandonata con il cibo che ancora ribolliva nelle pentole, ma non poterono fermarsi ad assaggiarlo. L'SS-Grenadier Alfred Blombach e i suoi compagni lottarono per tenere aperta la strada da Halbe all'Autobahn. In risposta, i sovietici bombardarono pesantemente l'Autobahn e lanciarono continui attacchi. Blombach fu colpito da schegge alla testa, alla schiena e alla parte inferiore del braccio destro e perse i sensi. Quando si svegliò, si ritrovò in un fosso, da solo, circondato ad alcuni cadaveri. Poco prima, un medico doveva averlo bendato e spostato dalla strada,

[4] Beevor, *Berlin: The Downfall 1945*, p. 332.

evitando che finisse schiacciato o colpito da altre schegge. Fu poi raccolto da alcuni soldati che passavano di lì su una Kübelwagen – l'equivalente Volkswagen della jeep degli americani –, quindi trasferito su un'ambulanza e successivamente catturato.

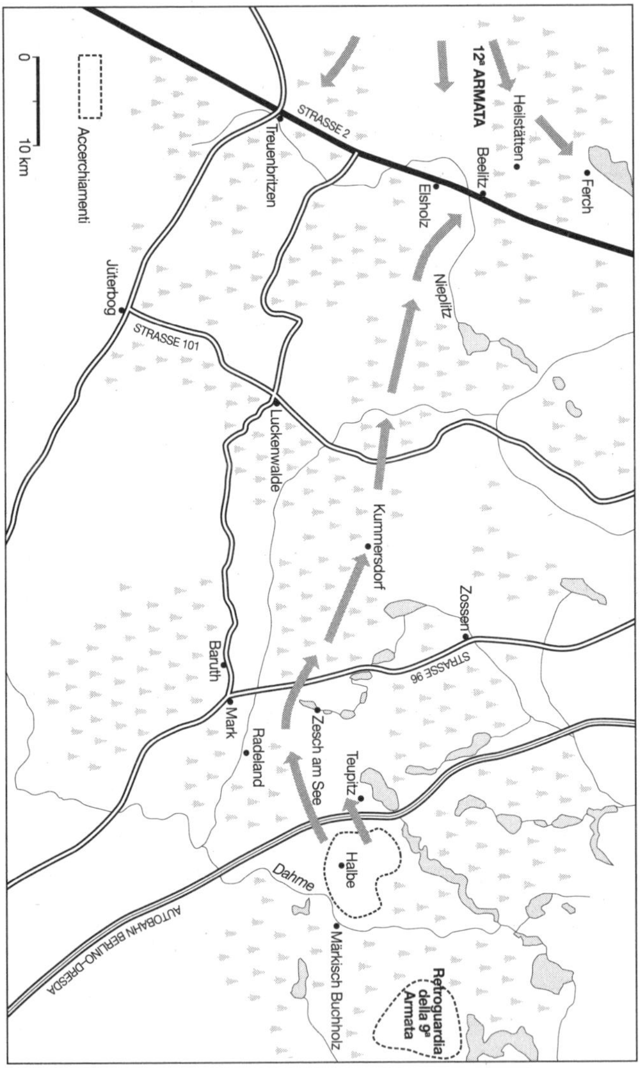


*Lo sfondamento della 9ª Armata di Busse, 26 aprile-1° maggio 1945.*

Un'unità delle SS particolarmente preoccupata di sfuggire all'Armata rossa era la 36ª SS-Waffen-Grenadier-Division. Era stata formata impiegando una brigata di criminali tedeschi e disertori ucraini e russi. Nel periodo passato sul fronte orientale e nella rivolta di Varsavia avevano commesso orribili atrocità, incarnando così le peggiori unità tedesche che avessero mai indossato l'uniforme. Stupri, torture e omicidi erano il loro biglietto da visita. Il comandante, il colonnello delle SS Oskar Dirlewanger, che era stato condannato per stupro, era stato ferito il 17 aprile e sostituito dall'SS-Brigadierführer Fritz Schmedes. Gli uomini della 36ª sapevano di non potersi aspettare alcuna pietà nel caso in cui fossero caduti nelle mani dei sovietici. La disciplina all'interno dell'unità era tale che il 28 aprile i membri del 73° Reggimento Waffen-Grenadier impiccarono Ewald Ehlers, il proprio ufficiale comandante. Schmedes, che era stato comandante della 4ª SS-Polizei-Panzergrenadier-Division, e il suo staff erano decisi ad arrendersi agli americani. I sovietici erano consapevoli della loro presenza nella sacca e avevano tutte le intenzioni di massacrarli dal primo all'ultimo. C'erano anche 5000 ausiliari russi in servizio con la 9ª Armata e sapevano esattamente quale destino li attendeva se fossero stati presi prigionieri.

Quello stesso giorno, gruppi consistenti di soldati tedeschi demoralizzati iniziarono ad arrendersi, con l'Armata rossa che radunò all'incirca 14mila prigionieri. Il capo cannoniere delle SS Hans Schaller ricorderà: «Fu la sera del 28 aprile che il nostro esercito divenne un'orda senza una guida».[5] Lui era con il 506° Battaglione Nebelwerfer, ma avevano già distrutto e abbandonato i loro lanciarazzi. «Come un bruco grigio e rigonfio» scriverà il 29 aprile nel suo diario Horst Woycinick, sergente maggiore delle SS, «stiamo marciando su un sentiero nella foresta che ci sta conducendo a quella che sarà la battaglia per aprirci la strada».[6] Si trovava con i resti della 32ª SS-Grenadier-Division, costantemente bombardata mentre cercava di sfondare verso ovest. Dopo aver scacciato i sovietici da

[5] Baumgart, *Halbe 1945*, p. 133.
[6] Ivi, p. 63.

Halbe, si dirigevano verso Baruth. Il sergente delle SS Haufschildt, con un gruppo di panzer e di cacciacarri, guidava una colonna di 20 veicoli e 2000 soldati e civili in direzione di Baruth. Dopo essersi imbattuti in un campo ricoperto da 300 cadaveri, sapevano di non potersi aspettare nessuna pietà.

Otto Boomgard era artigliere di contraerea con la 32ª Divisione, la cui unità si era disfatta dei propri cannoni antiaerei da 37 mm. A piedi, seguì due semicingolati attraverso Halbe. Una volta arrivati dall'altra parte della cittadina, attraversarono dei boschi dove furono bombardati. «Fui colpito da una scheggia nel ginocchio, e non potevo muovermi»[7] ricorderà. Boomgard fu caricato su uno dei veicoli, che scoprì essere già pieno di feriti. Avanzarono relativamente bene fino a che non incapparono nell'artiglieria anticarro e nelle mitragliatrici sovietiche. Un autoblindo fu colpito e la parte superiore fu spazzata via, uccidendo l'equipaggio. Il veicolo di Boomgard scappò nel bosco e attraverso uno spazio aperto. Una volta che fu di nuovo fra gli alberi, l'equipaggio e i passeggeri stremati scesero a riprendere fiato. Improvvisamente, le truppe sovietiche furono su di loro. «Mi ricordo solo di aver corso per qualche centinaio di metri» ricorderà Boomgard «prima di essermi nascosto sotto le sterpaglie. Un po' più tardi mi feci strada nel buio attraverso le linee russe».[8]

Hans Kempin, colonnello delle SS, l'ultimo comandante della 32ª Divisione SS, ebbe l'ordine di prendere il comando di quello che rimaneva della retroguardia. Le sue istruzioni dettavano: «Valutate la situazione e uscite dalla sacca, decidendo se poi dirigervi a Berlino o verso l'Elba».[9] Anche se il suo gruppo fu colpito da un attacco aereo, riuscirono a raggiungere Halbe e superarla. Eberhard Baumgart, caporale delle SS che era stato ferito, riuscì ad agganciare un passaggio con altri sul retro di un autoblindo. «Osservai il fatto che i rumori della battaglia stavano svanendo» ricorderà con sollievo. «Il

[7] Ivi, p. 150.
[8] Ivi, p. 153.
[9] Ivi, p. 75.

guidatore rallentò e io mi azzardai ad alzare la testa. Ce l'avevamo fatta! Avevamo oltrepassato la linea sovietica!».[10]

Spettò al battaglione del capitano delle SS Horst Mathiebe, coprire la ritirata della 32ª Divisione. A Streganz, i suoi granatieri contrattaccarono le truppe sovietiche che cercavano di sbarrare loro il cammino e i combattimenti si svolsero intorno alla fabbrica di mattoni, che era utilizzata come campo per i prigionieri di guerra francesi. «Se i sovietici fossero riusciti a sfondare» osserverà Mathiebe, «la divisione sarebbe rimasta bloccata nella sacca senza alcuna via di fuga».[11] Fu grato per il fatto che i suoi uomini fossero ben preparati e fecero allontanare il nemico con successo. «Kempin mi contattò via radio» ricorderà Mathiebe, «facendomi i complimenti per la coraggiosa operazione».[12] Poi i suoi uomini coprirono la ritirata oltre il Dahme ma persero il contatto radio con il resto della divisione. Sentendosi abbandonati, raggiunsero il ponte nei pressi della casa del guardaboschi nella foresta di Klein Hammer e lo attraversarono appena prima che i genieri tedeschi lo facessero saltare. Si diressero quindi verso Halbe e la salvezza.

Al terzo tentativo, all'incirca 25mila uomini riuscirono a sfuggire al cappio dell'Armata rossa. Ma si trovavano in condizioni terribili. «Lo stato fisico e morale degli ufficiali e degli uomini [...] non consente né un nuovo attacco né una resistenza prolungata» disse Busse a Wenck il 29 aprile. «La capacità di combattimento della 9ª Armata è ovviamente al capolinea».[13] Questo dette a Wenck l'occasione di cui aveva bisogno nell'informare l'Alto comando tedesco: «Ciò significa che un attacco su Berlino è attualmente impossibile, avendo constatato che non possiamo più contare sulla capacità di combattimento della 9ª Armata».[14] Solo quel giorno, i sovietici presero 30mila prigionieri.

[10] Ivi, p. 133.
[11] Ivi, p. 141.
[12] *Ibid.*
[13] Le Tissier, *Race for the Reichstag*, p. 155.
[14] *Ibid.*

Non tutti i membri delle SS presi dai sovietici erano necessariamente combattenti. Il volontario olandese Joost van Ketel serviva come dentista con la 23ª SS-Panzergrenadier-Division Nederland quando fu catturato nei boschi. La sua unica speranza di fuga fu quella di bluffare con i soldati che lo avevano catturato inducendoli a credere di essere ai lavori forzati. «No SS» aveva detto fermamente, aggiungendo: «Amico dei russi – Olanda».[15] Poi brandì un pass a strisce con il tricolore della bandiera olandese e fu lasciato libero di proseguire per la sua strada. Usò lo stesso trucco con una pattuglia americana quando raggiunse Dassau sull'Elba. Il resto della sua divisione al comando dell'SS-Brigadierführer Jurgen Wagner, non fu così fortunato e fu accerchiato e spazzato via dall'Armata rossa a Fürstenwalde.

Nel frattempo, Hitler si mise in contatto con Jodl, chiedendogli: «Informatemi immediatamente: 1. Dove sono le teste di ponte di Wenck? 2. Quando attaccheranno? 3. Dov'è la 9ª Armata? 4. Dove intende aprirsi una breccia la 9ª Armata? 5. Dove sono le teste di ponte di Holste?».[16] Alle 3:00 del mattino del 30 aprile, Keitel e Jodl trovarono il coraggio per rispondere: «1. La testa di ponte di Wenck è bloccata a sud del lago di Scwielow. 2. Di conseguenza, la 12ª Armata non può continuare il suo attacco su Berlino. 3. La 9ª Armata è completamente accerchiata. 4. Il Corpo di Holste è stato costretto in una posizione difensiva». Cosicché confermarono: «Gli attacchi a Berlino non hanno progredito da nessuna parte».[17]

Un gruppo di circa 4000 soldati e civili raggiunse l'Autobahn a ovest di Halbe ma incappò in un'imboscata la notte del 29 aprile. La colonna non aveva alcuna copertura e molti furono uccisi o feriti all'istante. In un disperato tentativo di sfuggire ai bombardamenti, alcuni scapparono in tutte le direzioni solo per essere colpiti o catturati. In preda al terrore, molti civili si tolsero la vita. Proprio come Keitel e Jodl avevano riferito a Hitler, coloro che erano rimasti erano stati accerchiati

[15] Beevor, *Berlin: The Downfall* 1945, p. 397.
[16] Fest, *Inside Hitler's Bunker*, p. 108.
[17] *Ibid.*

dall'Armata rossa. «Quello che seguì fu un esempio del modo in cui si divertono i russi» osserverà il maggiore Brand della 2ª Panzer-Division, che fu catturato insieme al tenente Melzer. «Fummo messi in piedi contro un muro insieme ad alcuni ufficiali delle SS; a questi ultimi fu sparato, mentre Melzer e io fummo risparmiati».[18]

Busse e i suoi uomini stremati che erano sopravvissuti raggiunsero il 30 aprile Kummersdorf, a nordest di Luckenwalde, per aprirsi la strada combattendo attraverso il 5° Corpo meccanizzato delle Guardie sovietico. Busse ebbe la fortuna di evitare la strada Baruth-Luckenwalde, altrimenti si sarebbe scontrato direttamente con i blindati del 10° Corpo corazzato delle Guardie, che erano ammassati in quella zona. Busse ebbe anche la fortuna che il territorio ricoperto da un fitto bosco non era adatto ai carri. Sapeva che i suoi uomini erano stanchi e affamati ma li esortò a un ultimo sforzo. «In piedi! Muovetevi! Solo poche miglia ancora da percorrere!»[19] li incitava. Avevano quasi esaurito le munizioni e avevano pochi cannoni e mortai per spazzar via i sovietici dal loro cammino. Il loro ultimo panzer fu mandato avanti al suono del fuoco che arrivava da dietro le posizioni sovietiche. Per loro fortuna quello che si sentiva era il fuoco della 12ª Armata. Busse si ricongiunse con Wenck a Beelitz, a sudest di Berlino, il 1° maggio. Quando s'incontrarono Wenck afferrò la mano del collega dicendo semplicemente: «Grazie a Dio siete qui».[20] Busse contò di aver portato circa 40mila uomini alla salvezza, mentre Konev in seguito dichiarerà che solo 4000 erano riusciti a passare.[21]

Il colonnello Reichhelm, capo delle operazioni di Wenck, rimase deluso dall'incontro con il generale Holste senza i suoi uomini. «Perché non siete con i vostri soldati?»[22] chiese Reichhelm in tono accusatorio. Holste apparve in difficoltà per un momento, poi rispose:

[18] Baumgart, *Halbe 1945*, p. 118.
[19] Ryan, *The Last Battle*, p. 403.
[20] Ivi, p. 404.
[21] Roger Moorhouse nella sua introduzione a *Baumgart's Halbe 1945*, p. IX, dice che scapparono in 20.000.
[22] Beevor, *Berlin: The Downfall* 1945, p. 379.

«Non ho più alcun soldato».[23] Reichhelm sapeva che quella non era la verità e svegliò Wenck, insistendo che Holste fosse immediatamente arrestato. Wenck era troppo stanco per prendere decisioni, inoltre aveva ben poco senso punire Holste quando l'intero esercito tedesco era crollato a pezzi, così Holste proseguì per la sua strada con la moglie verso l'Elba.

Dappertutto, le forze di Busse si erano lasciate alle spalle una scia di devastazione. «Ovunque nei boschi ci sono morti, morti e ancora morti» osservava il corrispondente di guerra sovietico, Konstantin Simonov, «i cadaveri di coloro che sono caduti mentre fuggivano sotto il fuoco nemico».[24] In seguito, ad Halbe furono sepolti intorno ai 22mila soldati tedeschi, insieme a 2000 civili. Il resto della 9ª Armata fu catturato. I sovietici dichiararono di aver ucciso 60mila soldati tedeschi e di aver preso 120mila prigionieri. Non c'è modo, naturalmente, di verificare tali cifre.

Sia Busse che Wenck sapevano di non avere altra possibilità se non consegnare agli americani i loro 100mila soldati superstiti e tutti quelli che erano con loro. La migliore speranza era quella di procedere a sud di Brandeburgo attraverso Genthin per raggiungere la testa di ponte tedesca sulla sponda orientale dell'Elba tra Ferchland e Schönhausen. Lì sarebbero stati in grado di stabilire un perimetro difensivo contro l'Armata rossa. Per la loro fuga sarebbe stati fondamentali il viadotto danneggiato di Tangermünde, al centro della testa di ponte, il traghetto di Ferchland e il ponte ferroviario di Schönhausen. Il 1° maggio, Rochus Misch ascoltò telefonata fra Busse e il generale Burgdorf. Ricorderà: «Busse disse che la situazione era drammatica e che probabilmente non avrebbe potuto fare altro che accettare la prigionia».[25]

In ogni caso, la ritirata sull'Elba dipendeva dalla buona volontà della 9ª Armata statunitense del generale Simpson sulla sponda occidentale. Busse e Wenck stabilirono che la 9ª Armata avrebbe

[23] *Ibid.*
[24] Bellamy, *Absolute War*, p. 658.
[25] Misch, *Hitler's Last Witness*, p. 178.

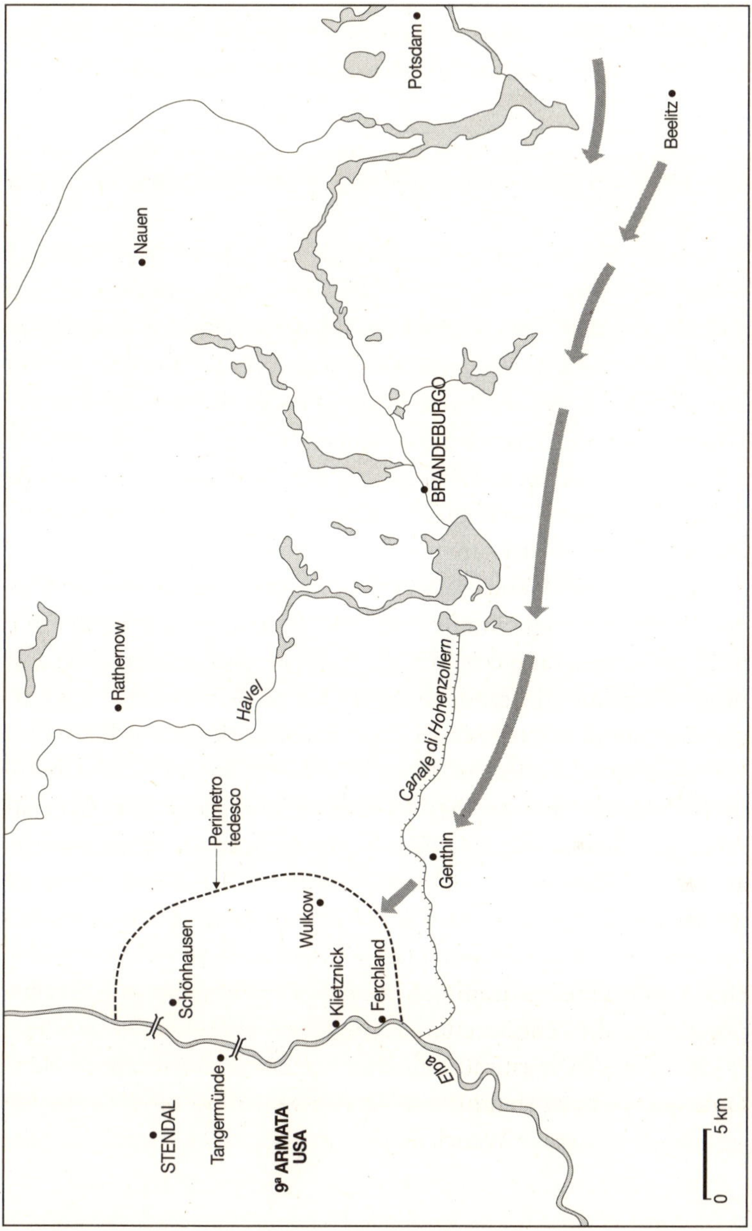


*La ritirata della 9ª e della 12ª Armata, 1-8 maggio 1945.*

attraversato per prima, mentre la 12ª avrebbe mantenuto il perimetro. Nel frattempo, avrebbero dovuto sopportare cinque giorni di attacchi e bombardamenti sovietici prima che Simpson acconsentisse a prendere in carico i soldati tedeschi feriti e disarmati. Non gli fu però consentito di accettare i rifugiati civili. Simpson rifiutò anche il permesso ai tedeschi di riparare il ponte per velocizzare l'evacuazione, così, con l'avvicinarsi dei sovietici, il fiume si trasformò in uno scenario di morte e caos, mentre i disperati cercavano di attraversarlo a nuoto o pagaiando. Dopo la ritirata combattuta da Halbe, negli ultimi giorni di guerra l'Armata di Busse precipitò nel caos.

Una delle poche unità a superare il fiume a Tangermünde con una parvenza di ordine fu la Divisione di fanteria Scharnhorst del generale di brigata Heinrich Götz. Questa unità aveva preso vita a Dessau alla fine di marzo usando quel che rimaneva di altre due divisioni e studenti delle scuole superiori locali. Aveva combattuto con Wenck contro gli americani a Barby e poi contro i sovietici a Beelitz. Il comandante del battaglione, capitano Peter Rettich, osserverà che la divisione era come «l'ultima formazione della Wehrmacht ancora in ordine di battaglia in tutta la Germania del Nord».[26]

In seguito, molti incolparono Busse per non aver agito prima per salvare il grosso del suo comando. Anche se avrebbe certamente potuto prendere una decisione unilaterale, non fu ufficialmente autorizzato da Hitler a ritirarsi a ovest fino al 27 aprile, quando ormai era troppo tardi. Konev era dell'idea che la 9ª Armata avesse combattuto bene, mentre riteneva che Wenck si fosse limitato a «fare il minimo indispensabile».[27] Giudizio un po' duro, alla luce della debolezza in cui si trovava la 12ª Armata. Tuttavia, il risultato fu che tutti i tentativi di Hitler di liberare Berlino si conclusero con un misero fallimento. Steiner, Holste, Wenck e Busse non avevano provato a salvare Berlino e comunque non avrebbero potuto farlo.

[26] Beevor, *Berlin: The Downfall 1945*, p. 398.

[27] Bialer, *Stalin and His Generals*, p. 532.

# CAPITOLO 13 · MORTE NEL TIERGARTEN

Con il procedere della battaglia alla fine di aprile, le difese occidentali del distretto governativo di Berlino, compresi il Reichstag, il Ministero della propaganda, la Cancelleria del Reich e il Ministero dell'aeronautica, erano legate al Tiergarten. Questo parco di 2,5 km quadrati era diviso dall'Asse Est-Ovest che passava attraverso la Porta di Brandeburgo sulla Unter den Linden. A nord confinava con il fiume Sprea e a sud con Tiergartenstrasse. La maggior parte degli alberi del parco erano stati distrutti dai bombardamenti e dai colpi di arma da fuoco, e quelli che erano sopravvissuti venivano usati dai berlinesi come legna da ardere. Il terreno brullo era ricoperto di trincee, campi minati e filo spinato. Il parco era diventato anche un deposito per scorte segrete di carburante di emergenza: ce n'erano circa 40mila litri sotto il Tiergarten,[1] e altre migliaia erano sotto il bunker dello zoo.[2]

Nell'angolo sudoccidentale del Tiergarten si trovava il famoso zoo di Berlino, con le due enormi torri contraeree in cemento armato. Questi edifici avrebbero rallentato drasticamente l'avanzata sovietica da ovest. La più grande delle due aveva il nome tecnico di G-Turm (Geschützturm, cioè torre armata di cannone) ma era più nota con il nome di "torre dello zoo" o "bunker". Con i suoi oltre 40 metri di altezza, ricopriva un intero quartiere cittadino e ospitava non solo cannoni contraerei ma anche un enorme rifugio in caso di

[1] Toland, *Adolf Hitler*, p. 887.
[2] Kempka, *I was Hitler's Chauffeur*, p. 76.

raid aerei, un ospedale e un deposito. Aveva forniture autonome di acqua ed elettricità e poteva alloggiare una guarnigione fino a 100 uomini. Era così ben protetta e rifornita che si credeva che la torre potesse resistere autonomamente fino a un anno.

Il capitano Walter Hagedorn, medico della Luftwaffe che lavorava nell'ospedale da 95 letti della torre, ricorderà che le persone dicevano: «Possiamo resistere qui fino all'arrivo di Wenck o degli americani».[3] Dal tetto, il colonnello Wöhlermann, comandante dell'artiglieria del generale Weidling, osserverà: «Si aveva la vista panoramica del fumo che si levava della grande città in fiamme, una scena che ogni volta ti scuoteva fino al midollo».[4] I cannoni della torre, se usati a terra, potevano sparare verso tutti i quartieri circostanti della città e fornire un valido supporto alle truppe che difendevano il Tiergarten. L'edificio più piccolo, chiamato L-Turm (Leitturm, torre per la direzione del tiro) era un centro di comando e comunicazioni che forniva dati in riferimento agli obiettivi. Inoltre trasmetteva via radio gli ordini sempre più disperati di Hitler quando le linee telefoniche non erano disponibili.

Il grande zoo aveva chiuso al pubblico soltanto il 20 aprile 1945, e dopo l'interruzione delle forniture elettriche il personale non era più in grado di pompare acqua. I guardiani lottavano per mantenere in vita gli animali rimasti. Molti di essi erano disidratati o malnutriti, nonché vittime di uno stato di panico nervoso per via delle continue esplosioni. All'inizio della Seconda guerra mondiale, la collezione contava circa 14mila fra animali, uccelli, pesci e rettili; nel 1945 ne erano rimasti solo 1600. Lo zoo era stato colpito più di cento volte dai bombardamenti alleati e molti degli esemplari sopravvissuti erano stati evacuati verso altri zoo in tutta la Germania. Alcuni dei rari capi di bestiame erano spariti, rubati dai berlinesi affamati. Degli animali più grandi, tutto quello che restava erano cinque leoni, dieci bisonti, un elefante maschio, una femmina di ippopotamo con il suo piccolo, un babbuino e un gorilla. Lo zoo sarebbe presto

[3] Ryan, *The Last Battle*, p. 382.
[4] Beevor, *Berlin: The Downfall 1945*, p. 340.

diventato un campo di battaglia, perché il terreno era occupato da 5000 soldati tedeschi trincerati nelle loro posizioni.

All'estremità est del Tiergarten, a nord della Porta di Brandeburgo, c'era il Reichstag, mentre a sud c'erano i ministeri insieme alla Cancelleria.

A nordovest e a nordest del Reichstag era fondamentale difendere i ponti di Moltke e Weidendamm sulla Sprea e anche Alexanderplatz. Il ponte di Moltke offriva la via più diretta per Königsplatz e per il Reichstag. A sud, i difensori del canale di Landwehr impedivano all'Armata rossa di raggiungere Belle-Alliance-Platz e muovere sulla Friedrichstrasse. In risposta, i sovietici esercitavano una pressione incessante sui difensori. Da nord, la 3ª Armata d'assalto del generale Vasily Kuznetsov spingeva a sud verso il Tiergarten. Da est, la 5ª Armata d'assalto del tenente generale Nikolai Bezarin premeva verso l'interno. Bezarin operava su un fronte largo appena più di 400 metri usando due corpi.

A sud della città, quattro armate sovietiche si facevano strada combattendo sul canale di Teltow. La linea di difesa sulla sponda nord era considerevole e, secondo Konev, «consisteva di trincee, casematte rinforzate in cemento armato, nonché di carri e semoventi di artiglieria infossati».[5] I tedeschi avevano anche fortificato le case circostanti, che avevano muri fino a un metro di spessore, e gli edifici della fabbrica locale. Questi ultimi, osserverà Konev, «formavano una specie di bastione medievale che scendeva fino al bordo dell'acqua».[6] Secondo l'*intelligence* sovietica, queste difese erano protette da 15mila soldati con 500 mitragliatrici, 250 cannoni e mortai e 130 carri e autoblindo. Tali forze sembravano più impressionanti di quanto non fossero veramente. «Era una folla eterogenea quella che era radunata lungo il canale di Teltow» osserverà Konev, «soprattutto nei battaglioni della Volkssturm, dove soldati esperti prestavano servizio accanto a vecchi e ragazzini piagnucolanti».[7]

[5] Bialer, *Stalin and His Generals*, pp. 527-528.
[6] Ivi, p. 528.
[7] *Ibid.*

Anche se i difensori avevano fatto esplodere alcuni ponti sul canale e messo le mine sugli altri, non potevano fermare l'inevitabile.

Una volta che ebbero attraversato il canale, le truppe sovietiche occuparono le periferie di Steglitz e Schmargendorf per poi raggiungere la parte meridionale di Grunewald. Quando mossero a nord verso Pichelsdorf, tagliarono le linee di comunicazione fra Berlino e le forze che difendevano Potsdam e l'Isola di Wannsee. A sudovest, un'altra Armata sovietica si era fatta strada a Babelsberg e Potsdam, intrappolando 20mila soldati tedeschi a Wannsee appena a nord di Babelsberg. A nord del canale di Teltow, uno degli obiettivi strategici dei sovietici era l'aeroporto di Tempelhof. Il timore era che Hitler e i più alti leader nazisti potessero cercare di usarlo per scappare. La 39ª e la 79ª Divisione fucilieri delle Guardie ebbero l'ordine di schiacciare le difese dell'aeroporto, tenute da soldati delle SS, panzer infossati e cannoni contraerei. A mezzogiorno del 26 aprile, gli edifici e le piste dell'aeroporto erano in mano sovietica.

La presa dell'aeroporto di Tempelhof consentì ai fucilieri dell'8ª Armata delle Guardie di Chuikov di farsi strada lungo il canale di Landwehr. Il loro obiettivo era il Tiergarten, che scoprirono di poter penetrare tramite i tunnel della ferrovia sotterranea. Ma quello che davvero serviva a Chuikov era il ponte sulla Potsdamerstrasse perché gli avrebbe consentito di spingere i suoi carri fino al Tiergarten. I sovietici decisero di usare uno stratagemma per prendere il ponte. Ricoprirono un carro armato di sacchi di sabbia impregnati di carburante e, quando raggiunse l'attraversamento, lo mandarono a fuoco. I soldati delle SS arretrarono di fronte all'avanzata del carro in fiamme cosicché altri carri sovietici irruppero sul ponte.

A parte questo sotterfugio, nel complesso l'avanzata dell'Armata rossa fu tutt'altro che moderata. «Una battaglia in città è una battaglia di potenza di fuoco, una battaglia corpo a corpo, in cui il fuoco a distanza ravvicinata avviene non solo con le armi automatiche» spiegherà Chuikov ai suoi comandanti, «ma con potenti sistemi di artiglieria e armamenti di carri, che sparano tutti a una distanza di pochi metri».[8] Lo svantaggio di una simile tattica era che i proiettili tendevano trapassare gli edifici, lasciandoli in piedi.

*Soldati tedeschi muniti di un lanciagranate controcarro Panzerfaust si preparano all'attacco finale.*

[8] Merridale, *Ivan's War*, p. 284.

A nord del Tiergarten, il 79º Corpo fucilieri della 3ª Armata d'assalto del generale Perevertkin catturò il distretto di Alt-Moabit. Il 28 aprile, la 150ª Divisione fucilieri del generale di brigata Shatilov, che faceva parte del 79º Corpo, prese il distretto industriale a sud del Kleiner Tiergarten. Il prossimo obiettivo era l'imponente penitenziario di Moabit. Giravano voci per cui Joseph Goebbels fosse a capo delle sue difese. Questo incitò gli assalitori, che non vedevano l'ora di mettere le mani su un nazista di alto livello. Il 756º Reggimento fucilieri del colonnello Zinchenko invase la prigione liberando 7000 uomini, ma rimasero delusi del fatto che non c'era traccia di Goebbels. Molti erano prigionieri di guerra sovietici che si ritrovarono subito arruolati come sostituti combattenti nel 79º Corpo.

I difensori del Tiergarten ora dovevano affrontare la 3ª Armata d'assalto di Kuznetsov che si stava avvicinando rapidamente da nordovest, la 5ª Armata d'assalto di Bezarin con l'11º Corpo corazzato che spingeva da est e l'8ª Armata delle Guardie di Chuikov che colpiva da sud. Il maresciallo Konev, che non voleva essere superato da Zhukov, ordinò alla 3ª Armata delle Guardie del generale Rybalko di invadere il sudest di Berlino. La sua intenzione era che la sera del 28 aprile il 7º Corpo corazzato delle Guardie e la 20ª Divisione fucilieri sarebbero stati schierati al margine occidentale del Tiergarten. Tuttavia, alla luce dell'avanzata di Chuikov sul canale di Landwehr, c'era la possibilità che questi e Rybalko si sovrapponessero. Con riluttanza, quindi, Konev ordinò a Rybalko di divergere a ovest quando avesse raggiunto il canale e abbandonare la sua linea di avanzata sul distretto di Schöneberg. Questo significava che non avrebbe preso parte alla battaglia per il Tiergarten e di conseguenza al distretto centrale.

Nel frattempo, il 10º Corpo corazzato delle Guardie, parte della 4ª Armata corazzata delle Guardie di Lelyushenko e la 350ª Divisione fucilieri della 13ª Armata si erano fatte strada combattendo fino alle rive meridionali di Wannsee. La fuga era quasi impossibile con le truppe sovietiche a Babelsberg e Grunewald. Ciononostante, civili e soldati tedeschi cercarono disperatamente di attraversare l'Havel prima che l'Armata rossa invadesse l'isola. Alcuni lo fecero remando su tutto quello che era in grado di galleggiare.

La 3ª Armata delle Guardie di Rybalko si spostò con i veicoli fino a Charlottenburg, a ovest del Tiergarten, il 28 aprile. Allo stesso tempo, la 2ª Armata corazzata delle Guardie di Bogdanov combatté per sgominare l'area sudorientale di Charlottenburg e le difese occidentali del Tiergarten. Anche l'8ª Armata delle Guardie di Chuikov arrivò al Tiergarten. Il 28° Corpo fucilieri delle Guardie alla sua sinistra guadagnò il limitare dello zoo attraverso Budapeststrasse, ritrovandosi a breve distanza dalla 2ª Armata corazzata delle Guardie. Alla sua destra, il 4° Corpo fucilieri delle Guardie si impossessò della stazione di Potsdamer appena a sud della Cancelleria del Reich.

Le truppe sovietiche entrarono combattendo nel perimetro dello zoo il 29 aprile e l'ippopotamo Rosa rimase ucciso dal fuoco di artiglieria. Il direttore dello zoo, Lutz Heck, aveva già sparato ai leoni e al babbuino. Il comandante della "torre dello zoo" aveva insistito affinché quest'ultimo fosse eliminato dopo che la sua gabbia era stata danneggiata ed era preoccupato di una fuga dell'animale. Dalla Casa dell'Ippopotamo i sovietici furono in grado di sparare sulla "torre dello zoo". I proiettili iniziarono a colpire le impenetrabili pareti di cemento della G-Turm, costringendo coloro che erano all'interno ad abbassare le saracinesche d'acciaio spesse 10 cm che proteggevano le aperture di tiro. Era progettata per accogliere fino a 15mila persone durante i raid aerei, ma il dottor Hagedorn stimava che ci fossero fino a 30mila civili stipati nell'installazione oltre alle truppe che la difendevano. Hagedorn, che lavorava nell'ospedale, aveva per le mani 1500 feriti e 500 morti. «Tra un momento di pausa e l'altro» dirà, «cercavamo di portare fuori i corpi e gli arti amputati per sotterrarli, ma era pressoché impossibile».[9]

Nel Tiergarten e dentro il perimetro dello zoo, i combattimenti si intensificavano. I carri sovietici furono in grado di avanzare lungo l'Asse Est-Ovest e Tiergartenstrasse in direzione della Unter den Linden. L'artiglieria sovietica fu schierata anche sull'Asse Est-Ovest per bombardare il Tiergarten e il distretto governativo. Quando la 3ª Armata d'assalto di Kuznetsov ebbe raggiunto il Reichstag, ormai era

[9] Ryan, *The Last Battle*, p. 381.

solo una questione di tempo prima di ricongiungersi con Chuikov. I difensori sarebbero rimasti intrappolati in un'area di circa mille metri dominata dall'artiglieria sovietica. Alla fine della mattinata del 30 aprile, i sovietici avevano quasi completamente invaso il Tiergarten e gran parte dei suoi difensori erano morti o erano stati catturati.

Il 79° Corpo fucilieri d elle Guardie schierò due reggimenti per coprire la "torre dello zoo". Il loro comandante, il colonnello Gerasimenko, sapeva che riuscire a entrarvi era praticamente impossibile. Diversi prigionieri tedeschi furono radunati e inviati la sera del 30 aprile con un messaggio che chiedeva alla guarnigione di arrendersi. «Vi proponiamo di consegnare la fortezza senza combattere oltre» citava. «Garantiamo che nessun soldato, compresi gli uomini delle SS e delle SA (i reparti d'assalto dello Sturmabteilung), sarà giustiziato».[10] La guarnigione, giocando sul tempo, non rispose fino al mattino seguente. Il colonnello Haller, che sosteneva di essere il comandante, inviò una nota che diceva che si sarebbero arresi a mezzanotte. Questo ritardo di un giorno intero aveva lo scopo di dare alla guarnigione il tempo di fuggire.

Il 1° maggio, gli uomini di Chuikov stavano combattendo per il controllo finale dell'area centrale del Tiergarten. La 2ª Armata corazzata delle Guardie di Bogdanov aveva raggiunto il limitare orientale di Charlottenburg per ricongiungersi con le unità dell'8ª Armata delle Guardie allo zoo. Quella sera, la 3ª Armata d'assalto incontrò l'8ª Armata delle Guardie subito a sud del Reichstag, mentre la 2ª Armata corazzata delle Guardie si ricongiunse con l'8ª Armata delle Guardie e la 1ª Armata corazzata delle Guardie nel Tiergarten. L'ultima delle resistenze nel Tiergarten era stata superata, lasciando coloro che erano all'interno della G-Turm tagliati fuori e abbandonati a loro stessi.

[10] Beevor, *Berlin: The Downfall 1945*, pp. 372-373.

# CAPITOLO 14 · VALANGA DI FUOCO

Nel centro di Berlino, l'imponente hotel Adlon fra il Reichstag e la Cancelleria del Reich inevitabilmente divenne una delle scene della resistenza tedesca. Situato all'incrocio fra Unter den Linden e Wilhelmstrasse a est della Porta di Brandeburgo, l'Adlon dominava l'uscita dall'Asse Est-Ovest. In particolare, si affacciava sul grande spazio aperto di Pariser Platz. Parte dell'area circostante era un distretto diplomatico che includeva le ambasciate britannica, francese e sovietica, quindi era stato un popolare luogo di ritrovo per i diplomatici stranieri che negli anni precedenti erano stati fotografati allegramente seduti ai suoi tavolini con in mano bicchieri di champagne; ora lo staff che era rimasto si aggirava lungo i corridoi vuoti dell'Adlon servendo ai disillusi ufficiali delle SS vini pregiati e brandy. L'hotel aveva aperto nel 1907 incorporando l'attiguo hotel Reichshof, anche se quest'ultimo era diventato il quartier generale del Ministero dell'alimentazione e dell'agricoltura nel 1938. Una volta era stato uno degli hotel più lussuosi al mondo, famoso soprattutto per le feste di Capodanno. L'Adlon era stata una delle mete preferite dell'aristocrazia e della classe medio-alta di facoltosi, anche se non sempre aveva incontrato i gusti degli alti funzionari del partito nazista; Hitler aveva vietato all'Adlon e a tutti gli altri locali di suonare la musica jazz. Con l'avanzare della guerra, molti dei bar, caffè e ristoranti della città avevano chiuso, ma l'Adlon invece era rimasto aperto.

Per offrire una certa protezione all'edificio, era stato costruito un alto muro di mattoni intorno al piano terra, dandogli l'aspetto di una specie di fortezza. Anche se una parte dell'hotel era stata requisita come ospedale militare e le sue finestre riempite con sacchi di sabbia, i bar erano in funzione per coloro che cercavano conforto nell'alcol. «L'hotel Adlon era ancora aperto, nonostante le bombe e le granate che atterravano già per le strade» ricorderà il colonnello delle SS Léon Degrelle. «Nella sala da pranzo ben illuminata, i camerieri in smoking continuavano a servire le persone con fare solenne e flemmatico».[1]

Eva Braun, prima di riunirsi a Hitler nel Führerbunker, aveva prenotato una camera nell'hotel. La sorella maggiore di Eva, Ilse, che era scappata da Breslavia in treno, la incontrò all'Adlon il 21 gennaio 1945. «Mi dispiace di non poterti sistemare su alla Cancelleria» le disse Eva, «ma è piena di soldati e siamo a corto di posti».[2] Ilse rimase scioccata dal persistere dell'opulenza dell'Adlon nonostante la guerra. Le due avevano quasi litigato quella sera quando avevano cenato da sole nella biblioteca della Cancelleria, perché Ilse incolpò Hitler di portare il Paese alla distruzione, dopo aver visto migliaia di poveri rifugiati che lasciavano Breslau. «Il tuo Führer è una canaglia» disse Ilse, «ti sta trascinando nell'abisso insieme a lui, e con te anche tutti noi!».[3] In passato, il più grande crimine di Ilse era stato quello di criticare il gusto nel vestire del Führer.

Eva, scioccata e presa alla sprovvista, le rispose con rabbia: «Meriteresti di essere messa al muro e fucilata».[4] Ilse non insistette sull'argomento, sapendo bene che Hitler aveva spinto Eva a tentare il suicidio per due volte negli anni Trenta. Inoltre, Ilse ricordava le raggelanti parole della sorella quando Hitler aveva annunciato lo scoppio della guerra: «Se gli succede qualcosa, anche io morirò».[5] Per la disperazione, Ilse lasciò Berlino per andare in Baviera. Eva, in seguito a questo amaro incontro, cercò rifugio a Monaco, per poi tornare a Berlino al fianco di Hitler a metà marzo.

[1] McDonough, *The Hitler Years*, p. 547.
[2] Read & Fisher, *The Fall of Berlin*, p. 213.
[3] *Ibid.*
[4] *Ibid.*
[5] Toland, *Adolf Hitler*, p. 570.

L'Adlon divenne il rifugio di alcuni dei pochi alleati rimasti di Hitler. Su ordine del ministro degli Esteri, Joachim von Ribbentrop, il bar e la cantina furono messi a disposizione dei diplomatici della Repubblica sociale di Mussolini e del Giappone, nonché dei superstiti fra gli alleati hitleriani caduti dell'Europa orientale e della Francia di Vichy, che non volevano o semplicemente non potevano tornare a casa. La sera, molti di essi dormivano lì, perché le ambasciate erano state danneggiate dai bombardamenti. Von Ribbentrop sperava che l'ambasciatore giapponese potesse sondare il terreno rispetto a eventuali accordi di pace attraverso l'ambasciata giapponese a Stoccolma, ma non ne sortì niente. Il 7 aprile aveva detto all'ambasciatore giapponese che la situazione militare avrebbe potuto «necessitare del temporaneo trasferimento del Governo tedesco nel Sud della Germania».[6] Questo sembrava comprovare le notizie secondo cui Hitler stava preparando una ridotta alpina al confine tra Germania e Austria.

La Royal Air Force aveva bombardato il centro della città il 12 aprile e sia l'Adlon che la Cancelleria presero fuoco. Una volta che l'Armata rossa ebbe penetrato le difese di Berlino, le cantine dell'Adler furono usate come postazione di pronto soccorso per i soldati feriti, sotto il controllo del colonnello delle SS dr. Zimmermann. Le SS avevano un altro ospedale a sud, nelle cantine della Cancelleria del Reich. A fine aprile, l'area diplomatica attigua fu assaltata dal 32° Corpo fucilieri sovietico, che consisteva di tre divisioni di fucilieri con il supporto dell'11ª Brigata corazzata delle Guardie. Alcune delle ambasciate abbandonate erano state trasformate in roccaforti. Queste furono prese d'assalto dalla 60ª Divisione delle Guardie e la 295ª e 416ª Divisione fucilieri. I diplomatici giapponesi, il cui Paese non era in guerra con l'Unione Sovietica, inviarono una delegazione all'Armata rossa per richiedere la restituzione di tre auto e altre proprietà rubate. I fucilieri sovietici non avevano grande considerazione delle finezze diplomatiche nella foga della battaglia.

[6] Shtemenko, *The Last Six Months*, p. 387.

A est dell'hotel, il 26° Corpo fucilieri delle Guardie del generale di brigata Firsov si era fatto strada verso la cattedrale e il grande Palazzo reale sull'isola dei musei, e anche al Rotes Rathaus o "municipio rosso" sulla riva opposta della Sprea. Quest'ultimo, difeso da elementi dell'11ª SS-Panzergrenadier-Division, fu attaccato da due reggimenti della 266ª Divisione fucilieri del generale Fomichenko il 29 aprile. Alla testa dell'assalto, con il supporto dei mezzi corazzati, c'erano due battaglioni guidati dal maggiore Alexeyev e dal capitano Bobylev. L'11ª Divisione SS comprendeva reclute provenienti dalla Danimarca e dalla Norvegia, che come i francesi della 33ª Divisione SS si erano offerte volontarie per difendere Berlino fino all'ultimo. Prima ancora che i fucilieri sovietici potessero raggiungere i pesanti cancelli in ferro battuto del Rotes Rathaus, furono falciati dal fuoco delle mitragliatrici. Fu necessario chiamare i genieri per aprire dei buchi nei muri degli edifici vicini, in modo da poter irrompere.

Zhukov ricorderà: «I nostri uomini furono sommersi da una tale valanga di fuoco che avanzare ulteriormente sulla strada era semplicemente impossibile».[7] Invece i fucilieri sovietici, dopo aver catturato gli edifici circostanti, fecero breccia attraverso i muri interni del Rotes Rathaus usando l'esplosivo. Fuori in strada, furono utilizzati i carri e semoventi di artiglieria per distruggere i cancelli. «Usarono le bombe a mano per liberare la lobby e le sale» riporterà Zhukov. «Ci fu da combattere per ogni stanza».[8] Fra coloro che entrarono nell'edificio c'era il sottotenente Konstantin Gromov. Si fece strada sul tetto, da dove gettò in strada la bandiera nazista per innalzare bandiera rossa. Per gli uomini della 266ª Divisione fucilieri, questo trionfo ebbe il sapore di una ricompensa per il fatto di essere stati colpiti dalla loro stessa artiglieria il 16 aprile. Solo in pochi di coloro dell'11ª Divisione SS che erano nell'edificio sopravvissero per essere fatti prigionieri.

Il 30 aprile, anche l'Adlon, fortemente danneggiato, cadde nelle mani sovietiche. Un fotografo dell'Armata rossa era in attesa di

[7] Zhukov, *Reminiscences and Reflections*, 2, p. 381.
[8] Ivi, p. 382.

*I bombardamenti per le strade di Berlino durante la battaglia furono incessanti.*

registrare il momento quando i feriti tedeschi che potevano camminare e le loro infermiere emersero dall'edificio. Una giovane infermiera guardò preoccupata nell'obiettivo, timorosa per il destino incerto che la attendeva una volta in mano ai soldati sovietici. Fuori, Pariser Platz era ricoperta di macerie e detriti, fra cui veicoli bruciati. I soldati sovietici si apprestarono a saccheggiare le cantine e si ubriacarono pesantemente. La notte del 2 maggio, l'edificio prese fuoco e andò distrutto.

Nel frattempo, il 26° Corpo fucilieri delle Guardie si preparò a superare il punto difensivo tedesco fra le rovine dell'edificio della Börse, che aveva ospitato la borsa valori di Berlino finché non era andato distrutto a causa di un raid aereo nel 1944. Usando un tunnel, i fucilieri sovietici furono in grado di entrare dietro alle difese tedesche. A sudest della Börse, il 32° Corpo fucilieri delle Guardie attraversò la Sprea presso l'isola dei musei per attaccare il palazzo reale e la cattedrale. La parte meridionale dell'isola era nota come "isola dei pescatori", il che confuse un po' le idee agli attaccanti. Mentre unità della 60ª Divisione delle Guardie e della 416ª Divisione fucilieri spingevano sul palazzo, la 295ª Divisione fucilieri si diresse verso la Reichsbank. Ovunque, le difese di Berlino si sgretolavano in sacche di uomini che combattevano disperatamente per la propria vita, in particolare negli edifici dell'Arsenale, della Biblioteca di Stato e del teatro dell'Opera.

Il 32° Corpo fucilieri e il 26° Corpo fucilieri delle Guardie ebbero ordine di spingersi avanti fino a Pariser Platz. La 94ª e la 266ª Divisione fucilieri delle Guardie dovevano ancora superare i difensori dell'Arsenale, noto come Zeughaus, che aveva sempre avuto la funzione di quartier generale della guarnigione di Berlino. «Guardammo all'interno attraverso le inferriate delle finestre. Era pieno di armi!» ricorderà in seguito il corrispondente di guerra Vassili Subbotin. «Cannoni, mortai e moschetti risalenti ai giorni e ai secoli passati».[9] Lui e il suo compagno, Kirill Jegorovitch, rimasero colpiti dall'ironia della situazione. «Eravamo lì davanti allo Zaghaus» aggiungerà Subbotin, «il museo di storia militare».[10] Lo Zaghaus, insieme alla Biblioteca di Stato, era sulla parte nord della Unter den Linden. Più di due terzi dei tre milioni di libri della biblioteca erano stati trasferiti dopo che l'edificio era stato colpito dai bombardamenti alleati. Sotto il governo nazista, i bibliotecari erano stati istruiti a informarli di chiunque conducesse ricerche sull'antisemitismo della Germania. I bibliotecari erano spariti da tempo.

La 416ª e la 295ª Divisione fucilieri avevano l'obiettivo di prendere il teatro dell'Opera dall'altra parte della strada e anche la Reichsbank. Spettò alla 301ª e alla 248ª Divisione fucilieri assicurarsi i palazzi dell'Ufficio centrale per la sicurezza del Reich e della Gestapo (Reichssicherheitshauptamt). Il teatro dell'Opera, come molti altri edifici, era in rovine, dopo essere stato colpito nel febbraio 1945. Tuttavia le sue cantine erano state usate come quartier generale dell'11ª Divisione SS fino al 27 aprile. Il capitano delle SS Henri Fenet, ricorderà quel giorno: «Per tutta la mattina, le granate continuarono ad abbattersi sul teatro dell'Opera, sullo Schloss Berlin e su tutta l'area circostante con una tale violenza che il quartier generale si spostò in un luogo meno precario

[9] Subbotin, *We Stormed the Reichstag*, p. 55.
[10] *Ibid.*

non appena ci fu una pausa nei bombardamenti».[11] Una compagnia di genieri era stata lasciata sul posto per resistere il più possibile.

Stalin era deciso a prendersi una rivincita per tutti i terribili danni che le armate di Hitler avevano inflitto all'Unione Sovietica. Allo stesso modo, i fucilieri sovietici non vedevano l'ora di andare a caccia di tesori. I sovietici speravano che la Reichsbank conservasse ancora una parte delle riserve d'oro, d'argento e di denaro della Germania, molte delle quali erano state saccheggiate ai territori occupati. Aveva infatti raccolto le riserve d'oro di Austria, Belgio, della smembrata Cecoslovacchia, Danzica, Italia, Lussemburgo e Paesi Bassi, che ammontavano a un valore di 621 milioni di dollari.[12] Hitler, in seguito all'annessione dell'Austria alla Germania nel 1938, si era impadronito di 100 tonnellate di lingotti d'oro appartenenti alla banca centrale austriaca. Altre 14 tonnellate erano state confiscate agli ebrei austriaci. Dopo la conquista di Hitler dell'Europa occidentale, la Reichsbank aveva il controllo del 30 per cento delle finanze mondiali e le sue riserve erano cresciute fino a 10 miliardi di marchi.[13] Svariati di questi milioni erano finiti nel conto corrente di Hermann Göring, per gentile concessione del vicepresidente della Reichsbank, mentalmente instabile. L'*intelligence* sovietica aveva stimato che 2389 kg di oro, 12 tonnellate di argento e milioni in cartamoneta fossero stati sequestrati dalle forze dell'Asse nei territori occupati.[14]

I sovietici probabilmente speravano anche che i caveau della banca contenessero alcuni dei 21.903 tesori, tra cui 10.890 dipinti, che erano stati rubati in tutta l'Europa occidentale a metà del 1944.[15] Il solo Göring aveva accumulato una collezione d'arte illegale che includeva 2000 dipinti saccheggiati. In totale, le opere d'arte rubata dai nazisti valevano più di 200 milioni di dollari.[16] L'autoindulgente stravaganza di Göring non conosceva limiti. Secondo Albert Speer, i regali

[11] Le Tissier, *SS-Charlemagne*, p. 119.
[12] Davies, *Europe at War*, p. 343.
[13] McDonough, *The Hitler Years*, p. 73.
[14] Beevor, *Berlin: The Downfall* 1945, p. 406.
[15] Shirer, *The Rise and Fall of the Third Reich*, p. 946.
[16] Roland, *The Secret Lives of the Nazis*, pp. 218-219.

di compleanno di Göring l'anno precedente avevano incluso «sigari olandesi, lingotti d'oro dei Balcani, dipinti e sculture di valore».[17]

I sovietici però avrebbero trovato vuoti i caveau della Reichsbank perché Walter Funk, il ministro delle Finanze nazista, aveva fatto portare in Baviera le ultime riserve rimaste, che erano poi scomparse sulla scia dell'esercito statunitense. Per ironia della sorte, il predecessore di Funk, Hjalmar Schacht, era stato licenziato nel 1939 per essersi opposto ai costi per il riarmo della Germania e da quel momento la Reichsbank era passata sotto il controllo diretto del Führer. Il credito di Hitler era diventato così illimitato. Lo sfortunato Schacht fu in seguito deportato in un campo di concentramento dopo aver attentato alla vita di Hitler dopo il 1944.

Una parte dell'oro della Reichsbank fu poi recuperata in una miniera a Merkers, in Turingia. Il generale Eisenhower a metà aprile fu testimone diretto di come la 3ª Armata statunitense avesse scoperto un valore stimato in 250 milioni di dollari in lingotti d'oro nascosti in una miniera di sale, oltre a un numero considerevole di opere d'arte.[18] Ma nella miniera trovarono ben altro. «Ammassati in valigie, bauli e altri contenitori» ricorderà Eisenhower, «c'erano una grande quantità di ornamenti in oro e in argento evidentemente saccheggiati da abitazioni private in tutta Europa».[19]

Invece l'unica cosa che i sovietici trovarono nei profondi sotterranei della Reichsbank furono i resti di una postazione di primo soccorso appartenuta al 24° Reggimento SS-Panzergrenadier, che una volta faceva parte dell'11ª Divisione SS. Il capitano delle SS Fenet era stato medicato lì dopo essere stato colpito al piede, prima di spostarsi al teatro dell'Opera. Ciò che la Reichsbank conteneva in abbondanza era quindi sangue fresco nazista.

[17] Speer, *Inside the Third Reich*, p. 438.
[18] Eisenhower, *Crusade in Europe*, p. 444.
[19] *Ibid.*

# CAPITOLO 15 · L'ASSALTO AL REICHSTAG

Per l'Armata rossa, l'obiettivo più simbolico era l'imponente Reichstag, l'edificio dell'ex parlamento della Germania sulla parte est della grande piazza nota come Königsplatz. Stalin stesso lo aveva scelto come obiettivo primario al posto della Cancelleria del Reich. Appena quattro settimane prima che Hitler salisse al potere nel 1933, l'edificio aveva subito il famigerato incendio doloso che aveva danneggiato la Camera dei deputati. Da quel momento in avanti, gli affari parlamentari erano stati condotti presso il teatro Kroll. Hitler aveva dato la colpa ai comunisti e usò l'incendio come scusa per dare una stretta alle libertà civili, spianando la strada al totale dominio nazista. Durante la guerra, il Reichstag fu utilizzato come ospedale. Nel 1945, con tutte le finestre sigillate da mattoni, era stato trasformato in una fortezza dall'aspetto minaccioso.

Quando l'Armata rossa lanciò il suo assalto sulla città, il 21 aprile, i bombardamenti di artiglieria danneggiarono ulteriormente l'edificio. Le granate perforarono l'enorme cupola, facendo crollare alcune delle travi che la sostenevano. Sei giorni dopo, alle 14:00, fu bombardato dal 347° Reggimento di artiglieria pesante semovente delle Guardie, schierato a Charlottenburg. Questa unità, al comando del colonnello Wenjamin Mironov, era dotata di obici da 152 mm. «Una lunga scia fiammeggiante partì dall'arma di Shevtshuk» ricorderà Mironov. «La granata si diresse fischiando verso il Reichstag per esplodere poco prima del bersaglio. Il secondo colpo invece andò troppo lontano».[1]

[1] Le Tissier, *Soviet Conquest*, p. 123.

Calibrata la distanza, una delle compagnie sparò diverse salve. «La prima salva andò a segno» ricorderà Mironov, «guardai attraverso il periscopio. La cupola del Reichstag era sparita dietro una densa nuvola di fumo».[2]

Per i sovietici, l'innalzamento della loro bandiera con la falce e il martello sul Reichstag avrebbe segnato la fine della battaglia. Chiunque fosse stato il primo a erigere la «bandiera della vittoria»[3] sarebbe diventato un eroe dell'Unione Sovietica. Come incentivo, nove di questi stendardi furono assegnati alle divisioni d'assalto della 3ª Armata. L'onore di conquistare quello che i pianificatori di Zhukov avevano denominato «Obiettivo 105»[4] fu assegnato al 79° Corpo fucilieri del generale di brigata Perevertkin. Il suo comando, formato nell'ottobre 1943, era composto dalla 150ª, dalla 171ª e dalla 207ª Divisione fucilieri, ognuna con tre reggimenti. La sezione occidentale del Reichstag sarebbe stata assaltata dalla 150ª Divisione del generale di brigata Shatilov, mentre la 171ª Divisione del colonnello Negoda assaltò la parte est. Non sarebbe stato un compito facile e Perevertkin aveva il rinforzo di artiglieria, semoventi e carri. Ma per prima cosa, questi uomini dovevano attraversare la Sprea, circa 45 metri da sponda a sponda, fronteggiando la decisa opposizione tedesca.

La divisione del colonnello Negoda ebbe l'ordine di impadronirsi dell'imponente ponte Moltke, che dava accesso alla Königsplatz tramite Moltkestrasse. Poi avrebbero preso la fortificazione tedesca sull'angolo fra Moltkestrasse e Kronprinzenufer, strada, quest'ultima, che correva verso est lungo la sponda meridionale della Sprea oltre il quartiere diplomatico. Questo punto difensivo dominava l'accesso al ponte. In seguito, gli uomini di Negoda si sarebbero ricongiunti alla 171ª Divisione fucilieri del generale di brigata Shatilov nel prendere l'"Obiettivo 107", l'enorme Ministero degli Affari interni noto come "casa di Himmler". Questo si trovava nella parte sud di Moltkestrasse

[2] *Ibid.*

[3] Erickson, *The Road to Berlin*, p. 601.

[4] Ryan, *The Last Battle*, p. 237.

e la sua cattura avrebbe messo le truppe sovietiche nella posizione di attaccare direttamente lo stesso Reichstag attraverso le zone aperte di Königsplatz. Avevano il supporto della 23ª Brigata corazzata al comando del tenente colonnello Morozov, che faceva parte del 9° Corpo corazzato del tenente generale Kirichenko, e del 10° Battaglione indipendente lanciafiamme. Gli uomini di Shatilov sul fianco destro di Negoda dovettero prima annientare i difensori del deposito doganale a ovest del ponte prima di poterlo attraversare. Sul fianco sinistro di Negoda, la 207ª Divisione del colonnello Asafov avrebbe preso l'imponente stazione ferroviaria di Lehrter.

I tedeschi si aspettavano che i sovietici provassero a forzare l'attraversamento, così il ponte Moltke era prevedibilmente ben protetto. Sulla sponda nord avevano eretto estese barricate lungo la Alt-Moabitstrasse. Si erano anche a loro volta barricati nel resede del deposito doganale e nella stazione di Lehrter. Quest'ultima era difesa da alcuni dei sopravvissuti della 9ª Divisione paracadutisti che erano sfuggiti alle alture di Seelow. Il ponte stesso era ricoperto di filo spinato e mine. L'uscita sud era bloccata da cumuli di macerie e travi d'acciaio e la sponda meridionale era stata fortificata con casematte. «La "casa di Himmler" era difesa da un mix di unità delle SS al comando di un colonnello di polizia, mentre due compagnie di fanteria del Reggimento SS Anhalt erano schierate su entrambi i lati, supportate da 250 marinai. Günther Anhalt, colonnello delle SS, era stato ucciso da un bombardamento sovietico il 25 aprile e il suo reggimento ora combatteva in modo frammentario.

Willi Rogmann, sergente maggiore delle SS, allestì un punto di osservazione per il suo plotone di mortai nella fortificazione all'angolo fra Moltkestrasse e Kronprinzenufer, così come fece il sergente maggiore Kurt Abicht per la sua batteria di artiglieria. I loro armamenti comprendevano appena due mortai e due cannoni, che furono schierati per coprire il ponte. Le truppe tedesche negli edifici che si affacciavano su Schlieffenufer, lungo la sponda meridionale a ovest del ponte, potevano coprire il deposito doganale e fare fuoco sull'accesso nord al ponte. I difensori sul ponte potevano anche contare sul supporto dei cannoni pesanti della Luftwaffe dalla "torre dello zoo" e sui cannoni del Tiergarten. L'*intelligence* di Perevertkin stimava che ci fossero all'incirca 5000 soldati tedeschi sul lato opposto del fiume, un dato che appare esageratamente gonfiato.

Le forze tedesche a est del Reichstag non avevano idea di quello che stesse succedendo. «Avevo i cannoni schierati dietro il nostro Settore all'ingresso delle strade che portavano alla Unter den Linden» ricorderà Krukenberg, generale di brigata delle SS, «così che potessero almeno controllare eventuali carri in arrivo da nord, dal Reichstag o dalla Schlossplatz, perché, nonostante le ripetute richieste di informazioni, la situazione per noi continuava a rimanere oscura».[5] Inoltre, la sua principale linea difensiva era ancorata sulla Leipziger Strasse rivolta a sud, quindi non era nella posizione di aiutare i difensori del Reichstag.

La sera del 28 aprile, i carri sovietici assaltarono a nord le barricate che proteggevano il ponte Moltke, spingendosi lungo l'Alt-Moabit e il deposito doganale. I fucilieri di supporto furono respinti quando arrivarono a tiro delle mitragliatrici delle casematte. Appena dopo la mezzanotte, due battaglioni del 380° e 756° Reggimento fucilieri della 171ª e 150ª Divisione irruppero sul ponte. Tuttavia, i tedeschi rimasero a difendere gli edifici fortificati sull'angolo, di cui i sovietici dovevano impossessarsi prima che la Sprea fosse attraversata in forze. Zhukov ricorderà: «Nel distretto del Reichstag il nemico resisteva disperatamente all'avanzata delle nostre truppe, avendo trasformato ogni edificio, scalinata, stanza e cantina in una fortificazione e posizione difensiva».[6] Una volta che il 380° e il 756° Reggimento ebbero attraversato il fiume, furono seguiti dal 525° Reggimento della 171ª Divisione, che mosse a nordest nel quartiere diplomatico.

Sulla sponda nord, elementi della 9ª Divisione paracadutisti lanciarono un contrattacco a sorpresa. Incredibilmente, nella confusione della battaglia, un centinaio di tedeschi furono in grado di superare il ponte. Questo, insieme a un contrattacco tedesco sulla sponda sud, nel giro di poco gettò la prima linea sovietica nel caos. Ora che i gruppi

[5] Le Tissier, *SS-Charlemagne*, p. 122.
[6] Zhukov, *Reminiscences and Reflections*, 2, p. 385.

d'assalto sovietici stavano invadendo il perimetro settentrionale, i tedeschi tentarono di far esplodere il ponte sulla Sprea. Lo avevano dotato di esplosivi e quando questi furono fatti detonare l'intera area svanì in una nuvola di polvere e fumo. Quando si dissolse, il ponte, sebbene danneggiato, era ancora in piedi e percorribile dai veicoli.

«La "casa di Himmler" fu bombardata per dieci minuti di fila alle 7:00 del 29 aprile e andò presto in fiamme. Dopo aver conquistato l'angolo di Alt-Moabit e Kronprinzenufer, i sovietici trascinarono i mortai al secondo piano e da lì spararono anche contro il Ministero. L'incendio provocò una grande coltre di fumo che oscurò la visuale dei sovietici lungo la Moltkestrasse verso il Reichstag. A partire dalle 8:30, per i successivi 90 minuti, i cannoni e i lanciarazzi sovietici bombardarono le posizioni difensive intorno al Reichstag. Per rappresaglia, l'artiglieria sovietica e i semoventi che sparavano del deposito doganale dall'altra parte del fiume furono colpiti dai cannoni della "torre dello zoo". I sovietici però portarono subito dei rimpiazzi.

Seguirono aspri combattimenti e per mezzogiorno il 380° e il 756° Reggimento si fecero strada nel cortile del Ministero per gli Affari interni. I tedeschi continuarono a resistere al primo piano, dove i fucilieri sovietici avevano preso possesso di alcune stanze. Shatilov dovette schierare dei rinforzi sotto forma del 674° Reggimento fucilieri per prendere l'angolo sudoccidentale del Ministero. Ci volle fino alle 4:30 per superare finalmente l'ultimo degli ostinati difensori tedeschi. Lo stesso tempo occorse alla 171ª Divisione per sgomberare la metà occidentale del quartiere diplomatico. «Ora stiamo restringendo il cerchio intorno al centro della città» scriverà Vladimir Pereverzev. «Sono solo a 500 metri dal Reichstag [...] domani entreremo nel Reichstag».[7]

Nel frattempo, i carri sovietici erano passati sul ponte Moltke con alcuni di essi che si erano fermati sulla sponda sud per bersagliare le posizioni tedesche che erano rimaste dall'altra parte del fiume. I corazzati sovietici comprendevano i carri pesanti di Stalin, armati con un potente cannone da 122 mm, che venivano utilizzati per

[7] Beevor, *Berlin: The Downfall 1945*, pp. 349-350.

sparare a corta distanza contro gli edifici circostanti. Questa avanzata, tuttavia, avvenne a caro prezzo, perché gli anticarro e i soldati tedeschi armati di Panzerfaust si assicurarono che l'Alt-Moabit e la Moltkestrasse rimanessero disseminate di carri armati sovietici distrutti. Due carri medi T-34 raggiunsero la fine della Moltkestrasse ed erano in vista del Reichstag quando furono colpiti e presero fuoco. Il secondo carro perse i cingoli prima di fermarsi di schianto. Quando gli equipaggi emersero e cercarono di fuggire, furono abbattuti in strada all'istante.

*Corazzati sovietici avanzano verso il Reichstag.*

Il mattino del 30 aprile, la 150ª e la 171ª Divisione fucilieri fecero i preparativi finali per l'assalto al Reichstag. A Mosca, il generale Shtemenko, capo delle operazioni dell'Armata rossa, era estasiato dalla notizia. «A Berlino, si combatteva vicino al Reichstag e alla Cancelleria del Reich» riferirà «che da diversi giorni erano sotto il fuoco costante e preciso della fanteria e dell'artiglieria sovietiche».[8] Quel giorno, l'*intelligence* di Zhukov riferì: «Il Reichstag [...] era difeso da unità delle SS. Nelle prime ore del 28 aprile 1945, il nemico ha paracadutato un battaglione di marines per rinforzare le

[8] Shtemenko, *The Last Six Months*, p. 391.

difese del distretto». Secondo l'*intelligence* di Zhukov, il distretto del Reichstag era difeso da almeno 6000 soldati, con il supporto di artiglieria, cannoni d'assalto e panzer, a suggerimento del fatto che le difese si erano rinforzate, e non indebolite.

Dopo la caduta del ponte di Moltke e del Ministero degli Affari interni, i tedeschi in difesa del Reichstag si aspettavano che l'Armata rossa portasse ragionevolmente a termine il suo attacco. Non solo avevano fortificato i piani più alti, ma anche i sotterranei. La loro intenzione era che ogni piano diventasse una zona di morte. I tedeschi avevano anche costruito una serie di posizioni difensive rivolte a ovest su Königsplatz di fronte a un tunnel crollato che ora era pieno d'acqua e che creava un vasto fossato a protezione del Reichstag. Le difese consistevano di postazioni per cannoni e trincee schermate da filo spinato e mine. Altre posizioni erano state preparate in campo aperto a nordovest del Reichstag.

Königsplatz era presidiata da un variegato mix di truppe, fra cui una batteria antiaerea della Luftwaffe con cannoni di 88 mm. Uno di questi aveva strisce bianche dipinte intorno alla canna, che indicavano che aveva distrutto 16 aerei o carri armati. Questo particolare cannone era posizionato per sparare sulla Moltkestrasse. Sebbene schermato da una fila di veicoli abbandonati, non era infossato, pertanto l'equipaggio era completamente esposto. I tedeschi avevano anche dei panzer nascosti a destra del Reichstag. Alle forze schierate nelle strade circostanti fu ordinato di contrattaccare alla prima occasione. Le torri agli angoli della facciata del Reichstag offrivano un buon punto di osservazione per i mitraglieri tedeschi che si affacciavano su Königsplatz. Tutto il Reichstag era un gigantesco rifugio per i cecchini tedeschi. Per quanta potenza di fuoco l'Armata rossa potesse riversare su Königsplatz, sarebbe stato comunque uno spazio difficile da attraversare senza subire gravi perdite. Il corrispondente di guerra sovietico Vassili Subbotin osserverà: «Sembrava impraticabile, ricoperta da buchi di granate, traversine ferroviarie, pezzi di filo spinato e trincee».[9]

[9] Beevor, *Berlin: The Downfall 1945*, p. 355.

Shatilov, comandante della 150ª Divisione, assegnò la "bandiera della vittoria" n. 5 al 756° Reggimento del colonnello Zinchenko. Zinchenko la assegnò a sua volta al 1° Battaglione del capitano Neustroyev. Anche il 1° Battaglione del capitano Davydov, 674° Reggimento, il 1° Battaglione del tenente Samsonov, 380° Reggimento e due squadre d'assalto del 79° Corpo fucilieri sotto il comando del Maggiore Bondar e del capitano Makov ricevettero i vessilli. Tutti non aspettavano altro che essere i primi a piantare la propria bandiera per entrare nella storia.

«Ho il permesso di essere il primo a irrompere nel Reichstag con la mia sezione?» chiese il sergente Ishchanov al capitano Neustroyev presso la "casa di Himmler".[10] Neustroyev annuì in segno di assenso e alle 6:00 gli uomini di Ishchanov si arrampicarono su una finestra del primo piano e si fecero strada verso Königsplatz. Vassili Subbotin ricorderà il primo uomo a uscire. «All'improvviso spuntò fuori un soldato, dispiegò una bandiera rossa e partì alla carica» ricorderà Subbotin. «Era Pyotr Pyatnizki».[11] Proprio a metà strada, lui e altri attaccanti si ritrovarono alle prese con l'ostacolo dell'acqua.

Il fuoco incrociato tedesco che arrivava dal Reichstag sul lato est di Königsplatz e il teatro Kroll a ovest tempestò la piazza senza pietà. Alle truppe sovietiche fu ordinato di prendere il teatro. Anche la contraerea tedesca sul bunker dello zoo, che sparava da 2 km di distanza, contribuì alla carneficina. «Si udì nuovamente il noto ronzio sopra di noi» racconterà Subbotin, «e l'asfalto fu squarciato da pesanti granate».[12] Quando il battaglione d'assalto del 380° Reggimento raggiunse l'angolo nordoccidentale del Reichstag, dovette affrontare l'immediato contrattacco dei carri tedeschi. Fu necessario chiamare un battaglione anticarro sovietico per fronteggiarli. «In questo giorno, uno dei più duri della guerra» dirà Subbotin, «ci furono aspri combattimenti sulla piazza di fronte al Reichstag».[13]

[10] Erickson, *The Road to Berlin*, p. 605.
[11] Subbotin, *We Stormed the Reichstag*, p. 29.
[12] Ivi, p. 25.
[13] *Ibid.*

Nel frattempo, l'Armata rossa continuava a muovere artiglieria, carri e lanciarazzi attraverso il ponte Moltke in numero sempre maggiore, pur continuando a ricadere sotto il fuoco delle truppe tedesche dagli edifici dello Schlieffen-Ufer e del Tiergarten. La 207ª Divisione di Asafov ebbe l'ordine di prendere lo Schlieffen-Ufer prima di spingersi a sud verso il teatro dell'Opera. Una volta arrivati di là dal fiume, i cannoni della 420ª Divisione di artiglieria controcarro sovietica furono trasportati sul tetto della "casa di Himmler", mentre dieci lanciarazzi furono posizionati nel cortile. Carri armati e artiglieria furono radunati anche in fondo alla Moltkestrasse, di fronte all'ambasciata svizzera. In totale, i sovietici schierarono 89 cannoni più lanciarazzi Katyusha per colpire i difensori del Reichstag alle ore 13:00 per 30 minuti consecutivi. Molte delle finestre murate sulla facciata del Reichstag vennero schiantate dalle esplosioni del fuoco diretto. Sotto questo sbarramento di copertura, i battaglioni d'assalto iniziarono ad avvicinarsi.

Le truppe di ricognizione di Neustroyev con la loro bandiera, insieme alla compagnia avanzata, entrarono nel Reichstag attraverso le porte e le brecce nei muri. I suoi uomini furono fotografati mentre si lanciavano verso il Reichstag, ma probabilmente il documento fotografico è una ricostruzione sovietica. Raggiunta la scalinata centrale, presero possesso del primo piano, ma non prima che i tedeschi lanciassero bombe a mano giù per le scale, inondandole ovunque di schegge. Quando i sovietici raggiunsero il secondo piano, i sergenti Kantaria e Yegorov fecero arretrare i difensori con le granate. Innalzarono prematuramente la bandiera n. 5 sulla scala in rovine alle 14:25 per poi essere fermati al terzo piano da un serrato fuoco di mitragliatrici. Neustroyev mise il tenente Berest al comando del gruppo di assalto con l'incarico di liberare il secondo piano. Il colonnello Zinchenko nel frattempo accolse con un sorriso Kantaria e Yegorov, che avevano recuperato la "bandiera della vittoria". «Bene, ragazzi, adesso andate» disse, poi puntando verso l'alto aggiunse, «e piantate la bandiera là sopra».[14] Nel frattempo, la 171ª Divisione

[14] Erickson, *The Road to Berlin*, p. 605.

fucilieri combatteva per liberare il resto del quartiere diplomatico a nord di Königsplatz. Si mosse anche per mettere in sicurezza il ponte Kronprinzen sulla Sprea e garantire che i rinforzi tedeschi non potessero raggiungere il quartiere diplomatico.

Zhukov ricorderà: «A ogni buon conto, anche dopo che piani più bassi del Reichstag erano stati presi, la guarnigione del nemico non si arrese. All'interno dell'edificio ebbero luogo aspri combattimenti».[15] Alle 18:00 venne sferrato un rinnovato attacco per prendere il Reichstag. Ci vollero quasi quattro ore di duri scontri corpo a corpo prima che la bandiera fosse infine piantata sull'edificio. «Alle 21:50 del 30 aprile il sergente M.A. Yegorov e il vice sergente M.V. Kantaria» riporterà Zhukov «issarono la bandiera della vittoria, ricevuta dal Consiglio Militare dell'Esercito, sulla cupola principale del Reichstag».[16] Alcuni artiglieri sovietici erano arrivati prima dei due sergenti, ma siccome il fotografo sovietico Yevgeny Khaldei non era pronto, la loro impresa fu considerata non ufficiale. Invece, la famosa fotografia fu messa in scena e scattata due giorni dopo. «Solo la sera, quando il sole iniziava a tramontare, illuminando l'intero orizzonte con il suo rosso bagliore» scriverà il generale Perevertkin, «due dei nostri soldati innalzarono il vessillo della vittoria sulla cupola bruciata».[17] Il generale Kuznetsov chiamò Zhukov per riferirgli: «La bandiera rossa è sul Reichstag! Urrà, compagno maresciallo!».[18]

«Finalmente ricevetti la lungo attesa chiamata da Kuznetzov» dirà Zhukov con soddisfazione, «il Reichstag era stato preso; la nostra bandiera rossa era stata piantata sulla sua cima e sventolava sull'edificio».[19] Era comprensibilmente esultante e aggiungerà come riflessione: «Una miriade di pensieri mi passavano per la mente in quel momento di gioia!».[20] Cionondimeno, l'Armata rossa non aveva ancora sconfitto l'intera guarnigione. Nelle profondità più

[15] Zhukov, *Reminiscences and Reflections*, 2, p. 385.
[16] *Ibid.*
[17] Fest, *Inside Hitler's Bunker*, p. 119.
[18] Zhukov, *Reminiscences and Reflections*, 2, p. 385.
[19] Zhukov, *Marshal Zhukov's Greatest Battles*, p. 287.
[20] *Ibid.*

nascoste del Reichstag, circa 300 fucilieri si ritrovarono a lottare per contenere un più vasto contingente di forze tedesche che si rifiutava di arrendersi. «Le cantine erano piene di fascisti» dirà il fuciliere Pyotr Schtscherbina. «Lanciarono bombe a mano e ci spararono con i Panzerfaust, con la polvere che cadeva sulle nostre teste. Ma noi rimanemmo all'ingresso delle cantine e rispondemmo al fuoco».[21] Nelle altre zone dell'edificio, i tedeschi che erano ancora lì si aggiravano lungo i corridoi per colpire gli ignari soldati sovietici. Nessuna delle due parti mostrò alcuna pietà e tantomeno se la aspettava da parte dell'avversario. Entrambi gli eserciti ricorsero a pistole e coltelli. «I combattimenti all'interno dell'edificio principale del Reichstag» osserverà Zhukov, «assunsero ripetutamente la forma di combattimenti corpo a corpo».[22]

Mentre il 674° e il 756° Reggimento fucilieri furono mandati a sgominare gli ultimi difensori del Reichstag, il 380° Reggimento fucilieri fu mandato a liberare l'angolo del Tiergarten presso la Porta di Brandeburgo. Quel che i sovietici non sapevano era che la strenua resistenza all'interno del Reichstag era diretta dal tenente Gerhard Babick, del Reggimento SS Anhalt. Il suo posto di comando era nascosto nella cantina di un edificio dall'altra parte della strada, sul retro del Reichstag. I due edifici erano collegati da un tunnel attraverso il quale Babick poteva inviare ordini e ricevere i feriti.

«Alcuni gruppi di SS che si trovavano in un edificio sugli argini della Sprea, non lontano dal Reichstag, si rifiutavano di arrendersi» ricorderà il corrispondente di guerra Vasily Grossman. «Enormi cannoni sparavano fiamme gialle e appuntite come lame verso l'edificio e ogni cosa era pervasa di polvere di pietra e fumo nero». Poi entrò nel Reichstag e vide «i soldati che facevano dei falò nell'atrio».[23]

Per celebrare la vittoria, si bevevano lattine di latte condensato, che aprivano usando le baionette. «I nostri soldati si aggiravano in lungo e in largo, c'erano malridotti faldoni di documenti sparsi in

[21] Subbotin, *We Stormed the Reichstag*, p. 37.

[22] Zhukov, *Reminiscences and Reflections*, 2, p. 385.

[23] Beevor & Vinogradova, *A Writer at War*, p. 339.

*Carri armati sovietici alle porte del Reichstag.*

giro e odore di bruciato» osserverà l'interprete Yelena Rzhevskaya. «I documenti del Reichstag venivano usati come carta per farci le sigarette».[24] Dappertutto, le truppe sovietiche scrissero i loro nomi sulle colonne e sulle pareti del Reichstag in rovina. Con l'eccezione del maggiore Yury Ryakhovsky. «Non mi piaceva l'idea di comportarmi come un turista» dirà. «Non eravamo lì come turisti».[25] L'artista Pyotr Krivonogov avrebbe in seguito dipinto un quadro di grande effetto drammatico delle truppe sovietiche che festeggiano la loro vittoria fuori dal Reichstag.

Nelle cantine sudoccidentali del Reichstag c'erano i superstiti della batteria antiaerea della Luftwaffe che erano fuggiti dalle loro posizioni su Königsplatz. Non erano stati impegnati nella difesa

[24] Rzhevskaya, *Memoirs of a Wartime Interpreter*, p. 172.
[25] Hastings, *Armageddon*, p. 548.

dell'edificio il 30 aprile, ma il giorno seguente presero parte a uno sfortunato contrattacco. Gli artiglieri erano rimasti così rintanati che non si accorsero che i sovietici erano sopra di loro fino al momento di entrare in azione. I combattimenti nelle cantine continuarono fino al pomeriggio del 1° maggio, quando i tedeschi annunciarono di voler deporre le armi, anche per via del fatto che alcune parti dell'edificio erano in fiamme. «Faceva caldo» ricorderà il fuciliere Schtscherbina. L'edificio era pieno di fumo. Il fuoco ci stava raggiungendo con grande velocità e non potevamo più restare lì».[26] Inoltre, a quel punto le comunicazioni con il tenente Babick erano state interrotte.

Il capitano Neustroyev, il tenente Berest e un traduttore andarono a negoziare. Furono accolti da tre ufficiali e da una traduttrice. I tedeschi scambiarono Berest per un colonnello e parlarono con lui: «Non siamo venuti a Berlino per lasciare liberi voi mostri» li avvertì Berest. «Se non vi arrendete, nessuno di voi uscirà vivo da qui».[27] I tedeschi volevano che le truppe sovietiche si schierassero all'esterno, davanti al Reichstag, in modo che non ci fossero equivoci quando fossero usciti. Considerandolo un affronto, Berest rifiutò e se ne andò con Neustroyev e il loro interprete. I tedeschi intrappolati si arresero più tardi quella sera. I sovietici scoprirono che nei sotterranei c'erano 300 soldati tedeschi, 500 feriti e 200 morti. «Solo singoli gruppi di nazisti in diverse sezioni delle cantine del Reichstag» dirà Zhukov «continuarono a resistere fino al mattino del 2 maggio».[28] Le truppe sovietiche, stufe di combattere alla luce delle torce, ricorsero all'uso di lanciafiamme per mettere a tacere le ultime resistenze una volta per tutte. Chi si rifiutava di arrendersi veniva semplicemente cremato.

Le perdite sovietiche per la presa del Reichstag furono pesanti, contando intorno ai 2200 morti. La compagnia del sergente maggiore Ilya Syanov dopo l'assalto all'edificio fu ridotta da 83 a 26 uomini.

[26] Subbotin, *We Stormed the Reichstag*, p. 37.
[27] Ivi, p. 28.
[28] Zhukov, *Reminiscences and Reflections*, 2, pp. 386-387.

Quando emersero i sopravvissuti, Syanov osservò: «I soldati avevano un aspetto orribile con bruciature e altre ferite. I loro cappotti erano strappati, le scarpe bruciate e dagli stivali sporgevano i brandelli delle calze».[29] Il generale Perevertkin dichiarò che il suo corpo aveva ucciso 2500 tedeschi e ne aveva catturati 2600; tuttavia, tali numeri erano di gran lunga superiori alla guarnigione effettiva della zona. Il colonnello Zinchenko si ritrovò a essere nominato comandante del Reichstag e a ospitare un flusso continuo di visitatori.

[29] Subbotin, *We Stormed the Reichstag*, p. 47.

# PARTE 4
# ARMAGEDDON

# CAPITOLO 16 · SOTTO LA CANCELLERIA DEL REICH

Nonostante l'ossessione di Stalin per il Reichstag, l'obiettivo finale dell'Armata rossa era la Cancelleria del Reich e quindi il Führerbunker, che era nelle vicinanze. In quest'ultimo non solo trovava rifugio Adolf Hitler, ma anche molti dei membri della sua cerchia più stretta. I più importanti erano Joseph Goebbels, ministro della Propaganda nazista; Martin Bormann, capo del Partito Nazista e segretario privato di Hitler; i generali Hans Krebs e Wilhelm Burgdorf; il leader della Gioventù hitleriana Artur Axmann e, in alcune occasioni, l'SS-Brigadierführer Wilhelm Mohnke. Zhukov e gli altri comandanti sovietici conoscevano la posizione della Cancelleria, ma non sapevano esattamente dove fosse il bunker di comando di Hitler. Una volta che l'Armata rossa ebbe superato il Tiergarten e raggiunto Potsdamer Platz, nulla avrebbe potuto salvare i difensori degli edifici della Cancelleria del Reich, i quali includevano vasti bunker e garage sotterranei.

Il complesso della Cancelleria del Reich era stato costruito a forma di U intorno a quelli che un tempo erano dei giardini paesaggistici. A ovest si trovavano le Caserme delle Guardie della Cancelleria, mentre a est, lungo Wilhelmstrasse, c'era l'edificio della vecchia Cancelleria. Il Führerbunker, formato da due parti, era situato sotto l'angolo nord-ovest di quest'ultima e sotto i giardini. La metà orientale del bunker, sotto la vecchia Cancelleria, era di un piano più alta rispetto alla metà occidentale che si trovata sotto i giardini, e le due sezioni erano collegate da una rampa di scale. Dei tunnel collegavano il bunker superiore alla nuova Cancelleria, al Ministero degli Esteri e al Ministero della Propaganda.

Hitler risiedeva nella sezione occidentale inferiore e i suoi alloggi personali comprendevano una sala conferenze, un salotto, uno studio, una camera da letto e un bagno. Eva Braun aveva una camera da letto separata che era raggiungibile dal salotto di Hitler. L'unica cosa visibile in superficie, all'interno dei giardini, era un'uscita d'emergenza situata in una baracca della guarnigione in cemento e una bassa torre d'osservazione non terminata, dotata di imposte d'acciaio. Per raggiungere l'uscita del giardino dal Führerbunker si dovevano salire quattro rampe di scale molto ripide. Alcuni membri dello staff di Hitler amavano salire in superficie per prendere una boccata d'aria fresca e fumare una sigaretta, tuttavia le scale non erano un buon punto in cui trovarsi in caso di interruzione di corrente. Una seconda torre collegata alla baracca della guarnigione era stata iniziata, ma c'erano solo la base in cemento e la struttura rinforzata in barre di acciaio.

La nuova Cancelleria nella parte sud del complesso, costruita da Albert Speer nel 1938, correva lungo il lato nord di Vossstrasse, per l'equivalente di quattro isolati urbani. Sotto di essa c'erano un'intera serie di bunker, incluso un ospedale con sale operatorie e odontoiatriche e anche gli alloggi per il personale di Hitler. Arrivati a gennaio 1945, la nuova Cancelleria aveva subito almeno una dozzina di assalti diretti da parte dei bombardieri alleati. Tutte le finestre erano state distrutte dalle esplosioni. Ciononostante, i livelli inferiori, compreso il piano terra e la cantina-rifugio, erano rimasti in uso. «La Cancelleria che avevo costruito sette anni prima» disse Speer il 25 aprile, «era già sotto il fuoco dell'artiglieria pesante sovietica, ma i colpi diretti erano ancora relativamente rari».[1]

Il giorno seguente, Rochus Misch, maresciallo delle SS e guardia del corpo di Hitler, osservò: «La Cancelleria del Reich è sotto i bombardamenti di artiglieria da tutto il giorno».[2]

Il 27 aprile, l'Armata rossa colpì la Cancelleria del Reich, detta "Obiettivo 106", e il Reichstag con un'imponente raffica di artiglieria.

[1] Speer, *Inside the Third Reich*, p. 638.

[2] Misch, *Hitler's Last Witness*, p. 160.

I ventilatori del Führerbunker furono presto ingolfati dai fumi velenosi delle esplosioni che venivano aspirati. «Nonostante avessimo molti filtri» osserverà Misch, «in alcune occasioni [l'ingegnere capo Johannes] Hentschel doveva chiudere i sistemi di ventilazione per l'aria fresca perché aspiravano il fumo all'interno».[3]

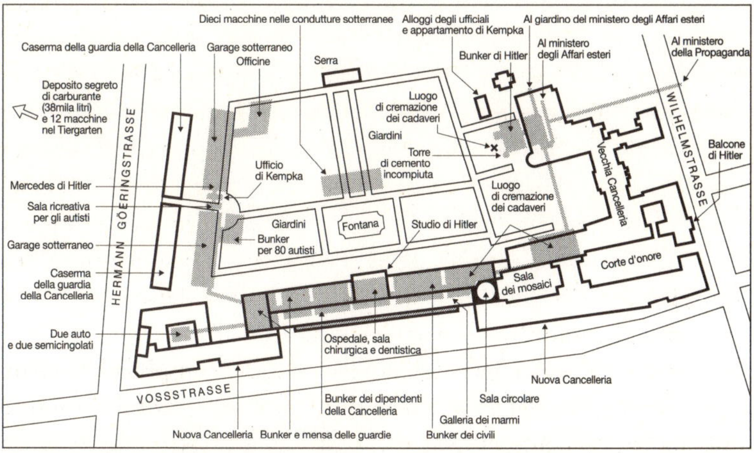


*Vecchia e nuova Cancelleria del Reich.*

Il generale Weidling, l'ultimo comandante della battaglia di Berlino, arrivò al Führerbunker alle 22:00 del 27 aprile per il suo appuntamento serale con Hitler. Non fece nulla per mitigare le cattive notizie. I soldati che rimanevano della guarnigione della capitale erano stati isolati in varie sacche e stavano combattendo per salvarsi la vita. L'Armata rossa aveva invaso la maggior parte dei loro depositi di rifornimenti e avevano munizioni al massimo per due giorni. Il cibo era quasi finito e non erano in grado di curare le masse di feriti stipati nei punti di soccorso e negli ospedali da campo.

Weidling raccomandò di tentare immediatamente una fuga verso ovest. Questa sarebbe stata composta da tre ondate: la prima, formata dai sopravvissuti della 9ª Divisione paracadutisti e della 18ª Divisione motorizzata, supportati da tutti i carri armati e

[3] *Ibid.*

dall'artiglieria rimasta; la seconda, il Gruppo Mohnke, avrebbe compreso le SS e il personale del quartier generale di Hitler, supportati da un battaglione della marina; mentre la terza sarebbe stata formata dai resti dell'11ª Divisione SS Nordland e dalla Divisione Panzer Müncheberg, con una retroguardia fornita da alcuni membri della 9ª Divisione paracadutisti. Weidling disse che i tre gruppi d'assalto, per un totale di circa 30mila uomini, avrebbero potuto farsi strada lungo entrambi i lati dell'Asse Est-Ovest attraverso i due ponti sul fiume Havel a Pichelsdorf, per poi dirigersi a nordovest attraverso la Heerstrasse. Per questo era fondamentale che la Gioventù hitleriana, che difendeva Pichelsdorf, resistesse fino a quando i gruppi d'assalto non avessero attraversato il fiume. Sfortunatamente, la risposta di Hitler fu che tutti dovevano rimanere dove si trovavano. Nessuno doveva fuggire da Berlino.

«Nel blocco di cemento del Führerbunker sentivamo le vibrazioni del tuono ininterrotto dell'artiglieria russa mentre bombardava la Cancelleria»[4] ricorderà il maggiore Bernd von Loringhoven. Le condizioni nel bunker erano estremamente difficili. L'illuminazione si accendeva e spegneva mentre il generatore di emergenza funzionava a singhiozzo. Di conseguenza, chi vi abitava si trovava regolarmente immerso nella totale oscurità. L'aria era piena di polvere e fumo soffocanti. C'era anche umidità in quanto l'acqua filtrava attraverso le crepe del cemento. «La sporcizia si accumulava ovunque» aggiungerà von Loringhoven. «I rifiuti non venivano più rimossi».[5] Molti membri del personale non erano riusciti a lavarsi negli ultimi giorni e nell'aria aleggiava l'odore stantio dei loro corpi.

Hitler era determinato a morire a Berlino, ma aveva ancora delle questioni in sospeso. Nelle prime ore del 29 aprile, sposò infine Eva Braun, con Bormann e Goebbels come testimoni. Walter Wagner, il nervoso ufficiale di stato civile richiamato dal Ministero della Propaganda, prestava servizio come membro della Volkssturm. Stava presidiando una posizione in una cantina di vini del diciottesimo

[4] Loringhoven, *In the Bunker with Hitler*, p. 169.
[5] *Ibid.*

secolo in Unter den Linden quando un veicolo corazzato arrivò e lo portò alla Cancelleria del Reich. Circondato da Guardie delle SS, il suo primo pensiero fu che stava per essere fucilato per qualche piccolo misfatto. Vestito in uniforme del Partito Nazista e con la fascia della Volkssturm al braccio, Wagner appariva adeguatamente abbigliato per l'occasione. Stava lì, sbattendo le palpebre, davanti alla sposa e allo sposo nella sala conferenze del Führerbunker. Hitler indossava un'uniforme marrone adornata con le sue decorazioni della Prima guerra mondiale. Eva indossava un abito di seta nera, che era uno dei preferiti di Hitler. Il Führer ordinò a Wagner che, «in considerazione degli sviluppi della guerra, la pubblicazione del matrimonio fosse fatta oralmente e che venissero evitati altri indugi».[6]

Come è facile immaginare, fu una faccenda austera e piuttosto frettolosa; in meno di dieci minuti la cerimonia era finita. Al momento dello scambio degli anelli, si scoprì che erano entrambi troppo grandi. Erano stati forniti dalla Gestapo, ed era meglio non soffermarsi troppo su chi fossero stati i loro precedenti proprietari o sul loro destino. «Nel momento in cui si sposarono, sapevano che la loro morte era imminente» dirà l'autista di Hitler, Erich Kempka, che era presente nel Führerbunker.[7] In seguito, furono raggiunti da Burgdorf, Krebs e pochi altri per un brindisi. «Nessuno era dell'umore per festeggiare»,[8] dirà von Loringhoven. Nonostante questo, dopo che la coppia si ritirò, secondo Heinz Linge, tenente colonnello delle SS e cameriere personale del Führer, Axmann, Bormann, Burgdorf, la famiglia Goebbels e altri festeggiarono con «champagne, tramezzini e tè».[9]

Walter Wagner era ancora un po' teso, soprattutto dopo che aveva dovuto correggere Eva quando aveva cercato di scrivere Braun sul certificato di matrimonio anziché Hitler. Comunque, riavutosi dalla sorpresa, non aveva certo fretta di tornare al suo posto. Si sentiva

[6] Shirer, *The Rise and Fall of the Third Reich*, p. 1123.
[7] Kempka, *I Was Hitler's Chauffeur*, p. 71.
[8] Loringhoven, *In the Bunker with Hitler*, p. 171.
[9] Linge, *With Hitler to the End*, p. 194.

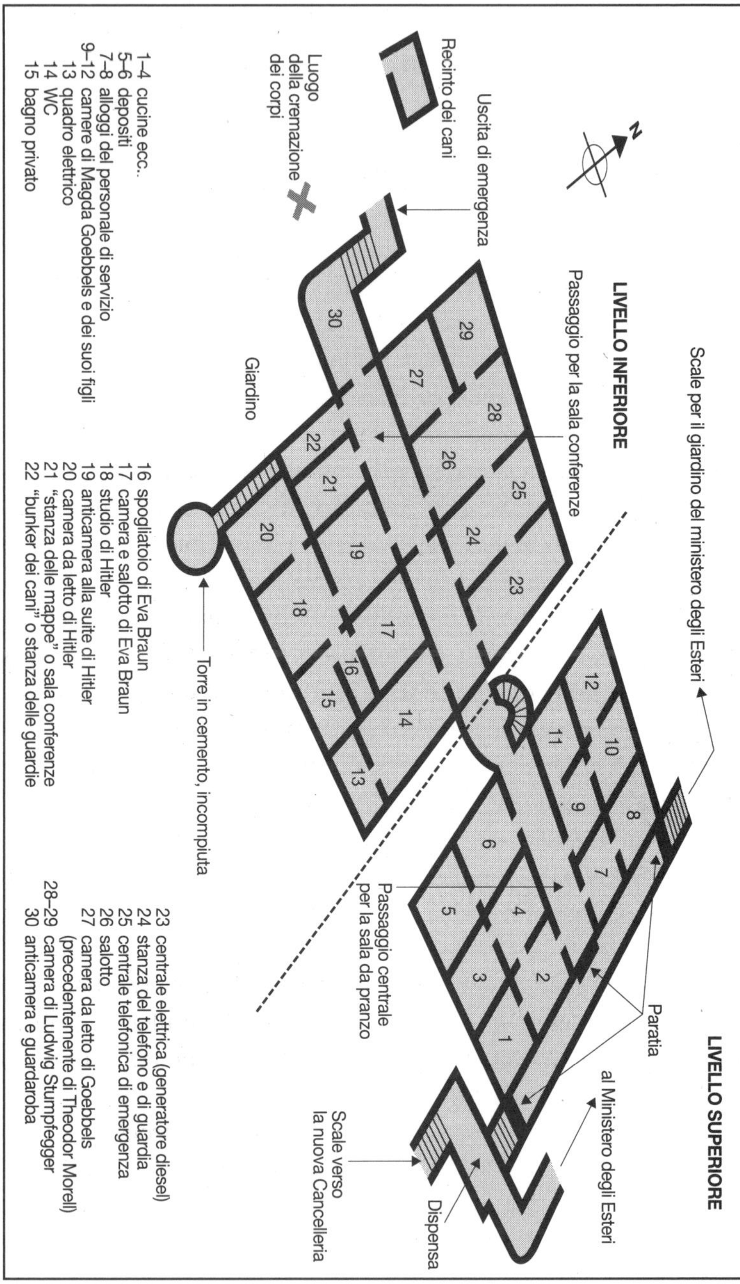


*Il Führerbunker.*

molto più sicuro nel Führerbunker. Wagner si trattenne, bevve due coppe di champagne e mangiò un panino con il Liverwurst. Questo sarebbe stato il suo ultimo pasto. Venti minuti dopo fu scortato fuori dal bunker, ma non tornò mai alla sua posizione perché fu ucciso in Wilhelmstrasse. Walter Wagner sarebbe stato per sempre ricordato come colui che aveva celebrato le nozze del signore e la signora Hitler.

Un uomo che si fece notare per la sua assenza al matrimonio fu il tenente generale delle SS Fegelein, ufficiale di collegamento di Himmler e cognato di Eva. Implicato nei negoziati di pace non autorizzati da Himmler, aveva abbandonato la sua postazione. Il 24 aprile, Fegelein aveva detto al generale delle SS Hans Jüttner: «Non intendo certamente morire a Berlino».[10] Scomparve due giorni dopo aver consegnato il suo ultimo rapporto su Steiner. Il suo piano era di scappare attraverso le linee sovietiche travestito da civile e raggiungere Himmler. Telefonò a Eva e la implorò di andare con lui. Hitler, notando l'assenza di Fegelein, ordinò che fosse arrestato.

Fegelein non era andato lontano. Fu trovato ubriaco tra le braccia di una donna sconosciuta nel suo appartamento di Charlottenburg. Il maggiore delle SS Otto Günsche, uno degli aiutanti di Hitler, affermò: «Sua cognata si rifiutò di intercedere in suo favore».[11] La cosa sembra assai improbabile, visto che Gretl Fegelein era incinta. Inoltre, la pena per la diserzione era la morte, ma inizialmente Hitler era disposto a degradare Fegelein e assegnarlo, come punizione, al gruppo di combattimento di Mohnke. Günsche però andò da Hitler e lo avvertì che Fegelein avrebbe disertato di nuovo. In quel frangente, quando Günsche arrivò, Eva stava piangendo e lasciò immediatamente la stanza. Fegelein firmò la sua condanna rifiutandosi di riconoscere qualsiasi autorità tranne quella di Himmler. La scoperta nel suo ufficio di documenti compromettenti che riguardavano i negoziati di pace fu l'insulto finale per Hitler.

Fegelein, sebbene non in grado di affrontare un processo, fu portato alla Cancelleria, processato dalla corte marziale e ucciso nei

[10] Fest, *Inside Hitler's Bunker*, p. 97.
[11] Ryan, *The Last Battle*, p. 392.

giardini, la sera del 28 aprile, con un colpo di fucile alla nuca. «Lo vidi passare nel corridoio davanti alla mia porta aperta», ricorderà von Loringhoven, «accompagnato da quattro uomini delle SS, trasandato, con le mostrine e le decorazioni che gli erano state strappate dall'uniforme».[12] Secondo Misch, Hitler ritardò il suo matrimonio di circa 20 minuti per verificare «che Fegelein fosse morto veramente».[13] È difficile comprendere le azioni di Fegelein. Nonostante avesse detto di non voler morire a Berlino, rimase scioccamente in città. Se fosse partito subito, forse sarebbe sopravvissuto, ma è probabile che sapesse che il suo legame con Hitler costituiva sostanzialmente una condanna a morte. Le azioni di Hitler non avevano tanto a che fare con le numerose mancanze di Fegelein, quanto con la sua incapacità di attaccare Himmler. Fegelein si era trovato semplicemente nel posto sbagliato al momento sbagliato.

Non c'era nulla che Eva avrebbe potuto fare per salvare il ribelle marito di sua sorella. «Hitler aveva concluso la sua notte di nozze vendicandosi di suo cognato»,[14] osserverà von Loringhoven. Eva cercò di consolare Hitler dicendo: «Povero, povero Adolf. Ti hanno tutti abbandonato, ti hanno tutti tradito».[15] Dopo il suo matrimonio, sembrava indifferente alla morte di questo suo cognato traditore. Gerda Christian, una delle segretarie del Führer, osserverà: «C'erano lacrime nei suoi occhi azzurri, ma erano lacrime di gioia radiosa».[16]

Ora che l'Armata rossa era saldamente installata al centro della città, il tempo stava rapidamente per finire. L'avanzata sovietica aveva reso assolutamente impossibile continuare a governare la Germania da Berlino. Questa era una realtà che anche Hitler era infine pronto ad accettare. Più tardi, nella mattinata del 29 aprile, annunciò un governo successore. Questo sarebbe stato guidato dall'ammiraglio Dönitz nel ruolo di presidente e ministro della

[12] Loringhoven, *In the Bunker with Hitler*, p. 173.
[13] O'Donnell, *The Berlin Bunker*, p. 171.
[14] Loringhoven, *In the Bunker with Hitler*, p. 173.
[15] Fest, *Inside Hitler's Bunker*, p. 100.
[16] O'Donnell, *The Berlin Bunker*, p. 172.

guerra anziché Führer. Il governo di Dönitz si sarebbe insediato nella Germania settentrionale. Hitler disconobbe anche Göring e Himmler, dichiarandoli traditori ed espellendoli dal Partito Nazista. Sebbene Goebbels fosse stato nominato cancelliere, egli si rifiutò di lasciare il fianco di Hitler, dicendo: «Per il resto della mia vita parrei un disonorevole traditore e volgare furfante».[17] Goebbels e sua moglie Magda erano decisi a rimanere nel Führerbunker.

Dönitz restò a capo della marina, mentre il neo-promosso feldmaresciallo Schörner avrebbe comandato l'esercito e, fu suggerito, la ridotta alpina. Schörner però era bloccato in Cecoslovacchia con il Gruppo di armate Centro, quindi non era certo nella posizione per poter esercitare un controllo efficace. Hitler sembrava avere un'idea esagerata delle capacità di Schörner, affermando in modo piuttosto ridicolo che fosse «l'unico uomo a brillare come vero signore della guerra su tutto il fronte orientale».[18] Allo stesso modo, Paul Giesler, gauleiter della Baviera, nominato ministro degli Interni, si trovava a Tegernsee, nell'Alta Baviera. Questo significava che il nuovo governo della Germania era sparpagliato fin dall'inizio.

Le azioni di Hitler erano crudeli, sprezzanti e deliberatamente spietate. Avrebbe potuto autorizzare le forze armate tedesche a deporre le armi. Invece, il suo ultimo desiderio era che la Germania continuasse a combattere nonostante tutto quello che aveva già subito.

Quella sera, Hitler tenne la sua ultima riunione di battaglia nel Führerbunker. Il generale Weidling stimò che i suoi uomini sarebbero durati al massimo altre 24 ore, poi sarebbero rimasti senza munizioni. Hitler, dopo essersi consultato con Krebs e Mohnke, disse che non ci sarebbe stata alcuna resa, ma avrebbe permesso a dei piccoli gruppi di fuggire. Weidling sapeva che l'unico modo per fermare il massacro era arrendersi immediatamente.

Hitler venne anche a sapere che il giorno precedente i partigiani italiani avevano giustiziato Benito Mussolini e la sua amante, Clara Petacci, senza processo. I loro corpi erano stati portati a Milano, dove

[17] Trevor-Roper, *The Last Days of Hitler*, p. 217.
[18] Mitcham, *Hitler's Field Marshals and their Battles*, p. 352.

erano stati appesi a un distributore di benzina in Piazzale Loreto per essere ingiuriati e fotografati. Era un bene che Hitler non avesse visto quelle fotografie. La folla inferocita aveva deturpato il volto di Mussolini e sparato colpi al suo cadavere. Clara era quasi svestita quando fu issata in aria. Hitler sapeva che lui ed Eva avrebbero potuto subire un trattamento simile se fossero stati catturati. Anche se non fossero stati uccisi subito, sarebbero stati separati e processati per poi andare incontro a un simile trattamento. La morte era il loro destino in un modo o nell'altro. «Non cadrò nelle mani di un nemico che esige un nuovo spettacolo per distrarre le masse isteriche»[19] dichiarò indignato Hitler. In seguito, Hermann Göring affermerà che Hitler aveva visto le fotografie e aveva esclamato: «Questo non mi accadrà mai!».[20] Ma era una palese bugia, poiché Göring aveva visto Hitler per l'ultima volta otto giorni prima della morte di Mussolini.

In superficie, i sovietici erano sempre più insidiosi. Il colonnello Mironov, comandante del 347° Reggimento di artiglieria pesante semovente, osservò: «La Cancelleria del Reich di Hitler è ora a un tiro di schioppo da noi». Diede istruzioni al tenente colonnello Pashitnov di concentrare il fuoco sull'edificio. Questo fu un compito che egli intraprese con piacere. «Sogno di conquistare Berlino da quattro anni» disse Pashitnov. «E ora mi è stato dato il compito di distruggere il nascondiglio di Hitler con il fuoco dei nostri carri armati, una missione di tutto onore».[21]

In risposta, Martin Bormann scriverà nel suo diario: «La nostra Cancelleria imperiale sta andando in rovina».[22]

Zhukov era sotto una crescente pressione da parte di Stalin per portare a termine la battaglia di Berlino in modo che la vittoria dell'Armata rossa coincidesse con la festa del Primo Maggio a Mosca. Questo avrebbe dato ancor più significato ai festeggiamenti. «La battaglia a Berlino aveva raggiunto il suo apice» riconoscerà

[19] Trevor-Roper, *The Last Days of Hitler*, p. 226.
[20] *Ibid.*
[21] Le Tissier, *Soviet Conquest*, p. 127.
[22] Zhukov, *Reminiscences and Reflections*, 2, p. 388.

Zhukov. «Tutti noi volevamo terminare il gruppo di Berlino entro il 1° maggio».[23] Tuttavia, la disperata resistenza tedesca nel distretto governativo stava facendo fallire quell'obiettivo. «Sebbene agonizzante» aggiungerà, «il nemico continuava a combattere per ogni casa, per ogni cantina, per ogni piano e tetto».[24] I difensori rimasti, però, si trovavano di fronte all'inarrestabile avanzata dell'Armata rossa. «Tuttavia» osserverà Zhukov, «le truppe sovietiche conquistarono isolato dopo isolato, casa dopo casa».[25]

In queste ultime ore, Hitler potrebbe aver rimpianto il suo sogno svanito di ricostruire Berlino come *Germania*, la capitale del mondo. Speer ricorderà come Hitler amasse visitare l'enorme modellino di *Germania* presso l'Accademia delle Arti di Berlino. La scala e l'attenzione ai dettagli erano incredibili. Hitler spesso si chinava per immaginarsi mentre camminava per le nuove strade. Era stato appositamente costruito un passaggio segreto dalla Cancelleria per consentirgli di raggiungerla facilmente. «In nessun'altra situazione l'avevo visto così vivace» notò Speer, «così spontaneo, così rilassato».[26] Ora *Germania* rimaneva solo il frutto dell'immaginazione distorta di Hitler. In seguito Speer avrebbe definito i loro progetti «noiosi», «folli» e «smorti».[27] Fondamentalmente, Speer reputerà che «progetti di tale portata ovviamente fossero indice di una sorta di megalomania cronica».[28] Göring aveva promesso a Speer che, in caso di morte di Hitler, sarebbe stato lui l'uomo per quel compito. Ma ora non c'era più alcuna possibilità che ciò accadesse.

Hitler convocò Mohnke un'ultima volta al mattino presto del 30 aprile e gli chiese un'opinione sincera sulla situazione. Mohnke informò il Führer che l'Armata rossa adesso era a circa 60 metri dalla Cancelleria del Reich. Inoltre, dubitava che la sua difesa potesse durare per più di un giorno. «Lasciami dire che le tue truppe hanno

[23] Ivi, p. 383.
[24] *Ibid.*
[25] Bialer, *Stalin and his Generals*, p. 515.
[26] Speer, *Inside the Third Reich*, p. 196.
[27] Ivi, p. 197-8.
[28] Ivi, p. 204.

combattuto splendidamente e non ho di che lamentarmi»[29] rispose Hitler. Mohnke fu sorpreso da questa improvvisa generosità. «Se solo tutti gli altri avessero combattuto così tenacemente: Heinrici, Holste, Wenck, Busse» continuò Hitler. «Speravo di resistere fino al 5 di maggio. Non ho alcun desiderio di vivere oltre quella data».[30]

Mohnke non capì il significato di questa affermazione fino a quando Hitler gli spiegò che Napoleone Bonaparte era morto il 5 maggio 1821. «Un'altra grande carriera che si è conclusa nel totale disappunto, nella disillusione, nel tradimento, nella disperazione» concluse Hitler. «Siamo entrambi uomini nati prima del nostro tempo».[31]

Hitler era ormai pronto ad affrontare il suo destino nel Führerbunker. Artur Axmann si era offerto di «portare il Führer fuori da Berlino usando 200 volontari della Gioventù hitleriana e un panzer» ricorderà il tenente colonnello delle SS Linge, ma Hitler rifiutò, mormorando sottovoce: «Questa non è più un'opzione, io rimango qua!».[32] Accettando finalmente che tutto era perduto, nel tardo pomeriggio del 30 aprile, Hitler e sua moglie si suicidarono. Lui si sparò un colpo alla testa e lei ingerì del cianuro. Su suo ordine, i loro corpi furono bruciati nei giardini della vecchia Cancelleria per evitare che cadessero nelle mani dei sovietici. Prima del gesto, aveva detto al suo staff: «È arrivato il momento, è tutto finito».[33]

Rochus Misch guardò tristemente la signora Hitler che seguiva il marito nel suo studio. «Era graziosa nel suo abito blu scuro con il colletto bianco arricciato» osserverà. «Per me, è l'unica che andò nobilmente verso la morte».[34] Speer in seguito si pentì di aver consigliato a Hitler di morire a Berlino e non a Obersalzberg. «All'epoca pensavo che fosse un buon consiglio» dirà. «In realtà era sbagliato, perché se fosse volato a Obersalzberg, la battaglia di Berlino sarebbe

[29] O'Donnell, *The Berlin Bunker*, p. 148.
[30] *Ibid.*
[31] *Ibid.*
[32] Linge, *With Hitler to the End*, p. 197.
[33] Fest, *Inside Hitler's Bunker*, p. 111.
[34] Misch, *Hitler's Last Witness*, p. 170.

probabilmente finita una settimana prima».[35] Questa osservazione, però, presupponeva che Hitler fosse disposto ad ascoltare. Nonostante la morte del Führer, l'agonia di Berlino non finì immediatamente. Il suo suicidio e la creazione di un nuovo governo causarono solo ulteriore caos e indecisioni. Inoltre, condannarono la città ad altri due giorni di combattimenti per le strade.

[35] Speer, *Inside the Third Reich*, p. 640.

# CAPITOLO 17 · IL MOMENTO DI ARRENDERSI

Al momento del suicidio di Hitler, il 4° Corpo fucilieri delle Guardie sovietico stava sopraffacendo i difensori della stazione di Potsdamer e avanzava verso la Cancelleria del Reich. Nel Führerbunker, Bormann suggerì di tentare una fuga, ma Mohnke disse che ormai era troppo tardi. A malincuore, concordarono che il generale Krebs e il capo di stato maggiore del generale Weidling, il colonnello Theodor Dufving, sarebbero andati a Tempelhof per incontrare il generale Chuikov e cercare di trovare un accordo. Prima della guerra, Krebs aveva servito come assistente militare assegnato a Mosca e parlava russo. Aveva anche il dubbio onore di essere stato pubblicamente abbracciato da Stalin alla stazione ferroviaria di Mosca appena prima che Hitler invadesse l'Unione Sovietica. Krebs voleva un interprete che lo accompagnasse, poiché la traduzione avrebbe rallentato i negoziati e gli avrebbe dato tempo per riflettere. Per il compito fu selezionato un lettone che parlava russo, di nome capitano Nailandis. Per prima cosa, alle posizioni della 35ª Divisione fucilieri fu inviato un tenente colonnello con una bandiera bianca per chiedere se i sovietici fossero stati disposti a ricevere un emissario per una tregua. Il tenente generale Glazunov, comandante del 4° Corpo, trasmise questa richiesta a Chuikov, il quale accettò un incontro, accompagnato dal suo comandante dell'artiglieria, il generale Pozharsky, in un quartier generale avanzato.

Quando Krebs e la sua piccola delegazione attraversarono le linee nemiche, i fucilieri sovietici tentarono di disarmarli. «Un avversario coraggioso», protestò Krebs, «può tenere le sue armi durante i negoziati».[1] I soldati sovietici, sorpresi dalla sua audacia, permisero così ai tedeschi di tenere le loro pistole. Furono portati da Chuikov alle 3:50 del 1° maggio. Li aspettava in un appartamento a Schulenburgring. Guardandosi intorno nella stanza piena di ufficiali sovietici indaffarati, Krebs non mancò di notare l'ironia di una litografia dell'*Ultima cena* di Leonardo da Vinci appesa a una delle pareti. Spiegò rapidamente cosa era accaduto nel Führerbunker. Chuikov, comprensibilmente, non sapeva nulla del bunker nei giardini della Cancelleria, né del destino di Hitler e della sua novella sposa. In verità, lui e i suoi uomini non avevano mai sentito parlare di Eva Braun. Per quanto ne sapeva Chuikov, poteva trattarsi di un inganno e, mentre parlavano, Hitler stava fuggendo da Berlino. Tuttavia, Chuikov mentì e disse: «Lo sappiamo».[2] Più tardi, confesserà: «Devo ammettere che la morte di Hitler era una novità per me e che non mi aspettavo di sentire nulla del genere da parte di Krebs».[3] Chuikov aveva deliberatamente mascherato la sua sorpresa poiché era determinato a rimanere calmo durante l'incontro.

Krebs annunciò di voler negoziare non solo a nome di Berlino, ma di tutta la Germania, il tutto supportato da lettere di presentazione di Bormann e Goebbels. Oltretutto, disse Krebs, l'ammiraglio Dönitz, successore di Hitler, aveva bisogno di tempo per formare un nuovo governo prima che i colloqui potessero veramente avere inizio. Chuikov contattò immediatamente Zhukov, che a sua volta chiamò Stalin per dirgli che Hitler era morto. «Ecco, lo ha fatto, il bastardo» disse Stalin. «Peccato che non sia stato possibile catturarlo vivo».[4] Anche Zhukov era rimasto deluso, poiché aveva promesso a Nikita Krusciov, eroe di Stalingrado, che avrebbe spedito Hitler in gabbia a Mosca, via Kiev, «così potrai guardarlo da vicino».[5]

[1] Ryan, *The Last Battle*, p. 394.
[2] Bialer, *Stalin and his Generals*, p. 535.
[3] Ivi, p. 536.
[4] Zhukov, *Reminiscences and Reflections*, 2, p. 390.
[5] Khrushchev, *Khrushchev Remembers*, p. 218.

Stalin ordinò che l'unica cosa che l'Armata Rossa avrebbe accettato era una resa immediata e incondizionata. Non dovevano esserci negoziati. Quando questo fu riferito a Krebs, egli disse di non avere l'autorità per poter accettare, poiché solo l'ammiraglio Dönitz poteva dare la sua approvazione. Quando gli fu chiesto cosa avrebbe fatto la Germania nel frattempo, Krebs rispose che avrebbero combattuto fino all'ultimo uomo. «Generale» disse Chuikov con un sorriso ironico, «che cosa vi rimane? Quali forze pensate di usare per combattere?».[6] Aspettò una reazione, poi aggiunse: «Stiamo aspettando la vostra resa incondizionata».[7]

Questa era l'ultima cosa che Dönitz, Goebbels e Krebs si auspicavano, se la Germania voleva salvare un briciolo di dignità dalla sua catastrofica sconfitta. «Se accettiamo la resa incondizionata» rispose Krebs, «cesseremo di esistere come governo legittimo».[8] Chuikov, sempre più impaziente nei confronti del nemico sconfitto, fece notare che Krebs non era nella posizione di negoziare, in quanto le truppe tedesche si stavano già arrendendo ovunque. In uno stato di negazione, Krebs rifiutò di crederci, affermando che si trattava solo di casi isolati.

Il colonnello Dufving fu inviato a consultarsi con Goebbels. Durante il tragitto, venne attaccato dai soldati delle SS e rischiò di essere ucciso, salvandosi grazie a un ufficiale sovietico che lo trascinò fuori dalla linea di fuoco. «Non sparate! Non sparate! Sono un negoziatore ufficiale!»[9] urlava Dufving finché gli spari cessarono. Arrivato nel Führerbunker, informò Goebbels che i sovietici chiedevano la resa incondizionata. «Questo non lo accetterò mai, mai»[10] esclamò Goebbels. Lui e gli altri alti gerarchi nazisti si aggrappavano all'illusione che la Germania potesse, in qualche modo, evitare questa umiliazione finale e l'occupazione. Goebbels sembrò perdere

[6] Bialer, *Stalin and his Generals*, p. 539.
[7] Read & Fisher, *The Fall of Berlin*, p. 459.
[8] *Ibid.*
[9] Ivi, p. 461.
[10] Ryan, *The Last Battle*, p. 396.

coraggio quando chiese se fosse ancora possibile fuggire attraverso le linee sovietiche. Dufving lo guardò incredulo e rispose: «Solo singolarmente e in abiti civili».[11] Goebbels, con una linea telefonica speciale, ordinò a Krebs di tornare nel Führerbunker. A Goebbels e Bormann fu dato tempo fino alle 10:00 per accettare l'ultimatum di Chuikov. Non ricevendo alcuna risposta, l'Armata rossa riprese l'assalto al quartiere governativo.

Chuikov diceva la verità quando affermava che la guarnigione di Berlino si stava già arrendendo. Alle 4:30, le demoralizzate truppe tedesche che si trovavano nel giardino zoologico inviarono un messaggio al tenente generale Ryzhov, comandante del 28° Corpo fucilieri delle Guardie, chiedendo una tregua. Circa 30 minuti dopo, il maggiore Bersenev e il suo autista si avvicinarono all'angolo nordest dello zoo. Alle 5:20 apparvero due ufficiali tedeschi con una bandiera bianca. Tuttavia, i membri delle SS presenti nello zoo avevano altre idee. Gli ufficiali si trovavano a 180 metri da Bersenev quando furono colpiti alla schiena, e anche lui fu ferito. Fortunatamente, il suo autista riuscì a trarlo in salvo. Temendo che Pongo, il gorilla, potesse scappare, le SS volevano uccidere anche lui. Incautamente, tre uomini delle SS entrarono nel recinto con l'intento di uccidere l'animale ormai debilitato. Per risparmiare le munizioni, portarono i coltelli. Morirono tutti e tre, ma non prima di aver pugnalato a morte Pongo. Il direttore dello zoo, Lutz Heck, ricevette l'ordine di abbattere il suo scimmione preferito. Lo uccise con un solo sparo, ma quel gesto gli spezzò il cuore.

Nel frattempo, Chuikov offriva a Krebs tè e sandwich. «Ci sedemmo spossati» dirà Chuikov, «sentendo che la fine della guerra era vicina».[12] Notò che le mani di Krebs tremavano e gli offrì del brandy, che Krebs accettò prontamente. Fuori, il fragore dell'artiglieria sovietica e dei lanciarazzi era continuo e il generale tedesco sussultava a ogni esplosione. Era evidente che fosse esausto e sotto un'enorme pressione. In seguito, ancora rifiutando di arrendersi,

[11] Read & Fisher, *The Fall of Berlin*, p. 461.

[12] Bialer, *Stalin and his Generals*, p. 540.

Krebs se ne andò, anche se Chuikov ebbe l'impressione che il generale avrebbe felicemente accettato di essere fatto prigioniero. Chuikov trovò divertente che Krebs tornasse due volte, affermando di aver dimenticato prima i guanti e poi la sua valigetta, nonostante non ne avesse portata una, dato che tutti i documenti erano nella sua tasca. Tuttavia, Chuikov aveva bisogno che tornasse per chiarire definitivamente la posizione della Germania. Era una nazione sconfitta e sarebbe stata trattata come tale.

Quando Krebs tornò finalmente al Führerbunker, trovò il generale Weidling con Bormann e Goebbels. Ribadì l'insistenza di Chuikov a proposito della resa incondizionata. Goebbels e Bormann rimasero fermamente contrari. «Il Führer ha sempre insistito perché continuassimo a lottare fino alla fine» disse bruscamente Goebbels, «e io non voglio arrendermi».[13] Weidling fece notare che la resistenza era ormai quasi finita e che, visto che Hitler era morto, non aveva senso seguire i suoi ordini. Il cancelliere Goebbels continuò a rifiutarsi di cambiare idea.

In uno stato di esasperazione, Weidling tornò al suo quartier generale e invitò Krebs a unirsi a lui. «Rimarrò qui fino all'ultimo minuto» disse solennemente Krebs, «poi mi sparerò un colpo in testa».[14] Per coloro che erano rimasti del Führerbunker, sembrava che ogni arma sovietica stesse sparando sulla Cancelleria del Reich. Questo fece sospettare al colonnello von Dufving che Krebs avesse rivelato la loro posizione. «Quel pomeriggio il nemico ricorse all'uso di lanciafiamme per ridurre i punti di resistenza isolati» riferirà l'SS-Brigadierführer Krukenberg, comandante dei resti del battaglione della 33ª Divisione SS.[15] Quando finalmente Goebbels e Bormann risposero a Chuikov alle 18:00, rifiutarono ancora una volta di accettare la resa incondizionata. Appena trenta minuti dopo, l'Armata rossa iniziò l'attacco finale nelle zone attorno alla Cancelleria. A sud, la 248ª e la 301ª Divisione fucilieri dell'esercito d'assalto del generale

[13] Read & Fisher, *The Fall of Berlin*, p. 463.
[14] *Ibid.*
[15] Le Tissier, *SS-Charlemagne*, p. 146.

Bezarin assalirono il quartier generale della Gestapo e il Ministero dell'Aeronautica. Quest'ultimo era difeso dal personale a terra della Luftwaffe e da un distaccamento dell'11ª Divisione SS Nordland. Un semovente d'artiglieria sovietico si posizionò per sparare attraverso Vossstrasse e abbatté la svastica che era posizionata sulla facciata della Cancelleria. Contemporaneamente, la 230ª Divisione fucilieri conquistò l'Ufficio Postale di Stato e attaccò il Ministero delle Finanze di fronte alla Cancelleria. Lentamente ma inesorabilmente, i fucilieri sovietici, supportati dai carri armati, avanzarono verso il complesso della Cancelleria e le aree circostanti che erano difesi da meno di 800 uomini delle SS, inclusa la guardia del corpo di Hitler, composta da 30 uomini sotto il comando di Franz Schädle, tenente colonnello delle SS.

Il francese Henri Fenet, capitano delle SS, con un gruppo della 33ª Divisione SS, difendeva un edificio a pochi metri dalla Cancelleria. Ripetutamente, respinsero gli attacchi dei carri armati sovietici, ma i continui bombardamenti stavano per far crollare la loro postazione. Durante una breve tregua, Fenet e i suoi uomini si spostarono in un edificio più sicuro. Nonostante la fine fosse vicina, Fenet osservava: «La Cancelleria del Reich è difesa accanitamente».[16] Poi osservò con orrore mentre un carro armato nemico passava davanti alla sua posizione prima di essere abbattuto da un secondo colpo di lanciarazzi Panzerfaust. «I combattimenti agli accessi e all'interno dell'edificio furono particolarmente intensi»[17] osserverà Zhukov. Anche se Krukenberg affermerà invece che «i combattimenti sulla Unter den Linden furono molto più duri rispetto a ciò che accadde nei pressi della Cancelleria del Reich».[18] Il maggiore Anna Nikulina guidò un gruppo d'assalto sul tetto e dispiegò la bandiera rossa.

Il Ministero della Propaganda di Goebbels continuava a diffondere menzogne. «Questo pomeriggio» annunciava una solenne trasmissione alla radio tedesca, «nell'incessante lotta contro il

[16] Ivi, p. 151.
[17] Zhukov, *Reminiscences and Reflections*, 2, p. 393.
[18] O'Donnell, *The Berlin Bunker*, p. 216.

bolscevismo fino al suo ultimo respiro, il nostro Führer, Adolf Hitler, è caduto nella battaglia per la Germania, al suo posto di comando nella Cancelleria del Reich».[19] Gli ascoltatori però non vennero informati che si fosse tolto la vita. L'Alto Comando tedesco propagò una bugia ancora più grande, segnalando alle forze armate: «Hitler è morto nella battaglia eroica per la Germania a Berlino con i suoi uomini», aggiungendo ridicolamente: «La battaglia per il nostro popolo viene portata avanti».[20] Anche l'ammiraglio Dönitz, che non era stato informato sin da subito della morte di Hitler, annunciò che il Führer era morto «questo pomeriggio, "combattendo" alla testa delle sue truppe».[21]

A questo punto, continuare la resistenza a Berlino era ormai diventata una cosa priva di senso. La sera del 1° maggio, il generale Weidling ordinò alla guarnigione rimasta di cessare il fuoco e di fuggire in piccoli gruppi. Non ci sarebbe stata alcuna retroguardia e sarebbero stati ognuno per sé a partire dalle 23:00. Krukenberg rimase sorpreso quando Mohnke gli chiese se volesse assumersi la responsabilità della difesa della città e di tutte le truppe disponibili. «Rifiutai questa stupida idea»[22] dirà Krukenberg. Mohnke rispose che non avevano altra opzione se non quella di seguire gli ordini di Weidling. «Uscendo dalla Cancelleria» dirà Krukenberg, «non vidi disordine nelle stanze o nei corridoi».[23] Inviò il suo aiutante di campo, il sottotenente delle SS Valentin Patzak, al Ministero dell'Aeronautica per dare l'ordine, ma non se ne ebbe più notizia.

In quegli stessi istanti, nel Führerbunker, Magda Goebbels avvelenò i suoi sei figli. Lei e suo marito salirono in superficie e si spararono. I loro corpi vennero bruciati in modo sommario e Joseph Goebbels fu ridotto a un'oscenità carbonizzata e contorta. «Non furono bruciati, solo arrostiti» ricorderà Johannes Hentschel, l'ingegnere

[19] Rzhevskaya, *Memoirs of a Wartime Interpreter*, p. 137.
[20] McKay, *The Lost World of Bletchley Park*, p. 145.
[21] Trevor-Roper, *The Last Days of Hitler*, p. 240.
[22] LeTissier, *SS-Charlemagne*, p. 149.
[23] *Ibid.*

capo del Führerbunker. «Il volto di Goebbels era di un viola intenso, come quello di una mummia. Il viso della signora Goebbels era stato orribilmente consumato dal fuoco».[24]

In mezzo al caos, molti dei sopravvissuti nella Cancelleria e nel Führerbunker alla fine cercarono di fuggire. Circa 2000 persone si erano rifugiate nella Cancelleria, con un numero simile di uomini del Gruppo di battaglia di Mohnke che si trovavano nelle zone circostanti. Circa 1200 delle persone che erano nella Cancelleria erano ferite e il resto era principalmente composto dalle truppe delle SS di Mohnke. Gli ufficiali di rango superiore, incluso Mohnke, erano consapevoli del fatto che era improbabile che così tante persone riuscissero a fuggire insieme. Quando la guarnigione tedesca intrappolata a Budapest tentò di fuggire nel febbraio 1945, fu rapidamente massacrata dall'Armata rossa, a distanza molto ravvicinata, per le strade e nei boschi vicini.

Per cercare di evitare quello stesso destino, i rifugiati della Cancelleria furono divisi in dieci gruppi di dimensioni variabili, e fu detto loro di partire, come meglio riuscivano, a intervalli di 20 minuti. Dovevano attraversare di corsa Wilhelmplatz, poi salire sulla metropolitana a Kaiserhof, dirigersi verso la stazione di Friedrichstrasse per attraversare la Sprea e raggiungere la stazione ferroviaria di Stettiner, nella zona nord di Berlino, che speravano fosse oltre le linee sovietiche. Il problema era che nelle stazioni e nei tunnel erano affollati 20mila civili. I gruppi che fossero riusciti a farcela avrebbe dovuto incontrarsi nei pressi di Schwerin, a circa 129 km a nordovest di Berlino. Da lì, avrebbero dovuto dirigersi verso lo Schleswig-Holstein per unirsi a Dönitz. Armati di soli fucili, mitra e qualche raro Panzerfaust, avevano poche possibilità di successo contro l'artiglieria, i razzi e i carri armati sovietici.

«Era difficile calcolare le nostre possibilità» ricorderà Mohnke, che si era posto alla guida del primo gruppo. «Ignoravamo la situazione militare da un quartiere all'altro [...] Speravo solo di

[24] O'Donnell, *The Berlin Bunker*, p. 283.

sopravvivere, in qualche modo, alle successive ventiquattro ore».[25] Si aspettava che, una volta usciti dalla città, potessero nascondersi nelle campagne dove nessuno avrebbe saputo chi erano. Uno degli ufficiali che rifiutarono di unirsi a Mohnke fu il capo della guardia del corpo di Hitler. Il tenente colonnello delle SS Schädle era stato colpito a una gamba da un frammento di proiettile il 28 aprile e la ferita infetta era andata in cancrena. Quattro dei suoi uomini si erano offerti di portarlo su una barella durante la fuga, ma lui non voleva rallentarli né essere preso vivo. «Schädle dichiarò che si sarebbe sparato un colpo in testa dopo la nostra partenza»[26] dirà Erich Kempka.

Dopo aver fatto inizialmente dei buoni progressi, il tentativo del Gruppo di Mohnke di attraversare il fiume Sprea fu bloccato da due funzionari dei trasporti che si rifiutarono fermamente di aprire una porta di sicurezza per le inondazioni. Nonostante fosse esausto, Mohnke fu quasi divertito quando i ferrovieri mostrarono una copia del regolamento del 1923, che dichiarava che la porta doveva rimanere chiusa una volta che i treni avevano cessato di circolare alla fine della giornata. Per qualche motivo, Mohnke, forse colpito dalla lealtà agli ordini degli uomini, decise di non forzare la mano. Dopo questo incontro surreale, il gruppo tornò sui suoi passi e riuscì ad attraversare la Sprea utilizzando uno stretto ponte, ma poi si dispersero e alla fine furono catturati. In seguito, Mohnke ammetterà: «Le nostre possibilità erano sempre state molto inferiori al cinquanta per cento».[27]

Bormann si trovava con il terzo gruppo, che includeva Artur Axmann, Erich Kempka e Heinz Linge, protetto dagli ultimi membri disponibili della Gioventù hitleriana e della Volkssturm. Il loro piano era di attraversare la Sprea utilizzando il ponte Weidendammer con il favore delle tenebre, scortati da tre carri armati e tre mezzi corazzati della 11ª Divisione SS. Le ultime unità, sotto il comando

[25] Ivi, p. 218.
[26] Kempka, *I was Hitler's Chauffeur*, p. 90.
[27] O'Donnell, *The Berlin Bunker*, p. 218.

del tenente delle SS Hansen, si resero conto che era un suicidio darsi in pasto all'Armata rossa che era lì in attesa. Ciononostante, obbedirono agli ordini. Radunati intorno al carro armato di testa, tutti si abbassarono e sperarono in un miracolo. Nonostante fossero riusciti a farsi largo attraverso la barricata meridionale e ad attraversare il ponte, il rumoroso veicolo corazzato fu rapidamente distrutto dai cannoni sovietici che li aspettavano. «Improvvisamente i russi aprirono il fuoco con tutto quello che avevano» ricorderà Kempka. «Un secondo dopo, un'infernale lingua di fuoco esplose inaspettatamente dal fianco del carro armato».[28] Lui fu colpito dall'esplosione e Bormann, insieme a quelli intorno a lui, fu lanciato in aria come una bambola di pezza. Dopo essersi rifugiati nel grande cratere, in uno stato di confuso stordimento, tornarono indietro da dove erano venuti.

Quel che rimaneva del gruppo di Borman continuò a piedi e raggiunse la stazione di Lehrter, passando per il ponte ferroviario della stazione di Friedrichstrasse, dove si imbatté in una pattuglia sovietica. «Avevamo già strappato i nostri distintivi di grado» dirà Axmann. «I russi ci intimarono di fermarci e con ogni probabilità ci scambiarono per Volkssturm». Con sua sorpresa, aggiungerà: «Ci offrirono delle sigarette».[29] Bormann, cogliendo l'opportunità, fuggì col favore delle tenebre e si tolse la vita con il cianuro. Con la paura di essere fatti prigionieri, dirà Axmann, «ci allontanammo da loro lentamente».[30] In seguito si imbatté nel cadavere di Bormann e ricorderà: «Mi chinai su di lui e non riscontrai alcun segno di vita. Non c'erano tracce di ferite o sangue [...] Improvvisamente fummo attaccati da un pesante fuoco di fucili e dovemmo andarcene».[31] Sia Axmann che Kempka riuscirono a fuggire dalla città ma in seguito furono arrestati dagli americani. Linge, che era rimasto separato dal gruppo, fu catturato dai sovietici nella metropolitana insieme a

[28] Kempka, *I was Hitler's Chauffeur*, p. 95.
[29] Jackson, *Unexplained Mysteries of World War II*, p. 60.
[30] *Ibid.*
[31] *Ibid.*

Rochus Misch, che invece era partito da solo.[32] Quando uscirono in superficie, Misch gettò via la sua pistola, ma Linge fu sorpreso che inizialmente gli fosse permesso di tenere le due armi che portava con sé e che gli offrissero delle sigarette.

A mezzanotte di quel giorno, come promesso, i difensori della torre contraerea principale dello zoo si arresero. Il colonnello Wöhlermann, comandante dell'artiglieria, si era incontrato con il generale Weidling e altri ufficiali e avevano concordato che era inutile continuare a combattere. Si stima che ci fossero circa 29mila civili stipati nei bunker dello zoo, oltre a 2000 soldati, di cui 350 erano gli uomini al comando del colonnello Haller. Tutti cercavano disperatamente di uscire. Ursula Stalla, operatrice della Croce Rossa, ricorderà il tanfo di «sudore, vestiti sporchi, pannolini di bambini, mischiato all'odore dei disinfettanti da ospedale».[33] Il generale al comando della guarnigione dello zoo si sparò dopo aver bevuto una coppa di champagne. Diverse altre persone si tolsero la vita nella torre contraerea, comprese due donne anziane che nessuno aveva notato fossero morte.

Alle prime luci dell'alba, Wöhlermann emerse in testa a coloro che ancora indossavano l'uniforme. Con suo grande stupore, molti di loro furono uccisi dal fuoco delle mitragliatrici deviato dai muri di cemento; non era opera dell'Armata rossa, ma delle irriducibili SS. Gerda Niedieck, tenente della Luftwaffe, fu grata di essere riuscita a sfuggire dalle mura della vicina torre delle comunicazioni. Aveva avuto il doloroso compito di trasmettere gli ultimi messaggi di Hitler dal Führerbunker. La maggior parte di questi erano delle disperate richieste di aiuto ai generali Steiner e Wenck che l'avevano ridotta in lacrime. I generali Burgdorf e Krebs si spararono quando ancora si trovavano nel Führerbunker. Krebs, forse, si era sentito disonorato per non essere riuscito a raggiungere un accordo con i sovietici ed era sconvolto dalla consapevolezza che la Germania

[32] Per un resoconto più completo della fuga degli alti leader nazisti, vedi De Boer, *Escaping Hitler's Bunker: The Fate of the Third Reich's Leaders.*

[33] Ryan, *The Last Battle*, p. 381.

era crollata. Nel bunker della nuova Cancelleria, fedele alla parola data, il tenente colonnello delle SS Schädle si mise una pistola in bocca e premette il grilletto.

Weidling si arrese a Chuikov la mattina del 2 maggio, segnando ufficialmente la fine della battaglia di Berlino. In una trasmissione radiofonica dichiarò: «Ordino qui che ogni resistenza cessi immediatamente».[34] Anche il vice di Goebbels e noto annunciatore radiofonico nazista, Hans Fritzsche, fece un appello affinché i difensori sopravvissuti deponessero le armi. «I combattimenti nell'area del Reichstag e della Cancelleria imperiale, così come in tutto il Tiergarten, erano terminati» osserverà con soddisfazione Chuikov. «Tutto era tranquillo a Berlino».[35] Ciò nonostante, la guerra della Germania contro l'Unione Sovietica non sarebbe terminata che sei giorni dopo, quando il feldmaresciallo Keitel si incontrò con Zhukov, dopo che i tedeschi si erano già arresi agli Alleati occidentali.

Ufficialmente, il primo ufficiale sovietico a entrare nel Führerbunker fu il tenente colonnello Ivan Klimenko. Anche se una dozzina di infermiere dell'Armata rossa vi erano entrate alle 9:00 per cercare di saccheggiare il guardaroba di "Frau Hitler". Si dice che fossero uscite con reggiseni neri e lingerie di pizzo parigina, oltre ad altri souvenir di valore. Le infermiere furono seguite da due ufficiali sovietici, che rimasero inorriditi quando Johannes Hentschel, che era rimasto, mostrò loro i componenti morti della famiglia di Goebbels. Gli ufficiali si ritrassero alla vista e sbatterono la porta per richiuderla. «Vedere i bambini fu orribile. L'unica a sembrare turbata era la maggiore, Helga. Era livida [...] ma gli altri giacevano lì serenamente»[36] ricorderà il maggiore Boris Polevoi. «Devo ammettere» dirà Zhukov, «che non ho avuto il coraggio di scendere a vedere i bambini uccisi dai loro stessi genitori».[37]

[34] Zhukov, *Reminiscences and Reflections*, 2, p. 392.
[35] Bialer, *Stalin and his Generals*, p. 549.
[36] Ryan, *The Last Battle*, p. 398.
[37] Zhukov, *Reminiscences and Reflections*, 2, p. 395.

*Prigionieri di guerra tedeschi marciano davanti alle truppe sovietiche.*

Hentschel si ritrovò così a bere champagne con circa 20 giovani ufficiali dell'Armata rossa, presumibilmente della 301ª Divisione fucilieri, dopo che avevano saccheggiato la cantina dei vini. Gli uomini cantavano rumorosamente una canzone conviviale sovietica. «Ballavano intorno a me come se fossi il Re di maggio»[38] dirà Hentschel. Dopo due coppe di champagne, fu grato di aver fatto un'abbondante colazione con pane nero, marmellata e Liverwurst, il tutto buttato giù con caffè e acqua minerale in bottiglia. Aveva persino lavato i piatti. Dopo 15 minuti, dopo essersi visto rovesciare una bottiglia di champagne sulla testa, l'ingegnere si allontanò, barcollò fino alla superficie e uscì alla luce del sole per essere arrestato e portato via come prigioniero di guerra. Fu l'ultimo tedesco a lasciare il Führerbunker.

«Il 2 maggio, quando la guarnigione di Berlino cessò la resistenza, ebbe luogo una resa delle armi nelle strade» scriverà Yelena Rzhevskaya. «I soldati tedeschi furono fatti allineare in colonne e

[38] O'Donnell, *The Berlin Bunker*, p. 288.

marciarono verso la prigionia».[39] I cineoperatori sovietici erano presenti per riprendere gli sconsolati prigionieri mentre abbandonavano le loro armi, ma che per buona parte avevano saggiamente tenuto i loro cappotti e i berretti da campo. Le espressioni degli uomini passavano dalla cupa indifferenza a un pensoso sollievo. Sebbene fossero stati sconfitti, perlomeno la carneficina era terminata. I feriti tedeschi, specialmente quelli portati in barella, vennero radunati al centro della Unter den Linden in attesa di essere portati via.

La maggior parte dei funzionari del Partito Nazista e dei membri delle SS si liberò dei propri distintivi e di qualsiasi documento potesse identificarli come tali. Rochus Misch e Heinz Linge, sebbene non fossero membri influenti delle SS, si sbarazzarono entrambi dei loro costosi orologi da polso. Lo fecero non solo per evitare che i soldati sovietici li se ne appropriassero, ma anche per impedire di essere subito identificati come membri dello staff personale di Hitler. Nel caso dell'orologio di Linge, c'era un'iscrizione personale di Hitler.

Da qualche parte, alcuni irriducibili continuarono comunque a combattere. «Tuttavia, nella Cancelleria del Reich» aggiungerà Rzhevskaya, «si sentivano colpi di arma da fuoco intermittenti sparati da soldati delle SS che si rifiutavano di arrendersi».[40] Ciononostante, l'Armata rossa occupò la Cancelleria del Reich alle 15:00 del 2 maggio, incontrando poca resistenza. «Per quanto posso vedere sono russi [...] non un singolo sparo» disse il capitano delle SS Fenet, «le mura della Cancelleria del Reich sono mute, non c'è nessuno in giro, è tutto finito!».[41] Rzhevskaya rimase stupita quando arrivò. «L'edificio della Cancelleria del Reich» osserverà, «ammaccato dai proiettili, colpito dalle schegge, con i vetri frantumati alle finestre, era tuttavia rimasto per lo più intatto».[42] Ovunque guardasse c'e-

[39] Rzhevskaya, *Memoirs of a Wartime Interpreter*, p. 155.
[40] *Ibid.*
[41] Le Tissier, *SS-Charlemagne*, p. 154.
[42] Rzhevskaya, *Memoirs of a Wartime Interpreter*, p. 155.

*I carristi dell'Armata rossa festeggiano la resa di Berlino.*

rano macerie: «Veicoli nemici distrutti si erano schiantati contro il muro della Cancelleria del Reich o erano disseminati nelle crepe della strada».[43]

Dopo la resa tedesca, Zhukov chiamò Nikita Krusciov. «Non potrò mantenere la mia promessa, dopotutto» lo informò. «Quel serpente di Hitler è morto. Si è sparato e hanno bruciato il suo corpo. Abbiamo trovato la sua carcassa carbonizzata».[44]

Krusciov fu entusiasta della notizia e citò le parole del leggendario guerriero russo Aleksandr Nevsky: «Chi di spada ferisce, di spada perisce».[45] Berlino era caduta dopo 11 giorni di incessanti combattimenti.

[43] *Ibid.*
[44] Khrushchev, *Khrushchev Remembers*, p. 219.
[45] *Ibid.*

# CAPITOLO 18 · LA CONTA DEI MORTI

«La caduta di Berlino e il ricongiungimento tra l'Armata rossa e le truppe dei nostri Alleati» scriverà Zhukov, «portarono al crollo finale della Germania nazista e delle sue forze armate».[1] La conta dei morti per la presa della città fu spaventosa. L'Armata rossa vide quasi 80mila morti e 225mila feriti. Alcune fonti stimano una somma tra perdite e feriti superiore alle 350mila unità. I loro comandanti affermarono piuttosto ingenuamente che erano volontariamente andati incontro alla morte. «Questi uomini bruciavano dal desiderio appassionato e impaziente di mettere fine alla guerra il prima possibile» osserverà Konev. «Coloro che vogliono giudicare quanto siano state giustificate o ingiustificate le perdite devono ricordare questo».[2] Zhukov esprimerà sentimenti analoghi: «Il soldato sovietico [...] era consumato dall'odio per il nemico e voleva solo distruggerlo il più rapidamente possibile».[3] Le perdite di equipaggiamenti ammontarono a 2156 carri armati e cannoni semoventi, 1220 cannoni da campo e mortai e 527 aerei. Circa 1.082.000 soldati sovietici furono premiati con la Medaglia di Berlino per aver preso parte alla battaglia. Ma non tutti i soldati sovietici erano d'accordo con Konev e Zhukov. Gregori Arbatov, che era un comandante di compagnia durante la battaglia, pensava che Berlino dovesse essere circondata e poi bombardata e presa d'assalto dai cannoni fino alla

[1] Zhukov, *Marshal Zhukov's Greatest Battles*, p. 290.
[2] Axell, *Russia's Heroes*, p. 249.
[3] Zhukov, *Marshal Zhukov's Greatest Battles*, p. 289.

resa. «Ma non quel figlio di puttana di Stalin» dirà amaramente. «Ci ha mandati in città, con tutti quei pazzi ragazzini nazisti, e abbiamo dato il sangue».[4]

Le perdite tedesche ammontarono a mezzo milione, con un numero analogo di prigionieri. Tra le vittime ci furono 125mila civili, a seguito del rifiuto di Hitler di evacuare la città. I morti includevano dalle 4000 alle 6000 persone che si tolsero la vita.[5] Si stima che in 20mila morirono di infarto e decine di migliaia di donne furono stuprate, travolte dalla furia dall'Armata rossa. I feriti ricoverati negli ospedali della città furono 40mila, anche se il numero di letti ospedalieri era sceso da 33mila a 8500. Circa 3 milioni di civili rimasero senza cibo o acqua potabile. Le stime per il numero di stupri a Berlino variano tra i 20mila e i 100mila. Alcune fonti arrivano a stimare un numero che si avvicina a 500mila, che avrebbe rappresentato quasi un terzo delle donne della città. Nelle fasi finali della guerra, si stima addirittura che i soldati sovietici abbiano stuprato oltre 2 milioni di donne tedesche.

In certe occasioni, alcune disperate richieste di aiuto erano arrivate alla centrale telefonica del Führerbunker. Rochus Misch ricevette una chiamata da una donna sconvolta e fuori di sé. Ricorderà Misch con terrore: «Stavano stuprando la sua vicina. Singhiozzava "Aiuto, aiuto! – venite ad aiutarci!" In sottofondo potevo sentire delle urla terribili».[6] In un accesso di panico, passò la chiamata a Joseph Goebbels. Non c'era nulla che potessero fare. Uno dei soldati coinvolti nella fuga di Mohnke, un veterano del fronte orientale che sapeva cosa aspettarsi, ricorderà di aver visto «una donna terrorizzata, nuda, correre su un tetto, inseguita da una mezza dozzina di soldati [...] poi saltare da cinque o sei piani, incontro a morte certa».[7] Il granatiere delle SS Alfred Blombach ricorderà di come,

[4] Ambrose, *Citizen Soldiers*, p. 457.

[5] McKay, Berlin, p. 239 riporta 3996 suicidi femminili e 3091 maschili citando Christian Goeschel, 'Suicide at the End of the Third Reich,' *Journal of Contemporary History*, 41, No. 1, January 2006.

[6] Misch, *Hitler's Last Witness*, p. 159.

[7] O'Donnell, *The Berlin Bunker*, p. 228.

*Il simbolo della vittoria dell'Armata rossa, la falce e il martello, viene issato sopra il Reichstag.*

dopo essere stato catturato ad Halbe, le truppe sovietiche avessero preso di mira le operatrici radio e le infermiere della Croce Rossa. «Prestammo loro i nostri cappotti, cercando di nascondere il fatto che fossero donne» dirà Blombach. «Alcune, purtroppo, non riuscirono a sfuggire e non dimenticherò mai le urla di quelle sfortunate ragazze».[8] Anche il maggiore Brand, fatto prigioniero ad Halbe, ricorderà: «Le donne venivano stuprate a morte dai russi nelle foreste e sulle strade».[9]

Quando con Stalin fu sollevata la questione del comportamento bestiale delle forze sovietiche, egli rispose in modo sprezzante: «Credevate che l'Armata rossa fosse perfetta. E non è perfetta, né può esserlo».[10] È molto importante ricordare però che i soldati sovietici non furono i soli autori di tali crimini. «Sul comportamento di alcuni soldati non c'era nulla di cui vantarsi» ricorderà

[8] Baumgart, *Halbe 1945*, p. 125.
[9] Ivi, p. 118.
[10] Service, *Stalin*, p. 473.

l'ufficiale americano Saul Padover, «specialmente dopo che si erano imbattuti in casse di cognac e barili di vino. Lo dico solo perché le persone più maliziose o ingenue tendono a pensare che solo i russi saccheggiano e stuprano».[11] Per esempio, durante l'occupazione di Berchtesgaden, ci furono accuse secondo le quali c'era stato uno stupro di gruppo da parte delle truppe americane ai danni di una ragazza di 16 anni.

Alle 15:00 del 2 maggio 1945, l'Armata rossa affermò che i sopravvissuti della guarnigione di Berlino, che contavano oltre 134mila uomini, si erano arresi. Questo numero includeva, presumibilmente, le truppe catturate attorno alla metropolitana di Berlino, poiché il numero di prigionieri in città ammontava a 70mila, secondo Zhukov. Prima della resa, l'Armata rossa aveva catturato 8000 prigionieri a Spandau, 13mila a Schöneberg, 10mila nell'area attorno ad Alexanderplatz e 14mila sulla riva settentrionale del fiume Sprea. Si era impossessata anche 1500 carri armati e cannoni d'assalto, 8600 cannoni da campo e mortai e 4500 aerei. Durante la battaglia, i sovietici affermarono di aver distrutto 1232 aerei nemici.

La tragedia causata dal mancato addestramento della Gioventù hitleriana e della Volkssturm fu che non morirono solo per mano dell'Armata rossa. Alcuni di loro furono vittime delle brutali corti marziali estemporanee gestite dalle vendicative SS, nei giorni finali del Terzo Reich. Il loro compito era quello colpire con la pena di morte i disertori. Il 2 maggio, quando Johannes Hentschel fu scortato fuori dal Führerbunker dai soldati sovietici, vide sulla Vossstrasse mezza dozzina di tedeschi penzolare dai lampioni. Ognuno di essi aveva un cartello che li accusava di essere codardi o traditori. «Erano tutti così giovani. Il più vecchio poteva avere vent'anni, gli altri erano adolescenti» ricorderà Hentschel. «Metà di loro indossava le fasce della Volkssturm o le uniformi della Gioventù hitleriana».[12] Si rese conto che erano stati impiccati dalle SS quella stessa mattina. Una volta a bordo di un camion sovietico,

[11] Mayo & Craigie, *Hitler's Last Day*, p. 269.
[12] O'Donnell, *The Berlin Bunker*, p. 291.

noterà: «Mi accorsi che potevo quasi allungare la mano e toccare uno di quei ragazzi senza vita [...] Rabbrividii, distogliendo lo sguardo. Mi vergognavo...».[13]

I resti della 9ª e della 12ª Armata dei generali Busse e Wenck, che comprendevano circa 100mila uomini, attraversarono il fiume Elba e si arresero agli americani nella speranza di un futuro migliore. Molti anni dopo, Konev visiterà il campo di battaglia di Halbe e scriverà: «Ogni cosa lì riportava alla memoria gli ultimi giorni dello sfondamento ai danni dei resti della 9ª Armata tedesca, in cui la futilità delle perdite si univa al coraggio disperato e alla cupa risolutezza di coloro che erano destinati alla rovina».[14] «Ancora oggi, nessuno sa quanti uomini della 9ª Armata e quanti rifugiati nella sacca di Halbe riuscirono a rompere l'accerchiamento, e probabilmente non lo sapremo mai»,[15] ricorderà un sopravvissuto.

«Non avrei mai creduto che una grande città potesse essere ridotta a un misero cumulo di macerie»[16] scriverà il tenente Gennady Ivanov. «Del palazzo imperiale, di tutti gli splendidi castelli, del palazzo del principe, della Biblioteca Reale, del Tempelhof, degli edifici lungo Unter den Linden, non rimaneva quasi nulla»,[17] ricorderà l'ufficiale svedese della Croce Rossa Sven Frykman. Secondo Zhukov, durante la battaglia di Berlino, un quinto dei 250mila edifici della città fu distrutto o gravemente danneggiato. Altri 150mila furono parzialmente danneggiati.

Tuttavia, la Royal Air Force aveva già distrutto intorno al 75 per cento del centro della città, dopo aver sganciato 65mila tonnellate di bombe su Berlino che avevano ucciso migliaia di persone. Anche l'artiglieria, i razzi e i bombardieri sovietici avevano certamente contribuito alla distruzione. Nell'arco di due settimane, l'Armata rossa sparò 40mila tonnellate di proiettili sulla città. L'aeronautica

[13] *Ibid.*
[14] Bialer, *Stalin and His Generals*, p. 532.
[15] Baumgart, *Halbe 1945*, p. 185.
[16] Hastings, *Armageddon*, p. 550.
[17] Hastings, *All Hell Let Loose*, p. 625.

sovietica effettuò 91mila missioni di combattimento durante l'offensiva su Berlino. Il 25 aprile, oltre 2000 aerei sovietici sganciarono centinaia di tonnellate di bombe sulla Cancelleria del Reich e sul Reichstag ormai in rovina, in modo da aprire la strada alle truppe di terra. Zhukov inoltre affermerà che i tedeschi fecero saltare 225 ponti, sebbene Speer documenterà una cifra molto inferiore, pari a 84.[18] Oltre un terzo delle stazioni della metropolitana di Berlino furono allagate. La città in rovina si ritrovò ad affrontare un'enorme crisi umanitaria.

La Biblioteca di Stato prussiana perse 700mila libri, rubati o distrutti. Berlino e molte altre città tedesche furono sistematicamente saccheggiate non solo dai soldati, ma anche dalle autorità sovietiche. I depositi segreti evacuati furono depredati e molti erano già stati saccheggiati dai nazisti. Alcuni di questi tesori furono trasportati dall'Armata rossa in un museo top-secret, nascosto in un sobborgo di Mosca, conosciuto come Archivio Speciale dei Trofei di Stato. La maggior parte dei questi oggetti rimase imballata e non catalogata fino alla fine della Guerra Fredda, custodita in grandi hangar, come alla fine del film *I Predatori dell'Arca Perduta*.

Nonostante i suoi principi socialisti, Zhukov non restò avulso da tali attività. Durante la sua permanenza in Germania, affermò di aver ricevuto in regalo o comperato 3700 metri di seta, 740 pezzi di argenteria, 320 pellicce, 70 oggetti d'oro, 60 quadri e 50 tappeti.[19] Non si sa perché avesse bisogno o volesse tali enormi quantità di queste cose. L'accumulo sfrenato di beni da parte di Zhukov e di altri alti ufficiali sovietici non servì certo a incoraggiare una ferrea disciplina all'interno dell'Armata rossa.

Il generale Berzarin fu nominato comandante militare di Berlino con 22 comandanti distrettuali a lui subordinati. Questo mise di fatto la città sotto la legge marziale. Una delle sue prime mansioni fu cercare di scongiurare la minaccia della carestia. La risposta sovietica fu quella di spedire in città, via nave, 50mila capi di

[18] Ryan, *The Last Battle*, riporta che furono 120 i ponti fatti saltare in aria, p. 379.
[19] Roberts, *Stalin's General*, p. 242.

bestiame, 60mila tonnellate di patate e 96mila tonnellate di grano e altri generi alimentari. All'arrivo dell'Armata rossa, questa non fu proprio accomodante. «Rovinavano deliberatamente qualsiasi cibo trovassero» ricorderà Waltraudt Williams. «Riempivano le vasche da bagno con cibo commestibile e ci defecavano sopra. Non volevano che lo avessimo perché pensavano che non ne avessimo diritto».[20]

*Guardie dell'Armata rossa nel giardino della Cancelleria dove Hitler e Eva Braun erano stati cremati.*

Alla fine di maggio 1945, i sovietici affermarono di aver ripristinato le forniture di gas e acqua nei distretti centrali di Berlino. Si erano dati da fare per rimettere in funzione alcune delle linee della metropolitana, le linee ferroviarie, nonché i tram. Alla fine del mese successivo, affermarono di avere riaperto 580 scuole con 233mila alunni. Oltre 120 cinema erano operativi, ma proiettavano film di propaganda sovietica e documentari che erano il preludio alla creazione della Germania dell'Est comunista.

[20] Arthur, *Forgotten Voices of the Second World War*, p. 425.

Nonostante l'accordo internazionale di dividere Berlino in quattro zone di occupazione, l'Armata rossa mantenne il controllo totale per due mesi interi. Le truppe americane, britanniche e francesi arrivarono non prima del 4 luglio 1945, con alla testa la 2ª Divisione corazzata statunitense Hell on Wheels e la 7ª Divisione corazzata britannica Desert Rats. «L'arrivo della divisione a Berlino fu un'esperienza personale elettrizzante» ricorderà il tecnico delle comunicazioni britannico Ronald Mallabar. «La città era in rovina, ovviamente, grazie alle imprese del Comando Bombardieri della RAF e dell'Armata rossa».[21]

Gli Alleati non furono particolarmente colpiti dai presunti tentativi sovietici di rimettere in funzione la città. «Nel luglio 1945, Berlino era indescrivibile» osserverà il capitano Tom Ritson della 7ª Armata corazzata. «Non era stato fatto nessun serio tentativo di ripulirla [...] Non c'erano elettricità, acqua o fognature».[22] Molte delle strade erano ancora cosparse di detriti pericolosi. «Molti degli edifici rimasti in piedi erano pericolanti» aggiungerà Mallabar, «con i marciapiedi adiacenti recintati con filo spinato in caso fossero cadute delle macerie».[23] Inoltre, la città e i laghi circostanti erano ancora pieni di cadaveri in decomposizione, il cui fetore appestava l'aria. «Venivamo continuamente avvertiti riguardo ai pericoli dell'acqua contaminata» noterà il capitano Ritson, «delle zanzare e dei ratti».[24]

Gli uomini della 7ª Armata corazzata vennero a conoscenza di come i loro ex alleati avevano trattato le donne di Berlino dopo la conquista della città. «Oltre ai saccheggi e alla violenza su larga scala, "stuprata per otto volte" era una denuncia comune»[25] noterà Mallabar.

[21] Neillands, *The Desert Rats*, p. 275.

[22] Delaforce, *Churchill's Desert Rats*, p. 190.

[23] Neillands, *The Desert Rats*, p. 275.

[24] Delaforce, *Churchill's Desert Rats*, p. 190. Quando Konev andò a Berlino nel 1962, scriverà che «era ancora impossibile utilizzare le acque di uno dei laghi che erano stati riempiti di cadaveri». Bialer, *Stalin and His Generals*, p. 532.

[25] Neillands, *The Desert Rats*, p. 275.

Quando i militari della 7ª Armata corazzata presero il controllo dello stadio olimpico, rimasero sconvolti dalle condizioni in cui i sovietici lo avevano lasciato. Il soldato Verdon Besley ricorderà «una bellissima caserma, ma in condizioni oscene, con enormi insetti che salivano lungo i muri ed escrementi umani sul pavimento.[26] Gli uomini ricevettero l'ordine di vivere nelle loro tende fino a quando il luogo non fosse stato fumigato. Allo stesso modo, quando le truppe britanniche occuparono le caserme militari tedesche a Spandau, scoprirono che i sovietici avevano lasciato dietro di loro uno sconquasso altrettanto disgustoso. I soldati sovietici erano stati lì per un mese senza acqua corrente o latrine. L'odore era così tremendo da far vomitare alcuni dei nuovi occupanti. Tutto ciò che non era fissato al suolo era stato portato via. Tutto il resto era stato distrutto. La divisione scoprì presto di dover affrontare un'altra minaccia e dovette montare turni di pattugliamento per fermare i soldati sovietici che cercavano di saccheggiare il settore britannico. Comprensibilmente, coloro che erano fuori di pattuglia non si sentivano completamente al sicuro. «Si avvertiva, tra le rovine, una sensazione di isolamento, come se fossimo stati su un'isola circondata dai russi»[27] dirà il soldato Clifford Smith. Nel frattempo, i leader Alleati si riunivano nella Conferenza di Potsdam per decidere il destino della Germania del dopoguerra e anche del resto d'Europa.

Il vecchio leone, il primo ministro britannico Winston Churchill, prima di incontrarsi con il Presidente degli Stati Uniti Harry Truman e Stalin desiderava vedere dove il suo nemico nazista era stato sconfitto. Assieme alla figlia Mary volarono da Bordeaux nel pomeriggio del 15 luglio, con l'intenzione di visitare i resti del Reichstag, della Cancelleria del Reich e del Führerbunker. Il giorno seguente, con grande preoccupazione del suo *entourage* e degli ufficiali sovietici che li accompagnavano, Churchill posò per una fotografia con il sigaro che lo contraddistingueva, seduto in modo

[26] Delaforce, *Churchill's Desert Rats*, p. 190.
[27] *Ibid.*

precario su una sedia danneggiata, vicino all'uscita di emergenza del Führerbunker. Churchill fece una delle sue tipiche battute e tutti quanti risero. Tuttavia, uno degli ufficiali si avvicinò e gli prese delicatamente il braccio, temendo che il primo ministro potesse cadere. Se si fosse appoggiato all'indietro, la sedia si sarebbe sicuramente ribaltata.

«Sono sceso fino in fondo e ho visto la stanza in cui lui e la sua amante si erano suicidati» ricorderà in seguito Churchill, «e quando siamo risaliti, ci hanno fatto vedere il luogo dove il suo corpo era stato bruciato».[28] Tuttavia, secondo Lord Moran, il medico che lo accompagnava, Churchill non era davvero arrivato fino in fondo; aveva sceso una sola rampa di scale, ma quando aveva saputo che ce n'erano altre, era tornato indietro. Una volta tornato in superficie, si era rivolto al suo *entourage* per dire con una certa soddisfazione: «Hitler deve essere uscito quassù per prendere una boccata d'aria e deve aver sentito i cannoni che si avvicinavano sempre di più».[29] Guardando la devastazione di Berlino, sapeva che, se Hitler fosse riuscito ad attraversare il Canale della Manica nel 1940, quelle sarebbero state le sorti di Londra.

Churchill rimase turbato quando venne a sapere che i sovietici, dopo aver sistematicamente saccheggiato il loro settore di Berlino, stavano ora cercando di fare la stessa cosa nel settore americano e in quello britannico. «Raderanno al suolo la loro zona, ci saranno crudeltà inimmaginabili» osservò. Churchill sapeva che i berlinesi avrebbero sofferto. «È indifendibile» aggiunse, «tranne che per una cosa: non ci sono alternative».[30]

«Un luogo sordido e senza romanticismo» osservò il maresciallo Alanbrooke, capo di stato maggiore imperiale britannico, quando visitò il Führerbunker tre giorni dopo. «Fuori il caos assoluto, con betoniere, barre di ferro, legname. [...] Là sotto, un caos ancora

[28] Arthur, *Churchill: The Life*, p. 216.
[29] Moran, *Winston Churchill*, p. 270.
[30] Ivi, p. 278.

peggiore».[31] Nonostante gli fosse stato mostrato il luogo in cui erano stati trovati i corpi di Hitler ed Eva, notò che il suo ospite sovietico non credeva che Hitler fosse morto nel Führerbunker, ma che fosse fuggito in Argentina. Il suo ospite non credeva neppure che il corpo femminile fosse di Eva, ma piuttosto fosse quello dell'amante di Goebbels.

Il 18 luglio, la 2ª Armata corazzata degli Stati Uniti, tirata a lucido, fu passata in rassegna a Berlino dal capo di stato maggiore americano, il generale George C. Marshall. Tre giorni dopo, le truppe britanniche sfilarono per la città davanti al primo ministro uscente Churchill, al leader laburista Clement Attlee, suo imminente successore, e al maresciallo di campo Bernard Montgomery. Le truppe sovietiche in città li superavano di gran lunga numericamente. «Erano piuttosto eleganti nelle loro uniformi di servizio che cadevano ampie, coi cappelli piatti, le spalline dorate o argentate e gli stivali militari lucidi» osserverà il capitano Bill Bellamy, «e tutti quanti avevano così tante medaglie!».[32] L'Armata rossa condusse la propria parata attraverso Berlino il 7 settembre 1945.

Non c'era stato un modo giusto o sbagliato per difendere Berlino nel 1945. I generali di Hitler sapevano che tutto dipendeva dall'occupazione dell'Oder e delle alture di Seelow. Il loro fallimento nel prevenire il fatto che Zhukov creasse le teste di ponte di Küstrin o nel distruggerle significò chiaramente che tutto era perduto. Solo la sventurata operazione Stargard tentata dai tedeschi rallentò un po' gli eventi, distraendo Stalin e inducendolo per prima cosa a liberare l'affaccio sul Baltico prima di assaltare Berlino. Se Hitler avesse fatto un favore a tutti e fosse fuggito o si fosse tolto la vita prima, avrebbe potuto ridurre le sofferenze dei berlinesi. Invece, la sua inerzia negli ultimi mesi della guerra condannò la capitale nazista a un'agonia e a un bagno di sangue prolungati. Parte di quell'inattività e dei suoi eccessi di rabbia erano alimentati dal cocktail di medicinali tossici che gli venivano iniettati da quel ciarlatano del dr. Morell.

[31] Danchev & Todman, *War Diaries 1939-1945*, p. 707.

[32] Delaforce, *Churchill's Desert Rats*, p. 193.

Alla fine, giunti alla primavera del 1945, le truppe tedesche erano esauste e capaci solo di azioni difensive. Semplicemente, non avevano la forza per arginare le penetrazioni sovietiche sul fronte orientale collassato. Se Hitler avesse ritirato le sue forze dai porti dei Balcani e dai territori occupati, la battaglia sarebbe stata più dura per l'Armata rossa. Ma il risultato sarebbe stato lo stesso. La maggior parte delle unità di occupazione erano divisioni di fanteria di seconda classe che mancavano di mobilità e mezzi corazzati, che quindi non sarebbero servite a risolvere l'incapacità fondamentale delle forze armate tedesche di condurre una guerra di manovra su larga scala. Anche le truppe più forti, intrappolate sul Baltico e nella Curlandia, ormai sfinite, non avrebbero potuto impedire la sconfitta. Se Hitler avesse acconsentito al ritiro delle sue forze dalla Curlandia e dalla penisola di Samland, avrebbero potuto raggiungere Berlino in tempo. Fondamentalmente, però, mancavano loro munizioni, carburante e non avevano supporto aereo.

Zhukov e Stalin avrebbero dovuto agire con decisione nel febbraio 1945, come sosteneva Chuikov? «Mi era capitato di sentire argomentazioni secondo cui la battaglia di Berlino avrebbe potuto essere condotta con meno furia, ferocia e fretta, e quindi con meno perdite» ricorderà Konev. «C'è una certa logica in questo ragionamento, che però ignora la cosa principale: la situazione reale, la tensione effettiva dei combattimenti e il morale degli uomini».[33] Gli eserciti di Zhukov erano stati indeboliti durante l'assalto dalla Vistola all'Oder e avevano bisogno di tempo per recuperare. Anche le forze di Konev, una volta raggiunto il Neisse, erano in condizioni simili. Avrebbero potuto entrare prima a Berlino e prendere la città. Tuttavia, ci sarebbero state considerevoli forze tedesche ancora operative a nord e Stalin avrebbe potuto dover affrontare combattimenti su larga scala anche dopo la resa. Questo è esattamente ciò che accadde nella zona di Praga, dove il Gruppo di armate Centro rimase intatto e andò avanti a combattere per un'altra settimana dopo la caduta di Berlino. Hitler, con il suo agire, aveva

[33] Axell, *Russia's Heroes*, p. 249.

reso inevitabile la caduta della capitale. La città sarebbe risorta dalle ceneri, ma come una città divisa ed epicentro della Guerra Fredda per i successivi 44 anni.

Infine, Hitler avrebbe potuto fuggire da Berlino e opporre un'ultima resistenza a Obersalzberg? La facile risposta a questa domanda è no, poiché non ci fu mai una ridotta alpina. Inoltre, avrebbe potuto essere abbattuto durante la fuga verso Monaco o catturato per strada. Il generale von Hengl, responsabile di tutte le truppe nella regione, riferì alla fine della guerra che aveva 38mila uomini in uniforme sotto il proprio comando. Tuttavia, il 90 per cento erano non combattenti e la maggior parte erano rifugiati militari. Eisenhower poteva contare su cinque interi eserciti, oltre all'Armata rossa. Nessuno dei malandati gruppi d'Armata di Hitler riuscì mai a raggiungere le Alpi e, anche se lo avessero fatto, non erano in condizioni di continuare a combattere.

Se Hitler fosse riuscito a fuggire da Berlino, è difficile immaginare che la resistenza in Baviera sarebbe durata a lungo di fronte alla travolgente potenza di fuoco degli Alleati. «Da un punto di vista meramente militare, la ridotta alpina avrebbe avuto un senso solo se fosse stata difesa non in quanto tale» scriverà il feldmaresciallo Kesselring, «ma come un mezzo per un fine».[34] Giunti ad aprile 1945, non c'era più alcun motivo per continuare la guerra, specialmente una volta che Berlino era caduta. Il generale von Hengl concluderà: «Nella guerra moderna, le alte montagne, con poche strade e condizionate dalle stagioni, sono assolutamente inadatte per essere delle basi per le operazioni. [...] La ridotta alpina esisteva solo sulla carta».[35] Hitler aveva deliberatamente evitato il cappio del boia a Norimberga, togliendosi la vita nel Führerbunker.

[34] Kesselring, *The Memoirs of Field Marshal Kesselring*, p. 277.
[35] Lucas, *The Last Days of the Reich*, p. 147.

# BIBLIOGRAFIA

Allen, W.E.D., Muratoff, Paul, *The Russian Campaigns of 1944-45*, Penguin, Harmondsworth 1946.

Ambrose, Stephen E., *Citizen Soldiers: The US Army from the Normandy Beaches to the Surrender of Germany*, Pocket Books, London 2002 [*Cittadini in uniforme*, tr. it. di Sergio Mancini, TEA, Milano 2011].

Arthur, Max, *Churchill: The Life*, Cassell, London 2017.

Arthur, Max, *Forgotten Voices of the Second World War*, Ebury Press, London 2004.

Axell, Albert, *Russia's Heroes*, Constable, London 2001.

Ballard-Whyte, Paul, *Lucky Hitler's Big Mistakes*, Pen & Sword, Barnsley 2022.

Baumgart, Eberhard, *Halbe 1945: Eyewitness Accounts from Hell's Cauldron*, Greenhill, Barnsley 2022.

Baxter, Ian, *The Fall of Berlin*, Pen & Sword, Barnsley 2019.

Beevor, Antony, Vinogradova, Luba (a cura di), *A Writer at War: Vasily Grossman with the Red Army 1941- 1945*, Pimlico, London 2006 [*Uno scrittore in guerra. Vasilij Grossman*, tr. it. di Valentina Parisi, Adelphi, Milano 2020].

Beevor, Antony, *Berlin: The Downfall 1945*, Viking, London 2002 [*Berlino 1945. La caduta*, tr. it. di Enzo Peru, BUR, Milano 2006].

Beevor, Antony, *The Second World War*, Weidenfeld & Nicolson, London 2012 [*La seconda guerra mondiale. I sei anni che hanno cambiato la storia*, tr. it. di Daniele Didero, Rizzoli, Milano 2013].

Bellamy, Chris, *Absolute War: Soviet Russia in the Second World

*War*, Pan, London 2008 [*Guerra assoluta. La Russia sovietica nella seconda guerra mondiale*, tr. it. di Santina Mobiglia, Einaudi, Torino 2010].

Bessonov, Evgeni, *Tank Rider: Into the Reich with the Red Army*, Greenhill, London 2003.

Bialer, Seweryn (a cura di), *Stalin and His Generals: Soviet Military Memoirs of World War II*, Souvenir Press, London 1970 [*I generali di Stalin. Parlano gli uomini che vinsero la "Grande Guerra patriottica"*, prefazione di Raimondo Luraghi, tr. it. Furio Belfiore, BUR, Milano 2010].

Bormann, Martin, *Hitler's Table-Talk*, Oxford University Press, Oxford 1988 [*Conversazioni a tavola di Hitler 1941-1944*, ordinate e annotate da Martin Bormann, tr. it. di Augusto Donaudy e Mauro Pascolat, Libreria editrice goriziana, Gorizia 2010].

Brendon, Piers, *The Dark Valley: A Panorama of the 1930s*, Vintage Books, New York 2000 [*Gli anni Trenta. Il decennio che sconvolse il mondo*, tr. it. di Corradino Corradi, Carocci, Roma 2005].

Bullock, Alan, *Hitler. A Study in Tyranny*, Penguin books, Harmondsworth 1962 [*Hitler. Studio sulla tirannide*, tr. it. di Cesare Salmaggi e Bice Vivenza, Res Gestae, Milano 2014].

Butler, Rupert, *The Black Angels: The Story of the Waffen-SS*, Pen & Sword, Barnsley 2005.

Caddick-Adams, Peter, *1945 Victory in the West*, Hutchinson & Heinemann, London 2022.

Carruthers, Bob (a cura di), *Ten Years at Hitler's Side: The Testimony of Wilhelm Keitel*, Pen & Sword, Barnsley 2018.

Catherwood, Christopher, *Churchill and Tito*, Frontline, Barnsley 2017.

Chaney, Otto Preston, *Zhukov*, David & Charles, Newton Abbot 1972.

Chant, Christopher (a cura di), *Hitler's Generals and their Battles*, Salamander, London 1976.

Clark, Alan, *Barbarossa: The Russian German Conflict 1941-45*, Cassell, London 2001 [*Barbarossa. Il conflitto russo-tedesco 1941-1945*, tr. it. di Argia Micchettoni, Garzanti, Milano 1965].

Cornish, Nik, *Berlin: Victory in Europe*, Pen & Sword, Barnsley 2010.

Danchev, Alex, Todman, Daniel, (a cura di), *War Diaries 1939-1945: Field Marshal Lord Alanbrooke*, Phoenix Press, London 2002.

Davies, Norman, *Europe at War 1939-1945: No Simple Victory*, Macmillan, London 2006.

De Boer, Sjoerd J, *Escaping Hitler's Bunker: The Fate of the Third Reich's Leaders*, Frontline, Barnsley 2021.

Delaforce, Patrick, *Churchill's Desert Rats: From Normandy to Berlin with the 7th Armoured Division*, Chancellor Press, London 1999.

Delaforce, Patrick, *Monty's Iron Sides: From the Normandy Beaches to Bremen with the 3rd Division,* Chancellor Press, London 1999.

Delaforce, Patrick, *The Black Bull: From Normandy to the Baltic with the 11th Armoured Division*, Pen & Sword, Barnsley 2010.

D'Este, Carlo, *Patton: A Genius for War,* Harper Perennial, New York 1996.

Djilas, Milovan, *Wartime*, Martin Secker & Warburg, London 1977.

Eberle, Henrik, Uhl, Matthias, *The Hitler Book,* John Murray, London 2006 [*Il dossier Hitler, La biografia segreta del Führer ordinata da Stalin*, tr. it. di Andrea Casalegno, UTET, Torino 2017].

Eisenhower, Dwight D., *Crusade in Europe*, William Heinemann, London 1948 [*Crociata in Europa*, tr. it. di Fernanda Pivano, Mondadori, Milano 1949].

Erickson, John, *The Road to Berlin: Stalin's War with Germany*, Weidenfeld and Nicolson, London 1983.

Fest, Joachim, *Inside Hitler's Bunker: The Last Days of the Third Reich*, Pan, London 2005 [*La disfatta, Gli ultimi giorni di Hitler e la fine del Terzo Reich*, tr. it. di Umberto Gandini, Garzanti, Milano 2020].

Gehlen, Reinhard, *The Gehlen Memoirs,* Collins, London 1972 [*Memorie di una spia*, tr. it. di Vittorio Ghinelli, Odoya, Bologna 2018].

Gooderson, Ian, *A Hard Way to Make a War: The Italian Campaign in the Second World War,* Conway, London 2008.

Grant, Roderick, *The 51st Highland Division at War*, Ian Allan, Shepperton 1977.

Green, Michael, *Red Army Weapons of the Second World War*, Pen & Sword, Barnsley 2022.

Guderian, Heinz Wilhelm, *Panzer Leader*, Michael Joseph, London 1952 [*Panzer General. Ricordi di un soldato*, tr. it. Pier Paolo Battistelli, Italia storica, Genova 2019].

Harris, Arthur Travers, *Bomber Offensive*, Pen & Sword, Barnsley 2005.

Hastings, Max, *All Hell Let Loose: The World at War 1939-45*, Harper Press, London 2012 [*Inferno. Il mondo in guerra, 1939-1945*, tr. it. di Roberto Serrai, Neri Pozza, Vicenza 2019 ].

Hastings, Max, *Armageddon: The Battle for Germany 1944-45*, Macmillan, London 2004 [*Armageddon. La battaglia per la Germania, 1944-1945*, tr. it. di Alessio Catania, Beat, Vicenza 2019].

Holland, James, *Italy's Sorrow: A Year of War, 1944-1945*, Harper Press, London 2008 [*L'anno terribile*, tr. it. di Sergio Mancini, Longanesi, Milano 2009].

Horrocks, Brian, *A Full Life*, Collins, London, 1960.

Horrocks, Brian, Belfield, Eversley, Essame, Hubert, *Corps Commander*, Magnum, London 1979.

Irving, David, *The Rise and Fall of the Luftwaffe*, Weidenfeld & Nicolson, London 1973.

Jackson, Robert, *Unexplained Mysteries of World War II*, Eagle Editions, Royston 2000.

Jones, Michael, *After Hitler: The Last Days of the Second World War in Europe*, John Murray, London 2015 [*Dopo Hitler. Gli ultimi 10 drammatici giorni della seconda guerra mondiale*, tr. it. di Andrea Russo e Debora Beltrami, Newton Compton, Roma 2015].

Kempka, Erich, *I Was Hitler's Chauffeur: The Memoirs of Erich Kempka*, Frontline, Barnsley 2012.

Kesselring, Albert, *The Memoirs of Field-Marshal Kesselring*, Kimber, London 1953 [*Soldato fino all'ultimo giorno*, tr. it. di Andrea Zanchi, Libreria editrice goriziana, Gorizia 2016].

Khrushchev, Nikita, *Khrushchev Remembers*, Andre Deutsch, London 1971 [*Kruscev ricorda*, a cura di Strobe Talbott, Pgreco, Milano 2022].

Klemperer, Victor, *To the Bitter End: The Diaries of Victor Klemperer 1942-1945*, Weidenfeld & Nicolson, London 1999 [*Testimoniare fino all'ultimo, Diari 1933-1945*, a cura di Walter Nowojski, con la collaborazione di Hadwig Klemperer, edizione italiana a cura di Anna Ruchat e Paola Quadrelli, prefazione di Cesare Segre, Mondadori, Milano 2000].

Le Tissier, Tony, *Race for the Reichstag: The 1945 Battle for Berlin*, Pen & Sword, Barnsley 2021.

Le Tissier, Tony, *Soviet Conquest: Berlin 1945*, Pen & Sword, Barnsley 2014.

Le Tissier, Tony, *SS-Charlemagne: The 33rd Waffen-Grenadier Division of the SS*, Pen & Sword, Barnsley 2019.

Linge, Heinz, *With Hitler to the End: The Memoirs of Adolf Hitler's Valet*, Frontline, Barnsley 2021.

Linklater, Eric, *The Campaign in Italy*, Her Majesty's Stationary Office, London 1977.

Loringhoven, Bernd Freytag von, *In the Bunker with Hitler: 23 July 1944-29 April 1945*, Weidenfeld & Nicolson, London 2006 [*Nel bunker di Hitler, 23 luglio 1944-29 aprile 1945*, con François d'Alançon, tr. it. di Margherita Botto, Einaudi, Torino 2005].

Lucas, James, *Hitler's Commanders, German Action in the Field, 1939-1945*, Frontline, Barnsley 2014.

Lucas, James, *Kommando: German Special Forces of World War Two*, Cassell, London 1998.

Lucas, James, *Last Days of the Third Reich: The Collapse of Nazi Germany, May 1945*, Cassell, London 2000 [*Gli ultimi giorni del Reich, Maggio 1945: il collasso della Germania*, tr. it. di Paolo Cappetti, Hobby & Work, Milano 1998].

Lucas, James, *Storming Eagles*, Canelo, London 2022.

Mayo, Jonathan & Craigie, Emma, *Hitler's Last Day: Minute by Minute*, Short Books, London 2016.

McDonough, Frank, *The Hitler Years: Disaster 1940-1945*, Head of Zeus, London 2020.

McKay, Sinclair, *Berlin: Life and Loss in the City that Shaped the Century*, Viking, London 2022 [*Berlino. Storia della città che ha segnato un secolo*, tr. it. di Giuliana Lupi, Mondadori, Milano 2023].

McKay, Sinclair, *The Lost World of Bletchley Park*, Aurum, London 2013.

Merridale, Catherine, *Ivan's War: The Red Army 1939-1945*, Faber and Faber, London 2005 [*I soldati di Stalin, Vita e morte nell'Armata Rossa: 1939-1945*, tr. it. di Luisa Agnese Dalla Fontana, Mondadori, Milano 2007].

Misch, Rochus, *Hitler's Last Witness: The Memoirs of Hitler's Bodyguard*, Frontline, Barnsley 2021 [*L'Ultimo. Il memoriale inedito della guardia del corpo di Hitler (1940-1945)*, a cura di Nicolas Bourcier, introduzione di Pier Carlo Bontempelli, tr. it. di Maria Vittoria Mancini, Castelvecchi, Roma 2013].

Mitcham, Samuel W., *Hitler's Field Marshals and their Battles*, William Heinemann, London 1988.

Montgomery, Bernard Law, *The Memoirs of Field-Marshal the Viscount Montgomery of Alamein*, Collins, London 1958 [*Memorie*, prefazione di Arrigo Benedetti, tr. it. di Alessandro Gallone, Mondadori, Milano 1959].

Moran, Lord, *Winston Churchill: The Struggle for Survival 1940-1965, Constable, London* 1966 [*Churchill: un duro a morire. Dal diario del medico personale di sir Winston Churchill, 1940-1965*, tr. it. di Vittorio Mantovani, Ettore Capriolo e Vittorio di Giuro, Mondadori, Milano 1966].

Neillands, Robin, *The Desert Rats: 7th Armoured Division 1940-45*, Aurum, London 2005.

O'Donnell, James, *The Berlin Bunker*, J.M. Dent & Son, London 1979 [*Il bunker di Hitler. Reportage sulla fine della Cancelleria del Reich*, tr. it. di Maria Antonia Sironi, Pgreco, Milano 2014].

Read, Anthony & Fisher, David, *The Fall of Berlin*, Pimlico, London 1993 [*La caduta di Berlino. L'ultimo atto del Terzo Reich*, tr. it. di Davide Panzieri, Mondadori, Milano 1995].

Reitlinger, Gerald, *The SS: Alibi of a Nation 1922-1945*, Arms and Armour Press, London 1981 [*Storia delle SS. Il macabro emblema di una folle ideologia*, 2 voll., Res Gestae, Milano 2022].

Roberts, Geoffrey, *Stalin's General: The Life of Georgy Zhukov,* Icon, London 2013.

Roland, Paul, *The Secret of the Nazis: The Hidden History of the Third Reich,* Arcturus, London 2017 [*Le vite segrete dei nazisti, La storia nascosta del Terzo Reich*, tr. it. di Chiara Vatterini, L'Airone Editrice, Roma 2022].

Ryan, Cornelius, *The Last Battle,* Collins, London 1966 [*L'ultima battaglia, La fine del Terzo Reich e la caduta di Berlino*, tr. it. di Argia Micchettoni, BUR, Milano 2002].

Rzhevskaya, Yelena, *Memoirs of a Wartime Interpreter: From the Battle for Moscow to Hitler's Bunker,* Greenhill, Barnsley 2018 [*Memorie di una interprete di guerra, La guerra vista da me, dalla battaglia di Mosca agli ultimi giorni nel bunker di Hitler, e i tentativi di Stalin di riscrivere la storia a modo suo*, tr. it. di Daniela di Sora, Voland, Roma 2015].

Schroeder, Christa, *He Was My Chief: The Memoirs of Adolf Hitler's Secretary,* Frontline, Barnsley 2012.

Seaton, Albert, *Stalin as Warlord,* B.T, Batsford, London 1976.

Seaton, Albert, *The Fall of Fortress Europe 1943-1945,* B.T, Batsford, London 1981.

Sereny, Gitta, *Albert Speer: His Battle with Truth,* Macmillan, London 1995 [*In lotta con la verità. La vita e i segreti di Albert Speer*, tr. it. di Massimo Birattari, Brunello Lotti e Maria Barbara Piccioli, BUR, Milano 2009].

Service, Robert, *Stalin: A Biography,* Pan, London 2005.

Shirer, William L., *The Rise and Fall of the Third Reich: A History of Nazi Germany,* Secker & Warburg, London 1960 [*Storia del Terzo Reich*, 2 voll., tr. it. di Gustavo Glaesser, Einaudi, Torino 2014].

Shtemenko, Semyon Mikhailovich, *The Last Six Months: Russia's Final Battles with Hitler's Armies in World War II,* William Kimber, London 1978.

Simms, Brendan, *Hitler. Only the World Was Enough*, Allen Lane, London 2019.

Speer, Albert, *Inside the Third Reich*, Phoenix, London 1995 [*Memorie del Terzo Reich*, tr. it. di Enrichetta e Quirino Maffi, Mondadori, Milano 2017].

Subbotin, Vassili, *We Stormed the Reichstag: A War Correspondent Remembers*, Pen & Sword, Barnsley 2017.

Terraine, John, *The Right of the Line: The Royal Air Force in the European War 1939-1945*, Hodder and Stoughton, London 1985.

Toland, John, *Adolf Hitler*, Wordsworth, Ware 1997.

Trevor-Roper, H.R, *Hitler's War Directives 1939-1945*, Pan, London 1983.

Trevor-Roper, H.R, *The Last Days of Hitler*, Pan, London 1965. [Trevor-Roper, H.R., *Gli ultimi giorni di Hitler*, tr. it. di Celestino Terzi, BUR, Milano 2006].

Tucker-Jones, Anthony, *Battle of the Cities: Urban Warfare on the Eastern Front*, Pen & Sword, Barnsley 2023.

Tucker-Jones, Anthony, *Churchill Master and Commander: Winston Churchill at War 1895-1945*, Osprey, Oxford 2021.

Tucker-Jones, Anthony, *Hitler's Armed SS: The Waffen-SS at War 1939-1945*, Pen & Sword, Barnsley 2022.

Tucker-Jones, Anthony, *Slaughter on the Eastern Front: Hitler and Stalin's War 1941-1945*, The History Press, Stroud 2017.

Tucker-Jones, Anthony, *Stalin's Revenge. Operation Bagration and the Annihilation of Army Group Centre*, Pen & Sword, Barnsley 2009.

Turner, John Frayn & Jackson, Robert, *Destination Berchtesgaden*, Ian Allan, Shepperton 1975.

Weigley, Russell F., *Eisenhower's Lieutenants: The Campaign of France and Germany 1944-1945*, Sidgwick & Jackson, London 1981.

Werth, Alexander, *Russia at war, 1941-1945,* Avon, New York 1966 [*La Russia in guerra, 1941-1945*, tr. it. di Mario Rivoire, Mondadori, Milano 1966].

Whiting, Charles, *Warriors of Death*, Canelo, London 2022

Williams, Andrew, *D-Day to Berlin*, Hodder, London 2004.

Wilmot, Chester, *The Struggle for Europe*, Collins, London 1953 [*La lotta per l'Europa*, tr. it. di Bruno Maffi, Mondadori, Milano 1965].

Winters, Major Dick, *Beyond Band of Brothers*, Ebury, London 2011.

Zhukov, Georgy Konstantinovich, *Marshal Zhukov's Greatest Battles*, Macdonald, London 1969.

Zhukov, Georgy Konstantinovich, *Marshal of the Soviet Union, Reminiscences and Reflections*, Progress publishers, Moscow 1985.

# INDICE DEI NOMI

## 1-9

## A

## I



## J



## K

## *Titoli in collana*

**STORIA E STORIE**

**Jason R. Abdale**
*La strage di Teutoburgo. 9 d.C.*
*La più grave sconfitta romana della storia*

**Richard Bassett**
*La spia delle spie. Wilhelm Canaris e il complotto per assassinare Hitler*

**Alain Blondy**
*Pirati, corsari e filibustieri. Tanti codici, un solo onore*

**Enrico Cernigoi**
*I servizi segreti del Terzo Reich. La storia inedita dell'SD, la rete di spie di Hitler*

**Enrico Cernigoi**
*Le SS in Italia. Una lunga scia di sangue e violenza*

**Yves Chiron**
*Habemus Papam. I dieci conclavi che hanno fatto la storia*

**Jonathan Clements**
*Samurai, shōgun e kamikaze. La grande storia dell'impero del Sol Levante*

**Stephen Dando-Collins**
*L'assassinio di Germanico. Trame e misteri alla corte dei Cesari*

**Stephen Dando-Collins**
*La legione di Cesare. Le imprese e la storia della decima legione dell'esercito romano*

**Richard Dargie, Julian Flanders**
*Nazisti in fuga. Chi sono, dove si sono nascosti, come sono sfuggiti alla giustizia*

**Michael Fitzgerald**
*Il tesoro occulto dei nazisti e altri misteri irrisolti della Seconda guerra mondiale*

## *Titoli in collana*

**STORIA E STORIE**

**Bruno Halioua**
*I medici di Auschwitz. Viaggio oltre le porte dell'inferno*

**Johnathan Kingsbury**
*Condottieri. I guerrieri che hanno fatto la storia*

**Bernard Lecomte**
*KGB. La vera storia dei servizi segreti sovietici*

**Joshua Levine**
*Somme. Voci dall'inferno*

a cura di **Jean Lopez e Olivier Wieviorka**
*I grandi errori della Seconda guerra mondiale*

a cura di **Jean Lopez**
*La Wehrmacht. Oltre il mito: la vera storia dell'esercito di Hitler*

**Alexander Macdonald**
*I complotti della Seconda guerra mondiale*

**Callum MacDonald**
*Operazione Anthropoid. L'attentato a Reinhard Heydrich, il "boia di Praga"*

**John Man**
*Saladino*
*Il condottiero che sconfisse i crociati*

**John Man**
*Sulla Via della seta. Marco Polo e l'incontro tra due mondi*

**Dan Pedersen**
*Topgun. La vera storia di una leggenda*

*Titoli in collana* | **STORIA E STORIE**

**Julien Peltier**
*La vera storia dei samurai.*
*I guerrieri giapponesi tra luci e ombre*

**Jean Renaud**
*I Vichinghi. Guerrieri, esploratori, predoni:*
*la grande storia degli uomini del Nord*

**Lionel Richard**
*Goebbels. Ritratto di un manipolatore*

**Paul Roland**
*Hitler e i suoi fedelissimi. Vita e personalità*
*degli artefici del Terzo Reich*

**Jean-Marie Rouart**
*Napoleone. L'uomo del destino*

**Silvia Stucchi**
*Caligola. Amato, odiato, tradito: la storia*
*mai raccontata del terzo imperatore*

**Silvia Stucchi**
*Nerone. Verità e vita dell'imperatore*
*più calunniato della storia*

**Joyce Tyldesley**
*Tutankhamon. Oltre la maledizione. La scoperta*
*che ha cambiato la storia*

**Mariangela Galatea Vaglio**
*Cesare. L'uomo che ha reso grande Roma*

**Mariangela Galatea Vaglio**
*I lupi di Roma. Antonio contro Ottaviano*

**Robin Waterfield**
*La ritirata di Senofonte. Lo scontro tra Greci*
*e Persiani al tramonto dell'età classica*